《胎記》為吳正中篇小說集卷三，收錄：《胎記》、《深淵》、《刺背蠍的女人》三篇中篇小說，以及四篇隨筆：《從詩到隨筆再到詩》、《文學生命與生命文學》、《關鍵字》、《靈魂的安放處》。吳正小說結構嚴密，用筆老練，筆墨直指人類內心的恐懼、焦慮、孤獨等情感，以及人在面對宿命和現實時的掙紮和迷茫。其隨筆涉獵廣泛，探討文學、文化、社會、教育、語言等多個領域。他的隨筆思辨性極強，既有理論分析，也有個人經歷感悟。無論是小說創作，還是散文隨筆，吳正都以獨特的視角和深刻的洞察力，展現了對這些問題的思考和探討。

——編者按

目錄

胎

BIRTHMARK胎記

記

光如一個裸露的孩童，在葉叢中快快活活地遊戲，
他不知道人原來是會欺詐的。

——泰戈爾

梓常叫她别去管人闲事，但自己却在心中暗暗好奇了起来。

对门的女人

（中篇小说）

吴正

苏梓常搬去武宁公寓401单元住的时候，对门的402室已经住着一个女人了。一个大约四十多岁，梓常称她作"杨老师"的女人。单身住户。平时，除了有两个已经工作了的孩子（梓常不知道这两个孩子一个是她的儿子，一个则是她的侄子，即她哥哥的孩子）经常会上门来看望看望她外，并不见有任何的来往。小保姆说，对门那女人倒真是很怪啊，分居的？离婚的？孩子是领养的还是亲生的？——反正，这种人在上海市，我们乡下是绝对没有的。梓常叫她说，别人家的闲事不要去管，但自己却也在心中暗暗好奇了起来。杨老师？是哪间学校裡教什么书的老师呢？后来，从楼下门卫室老头处，又经过她的打探中才得知：这位四十多岁的女人是上海东郊区的一家中日合资的私人学校裡的人們的思維慣性總是一些說得通的故事。

做文章的。私校的教室、會客室，這不錯。但也不至於在沒有任何外援的情形下，在這個西市中心的黃金地段獨據一大套公寓，只因是個女人，只因是要供養一個唸大學的孩子的單身女人？

這事好像有點說不太過去——至少有點不太合符中國國情的說不過去。

如果說，假如情形是這樣的話，我相信會比較合乎人們的邏輯：對門住的女人是個身材窈窕，姿色撩人的年青美郎，而且隔三差五來造訪的不是唸大學的兒子或侄子，而是個油頭粉面駕開房車的中年男子，並會與此迷人女郎共渡一夜半夜的浪漫，此事便有了合理的解釋。

但不是這樣的。這讓人們有些不甘心，因為人們的思維慣性總希望這是一些說得通的故事。當然，這所謂的"人們"中也包括了本人。

首先，那對門的女人是個毫無姿色可言的半老徐娘——除了膚質還算白淨之外。她已發胖，松弛的肌膚已將她臀部、腰部和腹部統一成了一塊狹圈裡的三個面積相若形狀不同的套房。其次，她也不施脂粉，穿着樸素，平時也有點深居簡出的意思。單元裡也經常是門窗緊閉，沒任何動靜傳出來；既不見同性朋友更沒有男性朋友登門拜訪。而在這城市裡到處可以聽聞的麻將搓牌聲和卡拉OK的嘶號歌聲更是與對門無緣了。

當然，現代的都市生活與都市人彼此都非常隔離，每個人都生活在自己的精神孤島上，誰也不知道誰，誰也不關心誰，哪怕是對門的鄰居在干些什麼？因此，日而久之，梓峯也就停止了對對門那個女人的種種猜測與想像。我這樣說，很可能給你們留下這麼一個錯覺，讓我們這篇小說的男主角蘇梓峯會不會是個專愛打聽他人閒事的八卦之人呢？其實不是，絕對不是。梓峯是個作家，觀察人觀察生活，思考人思考生活，探究人探究生活是他幾十年來養成了的職業習慣。他是絕不會也絕不肯放過任何一個他認為有記錄價值的人生細節的。當然，也包括了對門那個女人的不太符合常情的生活。

某种情节悬疑一点点，他不会联想到再多的什么了。

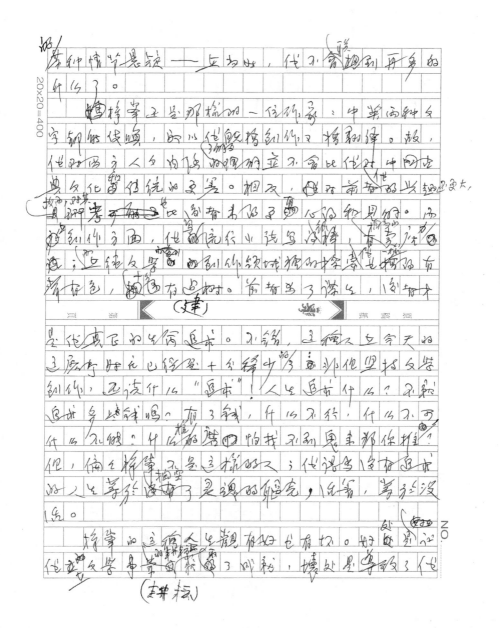

杨笔正是那样的一位作家：中英两种文字都能传译，所以他能将创作与翻译兼顾。故，他对西方人文的了解和把握并不会比他对中国古典文化和传统的更少。相反，他对前者的兴趣还更大，对其的研究也比后者来得更为用心和见解。而在创作方面，他写流行小说写得很好，在纯文学的创作领域里他也有他的方向和特色，也有些成就。前者为了谋生，后者才是他真正的生命追求。不错，这种人在今天的这个时代已经十分稀少了。那他坚持文学创作，还谈什么"追求"！人生追求什么？不就追求多点钱吗？有了钱，什么不行？什么不可？什么不能？什么样的都怕找不到鬼来帮你推？但，偏偏杨笔不是这样的人；他说：没有追求的人生等于掏空了灵魂的躯壳，活着，等于没活。

杨笔的这种人生观有好也有坏。好处是让他在文学事业的耕耘上获得了成就，坏处是导致了他

的婚姻的失败——他与他前妻的离异就在于
此。他的前妻憎恨他的文学创作（她将之称作
为"那破玩意儿"），好像"文学"也是个什么不
似的，"爱上了"她之后就会冷落了她。有一次根本不是那么回事。
他俩在床上干那事。她觉得很不过瘾，于
是，就不干一处事，她一把就将趴在她身上正
在埋头背耕作的样笔推倒去了一边，说：
"别干了！别干了！你看看你自己，还像
个男人吗？——还是去干你那破玩意儿去吧！"
他的前妻是个非常独断的女人，非但独断
而且还固执。只要是她认定的事儿，不管是黑
是白是对是错，她都是一说到底的，就是全世
界人都说"白"了，她还是"黑"下去。不同寻常的，
正因为她在一开始就说它是黑了的缘故。比如说在
作家搞创作这一问题上，她就从来没有对过。
不管丈夫作品的社会反响可谓轰轰烈烈，文名也
日隆，但她视而不见，同时也拒绝去正视。她
从鼻孔里哼出一股冷气来，说：
雨果
"想做雨果，还是托尔斯泰啊？也
不拿镜子去照照自己是什么东西了，还蒙着被子做+

他们分不清
也不想分清什么是现实 他们 造梦 享受梦
什么是梦。

八世纪的梦呢。"

或者，她本是对的，是当时很值得的——谁知道呢？没法说清楚是。这些男人有那么一些浮浅着，他们老喜欢活在自己童年少年的精神，不管这梦是美梦还是恶梦。他们做梦造梦享受梦，他们分不清也不想分清什么是现实什么是梦。杨常便是这种人，而我们那女人，后来与杨常熟识了之后，知道她也是在某种意义上的同一类人。

杨常以前老在新闻出版界混了二十多年。之前杨常是在美国的，再之前，当然也是在上海的附近。他是个生在上海，长在上海的地地道道的上海人。

事实上，杨常也是在上海混的时候长大的。八十年代初，刚去美国混了不几年的杨常又回到上海来了。当时，谁也不知道中美隔了多远。不过那时的杨常还不是个作家，也没人知道他后来会成为个作家，包括了杨常本人在内。但作不作家，当不当艺术家的人是否天生就有那样的。那股子气味就是与平常人不同。诗是"梦

一

蘇梓峰搬去武西公寓401單元住的時候，對門的402室已經住着一個女人了。後來，他從自家雇傭的安徽小保姆的口中得知：這個大家都客客氣氣地稱她作「楊老師」的女人原來是個單身住戶。平時，除了有兩個二十歲上下的青年（後來，梓峰才知道，這兩位青年一個是她的兒子，一個則是她的侄子。即：她哥哥的孩子）會經常上門來看望看望她之外，並不見有任何正常的家庭生活規律。小保姆說，對門那女人倒真的有點怪啊，分居的？離婚的？孩子是領養的還是親生的？——反正，這種人只有上海有，我們安徽鄉下是絕對不會有的。梓峰叫她說，別人家的閒事不要去管！但自己的心中卻也在暗暗好奇了起來。楊老師？是哪間學校教什麼書的老師呢？後來，從樓下門衛室老張處於不經意間地打探中才瞭解到：這位四十多歲的女人是在浦東新區的一家中日合辦的私人學校裡做事的。私校的薪金自然會高些，這不錯，但也不至於在沒有任何外援的情勢下，在這浦西市中心的黃金地段獨據一大套公寓的。況且還是個女人，況且還是個要供養二個唸大學的孩子的單身女人。

這事好像有點說不太過去——至少說，有點不太符合中國國情的說不過去。

此話怎說？假如情形是這樣的話，或者就會比較符合人們的思維和推理邏輯了：對門住的女人是個身材窈窕，姿色撩人的年青女郎，而且隔三差五來造訪的不是什麼唸大學的兒子或侄子，而是個油髮革履開房車的中年，哪怕是個醜陋的老年男子，並還會與此迷人的女郎共賦一夜半日的同居生活的話，此事便有了個合理的解釋。

但不是這樣的。這讓人們始終有些不甘心，因為人們的思維慣性總希望這是一隻能說得通的故事。當然，這所謂的「人們」中也包括了蘇梓峰在內。

首先，那對門的女人是個毫無姿色可言的半老徐娘——除了膚質還算白淨之外。她已發胖，鬆垮的線條已將她臀部腰部和腿部，統一成了一塊版圖上的三個面積相若而形狀不同的省份。其次，她也不施脂粉，穿着樸素，平時還有點深居簡出的意思。單元裡也經常是門窗緊閉，沒任何動靜傳出來；既不見同性朋友更沒有異性朋友登門拜訪。而在這城市裡到處可以聽聞到的麻將搓牌聲和卡拉 OK 的歌聲，更是與對門無緣了。

當然，現代都市生活與都市人彼此都非常隔離，每個人都生活在自己的精神孤島上，誰也不知道誰究竟在幹些什麼？因此，日而久之，梓峰也就停止了對對門那個女人的各種猜測與想像。我這樣一說，很可能會給我的讀者造成一個錯覺，說，我的這篇小說的男主角蘇梓峰會不會是個專愛打聽他人閒事的八卦之人呢？其實不是——絕對不是。蘇梓峰是個作家，觀察人觀察生活，思考人思考生活，探究人探究生活是他這些年來養成了的職業習慣。他是絕不會，也絕不肯放過任何一個他認為有記錄價值的人生細節的。當然，也包括了對門那個女人的不太符合正常生活情理的某種情節懸念——在當時，他不會聯想到再多的什麼了。

梓峰還是那樣的一位作家：中英兩種文字都能使喚，所以他既搞創作又搞翻譯。故，他對西方人文內涵的瞭解與理解，並不會比對中國古典文化和傳統的更差。相反，對前者他的興趣還更大，故而，對其研考也比後者來得更有心得和見解。在創作方面，他寫流行小說寫得很棒，有相當的賣座力；而在純文學創作領域裡的探索，他也一樣搞得有聲有色，十分有建樹。前者為了謀生，後者才是他真正的生命追求。不錯，這種人在今天的這個時代已經是十分稀少的了：非但堅持文學創作，還談什麼「追求」！人生追求什麼？不就追求多些錢嗎？有了錢，什麼不行？什麼不可？什麼不能？什麼樣的磨怕找不到鬼來幫你推？但，偏偏梓峰不是這樣的人；他認為沒有追求的人生等於是掏空了靈魂的軀殼，活着，等於沒活。

梓峰的這種人生觀有好也有壞。好處是讓他在文學事業的耕耘上獲取了成就，壞處是導致了他婚姻的失敗——他與他前妻的離婚就起因於此。他的前妻嫉恨他的文學創作（她將之稱作為「那破玩意兒」），好像「文學」也是個什麼人似的，愛上了「她」之後就會冷落了她。有一次他倆在床上幹那事。她感覺玩得很不過癮，很不是那麼回事。於是，氣不打一處來，她一把就將趴在她身上正汗流浹背努力耕作的梓峰推倒去了一邊，說：「別幹了！別幹了！你看你自己還像個男人不是？——還是幹你那破玩意兒去吧！」

他的前妻是個非常跋扈的女人，非但跋扈而且還固執。只要是她認定的事情，不管是黑是白是對是錯，她都是一認到底的。就是全世界人都說是「白」了，她還是一路「黑」下去。不因為什麼，只因為她在一開始就說過它是黑的緣故。比如說，在梓峰文學創作這一問題上，她就從來沒看好過。儘管她丈夫作品的社會認可度愈來愈高了，文名也日隆，但她還是視而不見，同時也拒絕去正視。她從鼻孔中哼出一股冷氣來，說：「想做雨果，巴爾扎克，還是托爾斯泰啊？也不看看現在是什麼時勢了，還蒙着被子做十八世紀的夢呢。」

或者，她才是對的，是與時俱進的——誰知道呢？然而，沒法的事兒是：這世界總有那麼一些滯後者，他們老喜歡生活在自己童年和少年的夢裡，不管這夢是美夢還是惡夢。他們做夢造夢享受夢，他們分不清也不想去分清什麼是現實什麼是夢。梓峰便是這種人，而對門那女人，後來當梓峰與其熟識了之後，知道她也是在某種意義上的同一類人。

梓峰與前妻在香港生活過20年。之前梓峰是在美國的，再之前，當然也是在上海的啦。他是個生在上海，長在上海的地地道道的上海人。

事實上，梓峰也是在上海認識他前妻的。八十年代初，剛去美國生活了不幾年的梓峰又回到上海來了。當時，他的心中充滿了鄉愁。不過那時的梓峰還不是個作家，也沒人知道他後來會成為個作家，包括了梓峰本人在內。但作不作家，藝不藝術家的人是有點天生就長在那裡的。那股子氣味就是與平常人不太一樣。說是「氣味」，可能在用詞方面俗語化了點，講玄乎些，那是一種精神氣場，憑藉着這股子氣場，他能準確地敏感到他周圍的人群、環境、季節、乃至那種無形無蹤的人物的心理流變；同樣，接受到了他的那種氣場輻射波的別人，也會產生出一種說不清道不明的異覺來：這人是咋回事嘛，該笑的時候他不笑，不該笑的時候他又笑了；大家都認定他會這麼說的時候，他偏偏又說了別樣的話——這人究竟是咋回事嘛？

咋回事？其實人們的所見都是他外化了的舉止與表現，假如能讓你進入到他那太豐富多彩了的內心世界去的話，你更不會知道他是咋回事了。

八十年代初的上海變化還不大。已經有近半個世紀了，舊政府撤退時遺留下來的那一切基本上都原封不動地保存了下來，並仍在繼續使用着。歷經三面紅旗和大躍進，十年文革，如今又進入到了改革開放的初期年代，上海還是梓峰童年記憶中的上海。而這點恰恰是最令他心醉的。反而到了今天，高樓大廈林立了，歌廳夜總會三步一哨五步一崗的，他倒失落了。他覺得自己是個新時代的陌路人。經過了那麼幾年在美利堅摩天大廈陰影壓迫之下的生活後的梓峰又回到上海來了，他覺得天地開闊，空氣自由，他那曾被打斷了的人生故事又續上了後文。這令他興奮莫名。父母從紐約那邊打來長途，催促他快點回去，說已替他找了個 ABC（American Born Chinese），這是個很不錯的姑娘，既有唐女的美德，又接受過西方的教育，可謂中西合璧。他們要梓峰回來，先互相見個面談談，如合緣，兩老倒是很希望他能將自己的婚事給辦了。但梓峰一聽就煩了心，連紐約他都不想回，更別提什麼 ABC 了。而就在這時，他認識了他的那位姓薛的前妻。他立馬給父母回電話，說，他在上海已經有女朋友了，他不想要 ABC。他還表示：如果有可能的話，他是否可以搬去香港住？他說，這次回國他途經香港，並在那裡住了幾天。他發覺自己很喜歡那個地方：中西融合，自由開放。再說，氣候也好，又在英國人的管治下。故，當年大陸上的那種政治風險是絕對不可能發生的。其實，那最後一條理由是他專門擺出來去打消他父母的顧慮的，他明白在美國生活了幾十年的父母親真正擔憂的是什麼？就是前述的那幾點所謂「好處」吧，其實也是所有到香港來過的華人們的共識，

胎記

沒什麼新的見解；然而一旦提出來，你又不能說它錯。梓峰的真正意圖其實是隱藏在這些理由的背後的：他希望能住到香港去是因為那裡離大陸近，兩個小時的飛機路程，還沒讓你來得及打個盹呢，你就又能回到上海的土地上來了，並馬上又可以與女友相擁在一塊了，而這又該是一件多麼叫人嚮往的事呢？

當年，梓峰的那位薛女友——也就是後來的薛前妻——是在楊樹浦底的一家紡織廠裡做擋紗工的。擋紗工的活很苦，每天要在機器跟前跑長跑。一年三百六十五天，除去星期日，跑掉的里程數加在一塊都夠完成一次紅軍長征的了。當然，這些話都是在今天講講的。在當年的那個上山下鄉一片紅的年代裡，應屆畢業生能留在城裡進紡織廠工作已是一樁叫人羨慕不已的事囉，工種是什麼，根本就由不得你挑選。然而一旦進了廠子就又不同了，見活兒是那麼苦，又你比我我比你的，不久之後就不滿足起來了。

再說了，紡織廠的女工們還有一件惱心事：都到了適婚的年紀了，但一天到黑，除了機器就是紗錠，除了紗錠就是同性的工友。有幾個油嘴滑舌的機修青工，就像蜜蜂跌進了花叢中，整天「嗡嗡嗡」的東飛西採，但仍是鬧了個僧多粥少，女工們普遍情緒壓抑。就在這麼個人生當口上，薛女遇上了從美國回上海來一解鄉愁之苦的梓峰，這麼兩塊磁鐵吸到了一塊去，你說，什麼樣的理性力量能將他們掰開呢？

倒是不要說，這位頂替其老父進了國棉十七廠的薛女，還真比她的那些整天瘋瘋癲癲的女工友們在各方面都要高出一截來。首先是外貌。說她很漂亮也不見得，但姿色是有的。最重要的是她擁有了女人的那股子妖氣和騷勁。別看這兩個都是貶義詞，但如要叫沒有這種天份的女人去學，即使付再多的學費花再多的時間也是學不來的。而凡是男人又都吃這一套，這正是最能讓男人們屈兵自降的好東西。二是她對於他人（尤其是異性）的心理揣摩能力，以及恰到好處地使力使在刀口上的那點兒小聰明。後來，她在香港做了保險經紀，能將一個又一個難以對付的男人的堡壘攻剋，就與此兩點特長（如今的專業詞彙叫做EQ和IQ，即「情商」和「智商」）不無關係。

而當年，讓梓峰對她的迷戀一下子便陷入了一種不可自拔的境地，也因為她身上彌漫着的這些女人的特質。

她知道梓峰喜愛寫作，就先扮出也是個文學愛好者的模樣。常談巴（金）茅（盾）郭（沫若）老（舍）。有一次竟然還提到前蘇聯作家高爾基和保爾柯察金，這叫梓峰吃驚不淺。她當然是不懂文學的，而且壓根兒就不喜歡文學。但她卻能捧着梓峰當年寫的那些習作稿，煞有其事地讀個不停，一副投入到了忘我的境界。讀完之後，還能提出他故事中的人物（尤其是女性人物——她說，她在這方面比他更有發言權）的心理與行為，來與作者的他進行一番商榷和探討。不管抓不抓得到點上，就此一點，便當即讓梓峰對她刮目相看，且感動不已了。他感覺自己真是幸運，讓他撞上了這麼個內外皆秀的美女兼「才女」。

但後來，你知道，那「才女」又是如何來向她的一位相好的保險客戶形容她與他的那段關係的嗎？她說，我那個傻瓜蛋男人一天到晚就撲在他的稿紙上，搞什麼文學創作。就是一年半載能讓你熬出本破書來，印它個三五千冊，又能賺幾個錢的稿費？還不及我做成一筆像樣一點的保險生意呢。當然，話也要說回來：當年，假如沒有了文學作媒介，我也勾不上他；勾不上他，我也來不了香港，來不了香港，也就識不了你，識不了你，又如何能讓你在這床上享此豔福呢？因此，還別說我，就連你，也應該謝謝文學這破玩意兒。她這一說，逗得那禿頂男人笑得哈哈的。而他一笑上來，油光光的禿腦袋便顯得更加發光發亮了。他邊笑邊壓着薛女，急風驟雨地又幹了她一場。那勢頭那力度，仿佛要把那個已經被勾引出來了的「文學」的幽靈，重新打回十八層地獄裡去似的。

說到薛女任保險經紀一職，是在她來港兩年後的事。她是先和梓峰在上海辦妥了結婚手續，然後再移民來香港的（後來，梓峰終於做通了父母的思想工作，讓他在香港住了下來。非但他住下了，就連兩老後來也搬來與兒子同住了）。薛女先是學會了流利的廣東話，接着，又跟着梓峰弄通了幾句英文常用語，再接着就參加了香港某大保險集團主辦的一屆「保險從業人員訓練班」。結業時，還像模像樣地獲得了一份印着花體英文字母，凹凸着鋼印和有關人士簽署的「資格證書」。就這麼上了一級，台階。而後，便上場去幹了起來。其實，在上海那些年代裡成長起來的一個紡廠女工，一旦融入香港社會又能幹些什麼呢？當保險經紀應該算是個蠻不錯的出路。不但頭銜好聽（港地的經紀職務一般都以「客務主任」、「業務經理」之名相稱），而且也不需要什麼正式的學歷和資質。說穿了保險經紀其實是個人人都可以幹的活兒，只要你有伶俐的口才和圓滑的手段便行。當然還要善於「軋苗頭」，會死纏爛打，要具有一種不達目的誓不甘休的強勢個性——而所有這些，正好，又都是薛女的強項。

因為站在公司的立場上，它才不管你那麼多事了。它只要求你不違法，不做有損公司形象的事，而又能做到生意之人它一概都認。非但認，而且還升你職，加你薪，還允你一份優厚的年終花紅。當然，假如你老是無所作為，管你博士碩士皇親國戚的，也不管你其實花費過多少心血與努力；公司說，它可不是什麼慈善機構，故，你的收入與福利軌跡也只能反向了。

但薛女的事業發展遵循的卻是第一種軌跡。這令她春風得意。得意之餘，也開始變得野心勃勃和膽大妄為了起來。固中原委還要補充如下數點：

一、蘇梓峰的雙親給他們的兒子兒媳留下了一份產業。產業不大，但還是有那麼個數額。漸漸地，這份遺產的支配權便置於了蘇妻的掌控之下。所謂經濟地位決定家庭地位，此乃原故之一。

二、她當然盼望自己的男人也能出去闖蕩社會，幹出一番類似於李嘉誠的大事業來。到時，再由她出頭露面來掌管其生意王國，豈不威風哉？但偏偏，梓峰是爛鐵不成鋼，整天悶在家裡，搞什麼文學創作，還說，這叫「精神追求」！難道要讓她推銷保險來養活他不成？這毫無疑問令她的心態嚴重失衡。

三、再說，在香港幹保險這行當的從業人員，平時腦滿腸肥的闊客豪客見識多了，見識多了，眼界自然也就開了；女人一旦開了眼界，心氣也就高了；而心氣高了，欲壑自然也就難填了。女人暗自埋怨了起來，她給自己定下了個指標：這輩子不在她眾多的客戶中挖出個不叫李嘉誠的李嘉誠來，她誓不甘休！

性情懦弱內向的梓峰是有自知自明的，他知道自己的弱勢。他處處讓着她，能伺候好她，就儘量伺候好她。讓她高興了，自己心情的港灣自然也就平靜了。而心情生態良好了，創作也能有豐收了。但靠這，就行了嗎？尤其是與他前妻這樣的女人打交道，有時愈禮讓愈遷就，事情愈糟。

終於，就出事了。

那天下午，外出的梓峰突然折回家，就將謎底毫不留轉圜餘地的給捅破了。事出是有因的：平時，老呆在家中寫東西的他，那天下午是說好了要去位於銅鑼灣的香港圖書館借幾本參考書，並準備在那裡閱讀整個下午，晚上則在外面隨便吃些什麼再回家的。他跟妻子說 ，今晚不需要等我吃飯了。而妻子也和顏悅色地答應了。

但他臨時改變了主意。

改變主意是因為他從康怡花園的家中乘電梯下來抵達大堂時，他瞥見了那顆光禿禿的肥腦袋在他住的那幢大廈的落地玻璃窗外一晃，就不見了。他推開大門走了出去，就見到不遠處道路的花叢旁停着那輛黑色的平治房車。梓峰是認得那顆禿腦袋和那輛平治車的。有好幾次，他都從他家二十多層樓的窗口俯視到那顆禿腦袋開着這同一輛車將他老婆送回家來。房車在他家住的那幢大廈的入口處一個圓兜地停了下來，然後，便下車來一對男女，作依依不捨狀：男人在女人的一邊頰上吻了吻後又轉到另一邊去再吻。而薛女則一動也不動的站在那裡，引昂着她的頸脖，扮成了一隻高傲的白天鵝。後來，平治車開走了，她仍站在大門口，望着車駛離，還遠遠地向房車送去了一個飛吻。這些情景梓峰都是親眼所見，雖然看不太真切，因為是俯視，而角度與方位又有諸多限制，人物看上去難免有些變形，有點從門縫裡看人將人看扁了的意思。但他真還是看見了的。他回到自己的房中去。一會兒薛女便上樓來了，她換了鞋，脫了外套，他見她望着他的臉色冷如冰霜。

現在不就是這同一顆腦袋和平治車嗎？梓峰已在鰂漁涌站搭上了去銅鑼灣的8號車，但他想了想，遂決定在北角就下站，再渡到對街同一路線的巴士站頭上，搭上了一輛回程的巴士，又回到了鰂漁涌來。

當梓峰出其不意地出現在他家的那間臥室的那張大床跟前時，一切都是戲劇性的。那一對躺在了被窩中男女不約而同地撐起身來望着站在了床邊的梓峰。薛女將自己撐得高些，而禿腦殼則矮了幾分，有點要躲在了女人背後去的意思。三個人，六隻眼睛，互相對視着，無言。後來，還是薛女首先鎮定了下來。她說：

「你先去客廳裡坐着，等會兒吧——你總該讓人家穿好衣服吧？」

梓峰覺得這倒也是。於是，他回到了客廳，坐在了沙發上面。他們兩人從臥房中出來了——一對狗男女，梓峰心想。但他又立即糾正自己說，是否應該喚他們作姦夫淫婦更恰當呢？或者曠夫怨婦什麼的——中國古典章回小說中都是這麼寫的。但他明確地感到這種莫明其妙的稱呼與用詞，是與他作為一個男人的內心深處的某一點強烈抵觸的。他揮停了自己的那種胡思亂想，看着他倆。

薛女擋在了前面，梓峰見到那半個禿腦袋在妻子套裝的肩胛處一閃而過，大門與鐵閘便相繼響起了關閉之聲。薛女回到沙發中來，她說：

胎記

「都這樣了，你說咋辦？」

梓峰想了想，用一種近乎於囁嚅的音調說道：

「哪……哪我們就離了吧。」

就這樣解決的問題。

後來，找了個機會，前妻居然還找梓峰作過一次正式的談話。她說了通「理由」出來。她說，我們做保險這行的不幹點這種事，能行嚒？能做成大生意嚒？——老實告訴你吧，幾乎所有的女保險經理（紀）都幹！而且不止一個兩個的（好像只找禿頂一人的她還夠資格立一塊貞節碑坊似的）。說着說着，她突然話鋒一轉，將矛頭對準了梓峰本人（這是她對付梓峰的慣技）：

「誰叫你這男人這麼窩囊啦？養不活養不好自己的老婆，還要讓她自己到社會上混，去受那份氣（她將幹那種事說成是「受氣」）的呢？你難道還不應該好好反省一下你自己？還不應該感到自愧和內疚嗎？——你這窩囊廢！」

什麼邏輯？但世上邏輯千萬條，條條道路通羅馬。至少從薛女的立場出發，這條道路是可以想通和走通的。別忘了，她是做保險出身的，她的工作性質就是去說服那些本不想買保險的人非買保險不可。故，她常用這種邏輯來引導她的客戶。她說，別瞧你現在健康得很，年青得很，家庭也美滿得很，但願這一切都能永恆下去。但……，「但」字之後，一切不講最好，她說，講了反而讓你不寒而慄，夜不成眠了。你說，薛女的邏輯推演技巧高不高呢？這，便是她的專業，她的特長，此刻，她正好派上用場。

但畢竟，薛女知道這是她自己的錯。她讓梓峰從那份已被她全控了的存款中提取了一筆相當數目的現金，然後，離家滾蛋。

（梓峰和薛女沒有孩子——還幸虧沒有孩子。至於沒有第二代究竟是誰的過錯？薛女倒是從來也沒有認真追究過。有可能是因為他，但更有可能是因為她自己。）

前妻說他窩囊，這回他真是窩囊到家了。他計算了一下他所有的錢財數目，假如就憑這筆錢要在香港維持一個在水平線之上的生活的可能性不大。於是，他又想到了上海。他搬回了上海來住，住到了武西公寓402室那個女人的對門去，那一年他50歲。

二

武西公寓位於武定路西康路口。公寓屬上海早期的優質商品房，與今日聳立在那一帶的豪宅相比，各種設施和房型，自然都已落伍，但它所佔的地段優越，社區內的綠化比率也高，故環境相當幽靜。高層單位更能眺望波特曼大酒店的主樓和上海展覽館塔尖上的那顆閃閃的紅星，頗有大上海的繁華就在你身邊波濤起伏的雄壯感。公寓共分兩棟，互成L型。也就是說，站在1室的陽台上恰好能望到2室的主臥房。而其他3室與4室，5室與6室也成同樣格局。

其實，蘇梓峰之所以選擇在那裡住是有他的理由的。他從小就生活在那個地區，在他的記憶裡，現在武西公寓的地塊，當年是一所學校的操場。那裡也是他童年的天堂。每天一放學，等到學生和老師們都走光了之後，他便伙同一班弄堂小子偷偷潛入到那片操場上去了。他們在那裡瘋耍瘋玩，踢小洋皮球，挖沙坑，攀籃球架，或用彈弓互相「射擊」。直到被那個酒糟鼻的看門老頭一個個逮住，然後轟出校門去為止。

但梓峰的家並不住那兒，他的舊居比起今日的武西公寓，離主幹道南京西路還要近兩個街口，在一條叫銅仁路的街上。銅仁路是上海市中心的一條高尚的住宅馬路，上世紀五十年代初、中期，這條馬路上除了自行車和稀少的行人外，平時很少有機動車駛過；而街道兩邊粗大的法國梧桐樹枝葉茂盛，它們將整條街道都置於了拱形樹冠的覆蓋中。有尖頂的洋房群落和優雅的小公寓躲在了梧桐樹的背後。洋房的磚牆是赭紅色的，磚牆上鑲着彎拱型的深咖啡色的原木裝飾條。洋房有排屋也有獨立屋，一般都擁有一個十分寬敞的花園。花園內的樹木與街上的連接在了一起。一個長長的暑天，蟬聲喧嘩，猛烈的陽光透過層層疊疊的樹叢投射到路面上來，斑斕而又朦朧，像莫內的畫，又像德彪西的意像旋律——當然，那後面的兩個比喻是今日的梓峰在回憶童年生活的場景時加上去的。當年的他，根本就不知道莫內和德彪西為何許人氏。

梓峰的家就住在其中的一棟花園洋房裡。洋房與現在的武西公寓樓排的格局有點兒相似，只是什麼都大了一號。此話怎說？是這樣的：與梓峰家花園一牆之隔的是一棟四層高的小型公寓。而公寓二樓某一單元的露台正面對着梓峰家的陽台。露台的位置恰好高越過花園的圍牆，咋一望去，露台彷彿都成為了圍牆伸向空中去的一個部分了。這是一個環形的寬闊的露台，有烏黑的鑄鐵的欄杆，欄杆後面是一片紅方磚的平台，平台連着兩扇灰漆的落地鋼窗。整棟公寓都映掩在花園連接花園的樹葉從中，唯那座露台，從梓峰家陽台的方位望出去，正好處於一個巨大的樹木的缺口之中。於是，它便漸漸地變成了少年時代的梓峰，獨自站在自家陽台向外眺望時的最佳也是最直接的觀景點了。

十五六歲的梓峰是個脆弱、敏感的少年，正處於朦朧的性覺醒的生理期。他酷愛沉思，酷愛冥想，酷愛沉浸在一種淡淡的憂鬱的情緒中不可，也不想，自拔。他喜愛讓一個遙遠的情感目標頑固地存在着，可望但不可及。

他經常看見一位少婦，約莫三十上下。她從那扇落地鋼窗中走出來，來到了那方露台上。她將兩隻袖管高高捋起，露出了兩支雪白的小臂。她的左手兜一隻鋁質的臉盆，臉盆裡盛滿了剛洗淨的衣物，臉盆的一邊抵在了她的腰間。而她的右手卻用來整理那些曬杆和衣架，顯出了一副婷婷嫋嫋的模樣。

在樹木的映掩之中，這是一幅畫面。它讓站在了陽台上的梓峰望得着了迷。由於常見到這同一幅生活畫面的反復出現，它於是便漸漸地演變成了他的一個複雜的少年情節：這不僅僅是因為對方是個女性，而且還是個成熟的女性；一個他在留意着她，而她卻毫無知覺的女性。他覺得這才過癮，蘊含了一種莫名的私隱所輻射出來的情趣。

他還感覺這是一隻永遠也填不飽的黑洞，他可以放肆地將他的一切少年的幻想、聯想、錯覺、意像、宣洩，以及快感都往其中塞進去而從不怕會遭拒絕的。

少婦回屋去了。現在的整片露台上只留下了迎風招展的衣物。那些白色和彩色的衣物和着翠綠墨綠的樹葉共舞着，刹時好看。然而梓峰的目光所關注的倒不是大件的什麼，而是夾雜在那些大件衣衫間的細小的物品。這都是些女人的內褲、胸圍和卡普龍絲襪之類的東西——他感覺，這些物品更容易引發他的遐想，而沉浸於少年的性遐想中，正是最能令生活在那個時代的那個年歲上的梓峰最感覺陶醉的事。

其實，那時候的梓峰已經迷上文學了。以他十五六歲的年紀，他已啃下了一厚部一厚部的西洋小說。回想當年，最令他印象深刻的應該是前蘇聯作家高爾基的人生三部曲以及普希金的那些抒情詩。然而在這會兒，在他的性幻想中出現的卻是《紅與黑》中于連和伯爵夫人調情時的那一幕情景。那情景是如此的逼真，甚至連于連鑽到桌子低下，用手掌撫摸在了伯爵夫人腳背上的那種質感，他都能真切地感受到。

他不明白當年的自己為什麼會做出如此聯想的？

後來，他在街上遇見那少婦了。暑天的午後，梓峰從斑斕的梧桐葉影下走過，回家。經陽光烤曬後的柏油馬路反射出了一種逼人的熱氣，路上幾乎見不到有行人。只有弄堂進口處的樹蔭裡三三兩兩的坐着、躺着、或半坐半躺着一些閒人，他們各自慢悠悠地打着蒲扇，聊聊、停停、打打瞌睡。整條馬路，除了蟬聲，安靜得連空氣似乎也都化作熱量蒸發掉了。

梓峰突然就見到她了。她正從通往公寓去的那條邊弄裡拐出彎來，她牽着一個五六歲小女孩的手，走在前面。而此刻的梓峰，就在距離她約莫五六步的身後。可能是為了涼快，她將髮髻高高盤起，露出了一截長長的玉頸，梓峰馬上聯想到的是白天鵝的那段優美的曲頸。她穿了一條洋紅細布的高腰睡褲，趿一雙半高跟的烘漆閩式木屐。一件蟬翼薄質的上衣是無袖的，兩枝雪白光潔的手臂赤裸在這盛夏的空氣裡，而陽光忽然之間就變成液體了，正順着她那兩枝一晃一悠的臂膀流淌下來。

梓峰一眼便認出她來了——儘管是背影。他能認不出她來嗎？這麼多回的偷窺，與他這麼多少年的性幻想緊緊相連的一具女體，他能認不出來嗎？如此迷人的身段，如此動人的擺擺扭扭，漫溢着誘惑。梓峰感覺自己正行走在一團暈暈乎乎的迷霧中，並還向着迷霧的更深處走去。梓峰還是第一次如此正面如此短距離之外地面對她的臀部：那兩隻被洋紅細方格圖案的睡褲緊緊包裹着的半球。肥碩是肥碩了點，一牽一扭的，讓十六歲的梓峰看得心動過速，全身都膨脹出了一股外爆的能量。

他估計着她一定是打算到前面街角處的那家煙紙店，為她的女兒去買些消暑食品的。他便趕緊了幾步，繞道拐了過去。他渴望能與那少婦面面相對一次。

他從煙紙店的另一個方向走了過去。他見到少婦和她的女兒果然在店門口站定了。而那位正躲在樹蔭

胎記

裡打蒲扇的老闆娘見有生意，就趕緊立起身來，站回到了櫃枱的後面去。少婦為她的女兒買了一塊紫雪糕和一瓶冰鎮的檸檬汽水。正當她付錢的當口，梓峰便一個箭步跨到了櫃枱的跟前。他向老闆娘說道：

「給我一根冰棒——」

付錢的少婦和取冰棒的梓峰同時向對方轉過了臉去，而這個生命的一瞬間讓梓峰牢記了大半個人生。少婦蒼白的臉頰上，分佈着幾粒雀斑，說美，當然沒什麼美的；但說不美，梓峰感覺這人世間還能有什麼比這幾粒雀斑更生動更迷人的了呢？少婦的那張臉龐之所以會在梓峰的夢境中反復而又反復地重現，而且永遠是那麼真實，那麼新鮮，那麼熱切，不就因為有了這幾粒雀斑存在的緣故？

少婦向梓峰很隨意的笑了笑（她笑的時候，雀斑也跟着一塊兒笑了起來），意思是說，你就是住對屋的那個男孩吧？

梓峰很想答她說，是的，我就是。但他沒有勇氣。他的目光避開了她，朝下望去，望在了那雙高跟的木屐上。一條寬闊的皮帶，一排白嫩晶亮的腳趾，像一排貝齒伸探在皮帶的前沿。

然後，他的目光再一寸寸地往上爬。都爬到她的胸口了，透過那件蟬翼質的無袖上衣，他見到了那對湖藍色的胸圍。就是這同一對胸圍，他經常見到，在她家的露台上，當她將它晾曬出來時。那時的它隨風招展，飛舞得那麼歡樂；然而此刻，它正緊貼着那片雪白的胸脯，顯得如此穩妥、沉靜而又馴服。

三十多年後，他又見到它了。那是當他站在武西公寓的陽台上向對窗望過去的時候。他見到 402 室的窗簾拉開了一小半，鋁合金的窗戶也打開了一條縫隙。有一隻女人的胸圍和一條女人內褲什麼的晾在了窗縫間。它們正以一種優美的姿態在風中飄揚，而偏偏，那胸圍就是他記憶中的湖藍色。他再一次地感到自己的呼吸變得急促了起來。他感覺他的少年時代正與他肩並肩地站在了武西公寓 401 室的陽台上，同時朝着 402 室的那扇鋁合金窗觀望。

三

楊老師的名字叫楊涵。在搬來武西公寓 402 室居住前，她在日本呆了十多年。梓峰後來知道了對門的那個女人的來歷後，忖思道：我說呢，一個沒家庭沒男人，還要供養兩個唸大學的孩子，而又能獨居武西公寓一大單元的中年女人，肯定不會是個下崗女工。

當然不是。而且，楊涵事實上也是有家庭的：她有個丈夫，丈夫還是個畫家。以前，他們一家三口住在東京五反田區的一幢舊式公寓裡。這是個三十來平方米的小單元，整天整晚俯瞰着在他們窗戶底下川流而過的高速公路，汽車引擎聲和喇叭聲，即使關上了雙層隔音窗，還會「嗡嗡」地鑽進屋裡來。

胎記

楊涵是在白天睡覺，晚上才上班。別一提上夜班的青年女人就以為都是幹那行的。其實，楊涵幹的是一家按摩院賬枱收銀員的職業，按摩院夜晚營業，故楊涵也就上夜班了。當然，東京的按摩院屬色情，至少也是準色情場所。但這不關楊涵的事，她只負責收錢。坐在賬台的後面，望着那些穿着單薄的女孩們如何撩起門簾，讓那些已享受完了按摩樂趣的男人們紅光滿面地走出房門來，一副心滿意足的樣子。他們來到楊涵的櫃枱前付錢，而女孩子們則站立於一旁，雙手垂放在膝蓋上，不停地躬身彎腰，表示謙恭，也表示感謝。而後，在一片「啊裡啊獨，個曬依瑪斯！」的叫喚聲中將客人送走，歡迎他們再度光臨。

假如將時間推前五年，如此情景也是楊涵天天要經歷的事。那時，她在新宿區的一家酒吧當陪酒女。陪伴那些在白日裡工作壓力過大，而到了晚上又不願過早回家的日本男人喝酒兼聊天。並在客人有需要時，讓他們能放開懷抱宣洩一下積壓在了心中的衝動以及鬱悶。從事這種職業的女性要善於應對各種性麻煩性侵犯乃至性暴力，因為如此情形的發生頻率很高。好處就只有一條：那就是幹此行能賺到錢。那年頭，去日本「留學」的上海人的數目以幾十萬計，真正去讀書的不多，打工賺日元才是真的。而最令女孩子們趨之若鶩的都是該類行業。有一位從上海去東京的作家，在那裡沒呆幾天，回家後就寫了一篇關於東京的月亮究竟是圓還是不圓的旅遊隨筆。其中提及：上海女孩去日本的，不靠出賣色相而能求生者幾乎是鳳毛麟角。文章在上海一經發表，輿論譁然，尤其是那些有將女兒送去日本的上海父母們的反應最為強烈。平時一面孔的自豪感，如今被污水潑髒了「行頭」，自然怒不可遏。然而，當文章傳到日本，楊涵讀了之後，心中直發笑：作家又有什麼說錯了的？個個都想往自己的臉上戴面具，尤其是在故鄉人的面前。面具是一種太重要的生命道具了，否則到了將來，如何衣錦歸鄉？如何來面對江東父老？其實，作家也沒做什麼，作家只是將皇帝新衣的把戲給說穿了嚒，把個個人都煞有其事往自己臉上戴的面具給摘了下來罷了，她為他喝彩！

這之後不久，她就不再幹那種活了。她回上海去結了婚，回日本後，經熟人介紹去按摩院找了份收銀員的差事來幹。收入毫無疑問是少了很多，但內心卻是平靜的。再後來，她丈夫也申請來東京與她同住，五反田區的公寓就是在那會兒租下的。

為了讓丈夫能夠在家中安心創作，有一段時期，她甚至還去打兩份工。小孩出生了，她白天要在家中帶孩子，料理家務，晚上則外出打工。她也算是盡了個做妻子和母親的職責了。然而，她的那位矮小、謝頂的丈夫似乎對她總是不滿意。原因有點不恥於口：性慾旺盛的丈夫每晚二次有時還嫌不過癮。他說，藝術家的靈感從哪裡來？做愛是個很重要的創作源泉。他又舉了羅丹、凡高、畢卡索這些大師的成功個例來佐證他的立論。但妻子就是提不起勁來。他說她是性冷淡。她說，也許吧。他說，會不會是她前幾年從事的職業讓她視性為洪水猛獸，有了心理麻煩了？她說，她也不知道。於是，他便提議她去看心理醫生。但她不肯，說，有那必要嗎？再說，東京的心理醫生，就診一次就值你個把月薪金的，這是我們這種家庭所能負擔得起的嗎？謝頂的丈夫於是便點頭稱是，說，那就等他發了達再說吧。到時，他的一幅畫就能賣它個一二百萬日元，去看心理醫生，還不易如反掌？她說，就到那時再說吧。

丈夫的畫後來倒真是畫出了點名堂。雖不能與他常在性生活上與之看齊的羅丹和畢卡索相比肩，但也是有了長進和成績，至少，也算是有些眉目了吧。他的畫參加過一兩次畫展，並在繪畫的專門雜誌上有了介紹和評論。銀座的畫廊裡也開始有他的畫出售了。其實，這些畫都是畫家自己拿過去寄售的，價格不高也不低：太高了賣不出去，太低了又會令畫家掉身價。畫家在成名的起步階段通常都是這樣來操作的。

梓峰後來在楊涵的家中看見過她的那位分居丈夫的畫：大抵都是些看不太明的東西：手臂畫得像樹枝丫，人腦袋長在了屁股上之類。但梓峰知道，這叫立體畫派，屬眾多畫派類別之中的一種。至於畫得好不好，他則無從評論。他想：現在的藝術家都很相似，作家、詩人、畫家、音樂家，凡希望能找到捷徑出名的，自立一種他人看不懂讀不通的派別，似乎左右前後都能說通。

然而，他們夫妻兩人在性生活上的不協調就始終無法解決。而且，心理醫生也從沒去看過。原因是丈夫畫的畫沒有一幅能在百萬日元之上的價格賣出手的。但他卻有點受不住了。有一次，他大發雷霆。他發怒的時候，將一隻涼水壺在廚房的瓷磚地上摔得粉碎。似乎，那隻萬惡不赦的涼水壺就是阻礙他享受性樂趣的罪魁禍首。他說，這還不窒息了他藝術天份的發揮？你有聽說哪個大畫家——不管是當代近代還是歷史上的——沒有女人與他夜夜相伴相擁相溫存這回事的嗎？這，簡直是性虐待！

其實，在這一方面，楊涵也是盡力而為了的。每天凌晨，一下班回到家中，天還黑濛濛的呢，她便扒光了衣服，鑽進被窩中去。她將他輕輕推醒，接着，便讓那個還是睡夢惺忪的畫家在她身上一泄他那過於膨脹了的情慾（還是尋找創作靈感？說實話，楊涵在這個問題上實在有點外行）。

然而，有一點，楊涵始終做不到。她只能像個木偶般的躺在那裡，望着那隻圓圓的禿頂在她的乳房間吻了又吻舔了又舔。之後，又「呼哧呼哧」地直喘氣，又上上下下地忙個不亦樂乎，自己的心中就是牽不起絲毫的欲念來。有一回，是夏天，屋裡沒開空調，窗戶又打開着，夜風夾雜着高速公路上的車鳴聲灌進屋裡來。丈夫幹得太來勁，周身上下都已汗溜溜粘乎乎的了。他的光體貼在她的光體上，讓她產生了一種噁心的聯想。她想像着這是一條周身都在分泌着粘液的巨大的軟體動物，扭動着，彎曲着。醜陋又骯髒。

她輕輕地推了他一把，在他的耳畔說道，先歇會好嗎？不知怎麼的，我這會兒有點不舒服。

丈夫停止了動作，抬起臉來望着她。他掃興地說道：「那好吧。」就翻滾到了床的一邊去。

楊涵坐起身來，神情有點沮喪，也有點呆滯。她先在床沿邊上坐了會兒，然後才披上了一件絲質的睡袍站下地來。她先去將窗戶關上——那種一刻也不息的強大的「嗡嗡」聲叫她心力交瘁。繼而，她又打開了房中的空調。禿頂的丈夫仍然躺在床上。他將兩隻手交叉地墊在了腦後，一絲不漏地望着楊涵的身影在這光線黝暗的房間中移動，幹着每一件她想幹的事。

後來，她繞過床的後端，打算上回洗手間。她從後方望見了丈夫的那兩條叉開了的毛茸茸的大腿，兩隻青筋突暴的腳掌碑豎在那兒，像兩隻怪獸的耳朵。她的目光再一次地聚焦在了他右腳腳踝上的那塊胎記上：這是一灘不規則的病青色的胎記，高出正常的皮膚平面約莫半毫米，而胎記的周圍呈弧圓狀。即使在如此黝暗的光線條件下，仍然能清晰地見到那撮生長在胎記上的毛髮，像一紮河灘上的蘆葦叢，在那空調的風流之中顫顫悠悠。

其實，這塊病青色的胎記，就是影響楊涵與她丈夫過協調性生活的一個遠期因素。每次一有那種事情，她的注意力就會不由自主地往那塊胎記上集中過去。她敏感到了它在她皮膚上搓磨時的毛茸茸的觸覺。這令她分心，令她對男女間的魚水之歡不再有興趣。當然，之後，她也逐漸地開始適應，而一旦適應了，也就感覺不到什麼了。現在，當她在這樣的一種環境的上下文中又來面對它時，一種強烈得無法抑制的嘔吐感從她的胃部冒湧了上來。這種感覺來得如此之快如此之突然，讓她來不及捂住嘴巴，就飛快地跑進了盥洗間去。

當她從盥洗間裡走出來時，她見到她的丈夫已經從床上坐直了起來。他說：

「你厭惡我？是嗎？——厭惡我？！」

他望着她，希望她答他。但她什麼也沒說。她只是步履緩慢地走到了梳妝枱前的那隻小圓凳前，坐了下去。

「你倒是說呀，你是不是很討厭，很厭惡我？」

她還是不吭聲。她擺弄着睡袍的那根飄帶，梳妝枱的那塊橢圓型的梳妝鏡照出了她的一個五官不清的臉部輪廓。而鏡子的邊上豎立着一幅黑白的相片。相片中的那個人是個臉龐瘦削的年青人。相片拍攝於上世紀七十年代初期的上海，相片中的人叫楊峰，他是楊涵的哥哥。

除了哥哥之外，楊涵還有一個叫楊萍的姐姐。哥哥老大。楊萍老二，楊涵最小，是老三。八十年代初中期，在上海人蜂湧扶桑的大潮裡，他們兄妹三人也都先後來到了日本打工賺錢。十多年過去了，如今，手足已經殘廢，三個人只剩下了二個。哥哥死於幾年前，他是從一幢大廈的後扶梯上摔下來而至死的。當時，楊涵兩姐妹還在做陪酒女郎。楊涵接到醫院的緊急電話，與姐姐兩個便立即趕去了現場。她們見到的情景是：哥哥躺在扶梯轉角處的平地上，口角有白色的涎沫流出來。他的眼睛是睜着的，凝視着天花板，但已完全沒有了反應。他的身邊，還直挺挺地躺着穿着十分整齊和講究的另一個人。幾個日本女人神色慌亂，比手畫腳地在一旁向她們兩姐妹解釋說，楊峰今晚上是應約去她們家將她們剛死去的父親背下樓去的。但誰也想不到，扶梯剛走到一半，他就……就……不信？不信你們可以問員警。不信？不信你們可以去看，殯儀館的運屍車還停在樓下呢。日本女人說着，就摸出了一張十萬日元的紙幣來遞給楊涵。她說，這是付給你哥哥的運屍費。

正趴在哥哥身上嚎啕大哭的楊涵抬起臉來，她分明知道對方也是無辜的，但不知道怎麼的，她怒不可遏。她將錢取了來，撕碎了，朝那女人的臉上摔去。然而，日本女人並不生氣，她由她發作，且不斷地在一旁鞠躬道歉。完了，又拿出了另一張十萬來給楊涵。又撕，又扔，但又給。她們表示說，她們也一樣覺得難過覺得內疚。要是她們的哥哥真有什麼事的話，她家願意承擔一切責任和賠償的費用，云云。你說，這讓楊涵姐妹還能說什麼呢？

但就從那一晚開始，她們就永久地失去了她們的哥哥了。

也是從那一晚開始，楊峰的相片就站立在了她小妹的梳妝枱上了。永遠年青的哥哥就這樣地望着他的妹妹度過的每一個白天和夜晚，望着她如何漸漸地流失了青春，步入中年。

其實，對於這幅日夜都注視着他家生活之中一舉一動的削瘦男子的相片，畫家的丈夫是很有意見的，豈止意見，簡直都有點心裡發毛的感覺了。他對楊涵說：

「把這幅死人相放在家裡，整天對着我們，我家能吉利嗎？我的畫能賣出高價嗎？又不是你父親，他只是你的哥哥嘛，何必呢？」

聽完此話的楊涵倒真想對她丈夫說：父親？假如真是父親的相片，我就不放了。正因為他是我的哥哥，我才這麼做。當然，她並沒有，也不會，將此話說出口來的。

此刻，見到妻子坐在梳妝凳上，凝視着這幅相片一聲不吭，畫家的丈夫再次勃然大怒，他吼道：

「你就和這相片在一起過吧！你就讓這死人來做你的老公吧！這家我是呆不下去了——我走！我這就走！」

他迅速穿好了衣服，揹起畫盒，提起畫架，就沖了出去。但不一會兒，他又回來了。他見到屋內的情景與他離去時幾乎沒有絲毫的改變，楊涵仍然坐在梳妝凳上，仍在凝視着那幅相片，發呆。他說：

「五斗櫥的鑰匙呢？給我！」

楊涵伸出手去，在梳妝枱的一隻玻璃首飾杯中取出了一把鑰匙給他。他打開五斗櫃，從櫃底的某一處，他取出了一疊一萬和十萬元的鈔票來，塞在了口袋裡。然後他鎖上了櫃門，將鑰匙「啪！」地往梳妝枱面上一擺。「哼！——」他說。

這一次，他再沒有回來。

一星期之後，是楊涵自己出門去找他的。她去了新宿的那家歌舞伎廳。她走進去時，在那裡工作的上海姑娘都認識她，她們喚她作「涵姐」，她熟門熟路地走到一間包房前，推門走了進去。幽暗的光線裡，她見到有兩個人頭對頭腳對腳地趴合在一張沙發上。這是一對男女。男在上，女在下。男人是她的丈夫，而女的，就是她的姐姐楊萍。她走上前去，站到了沙發的邊上，她看着他倆幹事。她望着那隻曾經趴倒在她胸脯上的油光光的腦殼，現在又如何在楊萍的身上「呼哧呼哧」地忙活兒。

驀地，楊萍發現了她。發現了正站在一旁觀摹這場好戲的她的妹妹楊涵。她想爬起來，想把壓在她身上的那個男人推開。但她怎麼也推不開，而楊涵的目光卻向下移遊了過去，她將她的注意力又集中在了她丈夫右腳踝上的那塊青色的胎記上。腳一上一下地蹬着，那塊胎記也跟着一上一下地在楊涵的眼前晃動。

下一個五分鐘之後，丈夫和楊萍都已並肩坐在沙發上了，四隻驚恐未定的眼睛望準了站在了沙發對面的楊涵。楊萍已用一條毛毯將自己裹上了，畫家還在急吼吼地套上衣。他心急慌忙，將一條胳膊從領口間與脖子一塊兒伸了出來。說，咦，這是怎麼啦？便又縮了回去，再伸多一回。楊涵說：

「我來這裡是想告訴你，我帶着兒子回上海住去了。票已定好，是後天下午的飛機。所以後天之後，你便可以住回家中去了。」

謝了頂的丈夫驚愕地望着他的妻子。他想說：「這……？」但他終究沒說出什麼來。

四

上世紀六七十年代，楊涵一家五口：三兄妹和他們的父母同住在上海東區的一條叫「唐山路」的街上。我之所以要將小說的敘述時空倒流回去四、五十年前的楊涵童年時代的上海，這是因為我必須向讀者交代清楚一些故事發展的由來以及細節，比如說，那塊胎記。

其實，那塊胎記楊涵是在她與畫家新婚之夜便已發覺了的。當時，她抓到的是被人當胸擊了一重拳的感覺。從前，她也見到過類似的另一塊胎記，也是那種病青色的，上面稀稀疏疏長着一灘毛髮。雖然，兩塊胎記的形狀大小不盡相同，但胎記就是胎記。它們打從娘胎裡出來，就已隱含了的某種宿命的密碼，楊涵相信在這點上它們沒什麼兩樣。

唐山路如今還叫唐山路。只是當年的這條馬路與今日的它之間存在着的是一種令人無法相信的差別和變化。然而事實是：它們就是那同一條街。這種差別有點像一個平日裡老見到她在弄堂裡跳橡皮筋玩跳毽子的邋遢又面黃肌瘦的黃毛丫頭，不知道在哪一天出了國，留了學，還嫁了個假洋鬼子的老公；然後，有一天突然着着一身名牌，搽着這塗着那的又回到她從前住的那條弄堂裡來了，並還與她的老鄰居們挨門逐戶地打招呼，說：「阿伯，阿嬸，阿姨，爺叔——儂還好伐？」時的人們的感受相類似。

唐山路的這種地貌的改觀是在上世紀九十年代中來到的。當上海的市政建設再度騰飛時，該馬路之所以會受到當局的特殊關注是因為它位於黃浦江的東岸，與江邊碼頭僅兩街之隔，又與對岸嶄新鋥亮的浦東金融心臟區遙江相望。於是，一水相隔，東西兩岸便理應你呼我應了。閃閃發亮的玻璃幕巨廈一幢接一幢的拔地而起，它們設計現代，形態各異；它們就這樣悄悄地佔領改變着唐山路的面貌。久而久之，唐山路的那種已經維持了近百年的原貌開始在人們的記憶中褪色、消失。人們覺得，唐山路麼，不一直就是如此的嗎？反而在哪一天，當他們突然見到了一幅唐山路的歷史檔案照片時，反倒會驚愕地發問，說，這真是唐山路的前身嗎？

不錯，這正是唐山路的前身。其實，唐山路今日的新貌正是用拆遷了唐山路和它鄰近的幾條街道地塊上的原民居的代價換來的。

當年，這幾條街上東倒西歪，烏黑醜陋的民居以一整片一整片的態勢展開去。其間，彎彎曲曲的窄弄

胎記

小巷恰似生長在這塊已壞死了的贅肉上的分佈密集的毛細血管，蟻螻般的居民在其間蠕動，他們在這些陋居中鑽進又鑽出，煮飯、睡覺、嘻笑、打鬧、吵架、做愛。他們在這條叫唐山路的街上，生活了一代又一代。而楊涵家，就是其中的一份子。

其實，楊涵的父母都算是知識份子，解放前受過幾年教育。剛解放時，知識人群嚴重匱乏，政府於是都給他們統配了個帶點知識含量的職業：父親進了一家國營大廠當會計，而母親，則被分入一家初級中學幹起教育工作來。這樣的職業迥異，後來，當文革風暴席捲全國時，導致的是這對夫妻的命運分叉，最後更導致了這個家庭的某種永不能治癒的倫理上的隱傷。但這在解放初期的那些敲鑼打鼓迎接新生活新時代來到的喜慶的日子裡，又有誰能想到呢？尤其是住在像唐山路那一帶棚戶區的居民們。在感情上，他們都感覺自己是與新生的政權很接近的。至少比起那些住在「上只角」的洋房裡的人來說，他們毫無疑問地認定自己是屬於革命陣營裡的人。說儘管是這麼說，但在當時，共產黨和人民政府並也沒給這批陋屋的居民們帶來任何即時的物資上的好處。假如真要說有什麼好處的話，那都是些屬於精神和意識領域範疇內的東西，聽起來或者很高尚很動情也很理想化，但一旦要化作實際的什麼時，便立即煙散霧消，不見了蹤影。如此情形，就像畫在牆上的餅，總也不可能拿來充饑的道理是一樣的。但後來，這種物質上的好處真的還是來了，不過那是在四十年之後的事了。中國社會在經歷了歷次殘酷的政治運動後，有了一定的反省，並終於邁進了改革開放的門檻。然而於當時，雖說是解放了，人民翻身當家作主了，但人民發覺自己翻了一身還不仍在同一張床上睡着？是的，是有不少的優質住宅，花園洋房被沒收、並易主；但入住者決不是他們，而是那些新政權的新貴們。這些「下只角」的城市貧民們還不是照常在那些陋居裡鑽進又鑽出，度過他們生活中的每一天？

但假如要說楊家的住房太陋太爛太棚戶那還不至於。至少比起那些「正宗」的棚戶房，它還算是有鼻子有眼的能保持個正氣的模樣。他們家的房子，其實應該是屬於上海人所說的比石庫門還要差一檔級的舊式里弄住宅。其「正氣」至少表現在如下幾個方面：一、沒有隨時倒塌的險情和險樣。二、還有正規的「廂房」，也有「灶披間」（即專用的廚房），自來水龍頭，陰溝水斗等等一類的準「現代化」設施。三、門廊也是有的，而且還是鉚是鉚釘是釘的擁有了一道厚厚的能供你安裝「司撥靈」鎖的大門。從而，讓你可以在晚上鎖罷門後睡他一忽安穩覺，諸如此類。

在唐山路的那個地段，一家人能擁有如此一幢住宅這件事的本身，在當地人的眼中已是一樁相當令人羡慕的事了。鄰居中有蹬三輪的，有做紡紗工的，還常常以楊家作為榜樣來教導他們的那些不肯好好讀書的子女。說：

「你們看看楊家阿伯，楊家姆媽，假如他們當年沒唸好書，能有這樣的房子住？能有這樣的生活過？還不同我家活成一個樣了？」

其實，從中年回首裡，楊涵倒也是蠻留戀她的童年歲月的，尤其是那些文革爆發前的日子。母親每天一放班就早早趕回家來煮晚飯。等到父親下班回到家裡時，晚飯的菜餚都已香氣四溢的在桌上等着他們全家來享用了。而父親通常也會順路買些熟食回來：醬汁肉，紅腸，五香豆腐乾。還有就是楊涵最愛吃的回教清真鋪裡買的那種牛肉湯包，一口咬下去，肥美的湯汁馬上充滿了你的口腔，讓你想叫絕還嫌有張口之不便。而一旦晚餐桌上增添了這些內容，歡樂的氣氛自然也就更濃了。

再有就是那種溫馨的鄰居間的社交生活。張家長李家短的，那年代有誰家不串誰家的門？而誰的門能不被他家來串？它讓你不想熱鬧時也熱鬧得靜不下神來。此舉意味着：你家的一切歡樂與福利也就是你家一切痛苦與煩惱的根源。你家所有的歡樂與福利都有人不叫自來地與你共用；而你家的痛苦與煩惱，同樣，也會有人主動來為你來分擔，為你見證，為你挺身而出。

這與眼下的這個廿一世紀的上海的都會生活形態可不大相同了。在這看似高樓林立繁華似錦的大都市裡，人的內心其實都有一種莫名狀的惶恐感，一種說不清道不明的不安，一種可怕的揮之不去的孤獨。它籠罩着每一個人；當他們各自在一方屬於他們自己的小天地上經營着自己獨立的精神王國時，都有一種孤帆飄蕩在無涯海面上的虛空感。個人私隱自由的獲得，原是以喪失人的社會群居特徵之代價換來的。

但即使是那個年代，有件事仍然是屬於楊家的絕對隱私。別說是外人了，就是楊家的家庭內部，每個家庭成員對此的知曉度也都不一樣。

楊家住宅的正門其實是朝唐山路而開的。後門則開在某一條彎曲的窄弄裡。故，楊家的門牌號碼既可以用唐山路×××號來示之，也可以用唐山路×弄×號來標注。當然，他家的那些所謂「鄰居」的絕大多數都是×弄中的居民。而他們通常都是使用後門出入楊家的。其實，楊家的正門也是從來不打開的，只有兩扇裝有木柵的窗戶可以望見唐山路，唐山路上的十輪貨卡以及腳踏車黃魚車之類的各種交通工具都從楊家的窗前門前駛過。年長日久，從馬路上揚起的塵土蒙垢了楊家的窗戶玻璃，而平時擦拭的機會又很少。所以楊家的堂屋裡永遠光線昏暗，即使是個晴朗的大白天，整條唐山路上都鋪滿了陽光，唯他們家中的光線依然陰暗。

與正廂房（即堂屋）一板相隔的有一間後廂房，約莫五六平米見方。後廂房沒窗，只有兩扇通往正廂房去的小氣窗。緊毗後廂房的是一把彎把手的窄木扶梯，沿着木扶梯再經過兩處很陡的轉彎，便能到達該屋宇的閣樓。此屋，其實，是幢一層的單室戶，閣樓充當的也只是正房與斜頂之間的那段夾層，將冬寒與暑烤擋在了屋外。另一方面，由於正房的樓底很高（當年的造樓設計方案，正房很可能是以商用的鋪面來作規劃的。唯49年後，商業環境轉趨蕭條，門面因而也就充作住家來使用了），在正房的偏後部分，便搭出了一方小閣層來，閣層上站不直人，卻可以睡人。與正房之間的通道是靠一把可移動的直梯；晚上要睡人，直梯往閣板上一擱，便爬上睡去。白天的時候，直梯則擺放於一旁，堂屋也因此可以顯得寬敞和正氣了。所以，從平面的方位上來看，小擱層與斜頂閣樓是屬於只有半層之差的屋宇的兩個互不相連的部分。

正廂房、後廂房和夾層閣都各有用途：正房當然是楊家主要的生活場所，全家人的吃喝拉撒都在那裡解決外，還充當楊涵父母的睡房。正房裡除了父母睡的那張大床外，還有大櫥五斗櫃棉被櫃樟木箱馬桶浴盆腳桶八仙桌什麼的，也都一一佔據了正房的各個角落。

後廂房是楊涵哥哥楊峰的睡房。同時也是少女時代的楊涵最嚮往的一個地方。哥哥大她們姐妹倆好幾歲，因此他讀的年級也要高出她們好幾屆。他讀的書多，懂的事自然也多；懂的事多，見解也就不同；見解不同，平日裡說出來的話也常常讓她們姐妹倆聽得一愣愣的。覺得：這世界上，除了老師之外，就數他們的哥哥是最有學問的人了。哥哥經常伙同他的那些愛文學愛藝術愛攝影（不知他的哪位同學從家中弄了架破相機來，幾個同學常常湊在一塊，將那玩意兒擺弄個不停）的同學回家來。他們將自己關進楊峰的那間後廂房裡去，高談闊論，縱橫天下事：政治、經濟、軍事、社會、人生的各類主題，他們似乎無一不通曉，無一不可作一通發揮的。有時，正聽得出神來勁，門突然就打開了。楊峰站在了門口。他將兩個躲在門外偷聽的妹妹轟走，說：

「去！去！去！做你們的功課去，這裡沒你們的事！」

說是這樣說，但楊峰還是挺疼惜他的兩個妹妹的，尤其疼惜小妹妹楊涵。他非但關心她的學業，還關心她的生活。一旦遭人欺負，他就會義不容辭的替她出頭：他很能做成個大哥的樣子。有時，他還會將他十分有限的零用錢節省下來，買幾粒奶糖或零嘴什麼的，出其不意地，偷偷塞到小妹的手中，說：「哥給你帶回來的——吃吧。」讓楊涵即驚喜又感動。後來正因他們這種特殊的兄妹感情，才讓楊涵夠膽在某一天將那樁恐怖事件的全部經過向哥哥說了出來。楊峰聽罷便愣在了那兒。楊涵記得，當時的他的臉色轉成了鐵青色，他問：

「你看清了？」

楊涵答道：「看清了。」

「沒看錯？」

「沒看錯。」

「真不會看錯？」

「不會……」

哥哥突然就一把捂住了小妹的嘴巴，他不想讓她再說下去。他將小妹抱住了，緊緊地，似乎怕洩漏點什麼，有似乎怕溜走點什麼。她感到哥哥的周身上下都在顫抖，就像一個處於極度寒冷之中的人的生理反應那般。

事情發生在文革爆發那一年的夏秋之交。

1966年的溽暑，天熱得特別早也熱的特別長。楊家姐妹睡的那方站不直人的夾層閣上更是悶熱如蒸籠。儘管是一人一把紙扇的搧個不停，但人剛一躺下，貼地而鋪的草席上，便馬上印出了個汗津津的人形來。那時的楊涵只有十一二歲，姐姐大她兩歲，也就十三四歲的光景。在這塊空間和面積都極有限的閣樓上，姐妹倆只能頭腳相倒而睡。而姐姐的腳後跟處還放着一隻帶木蓋的高腳搪瓷痰盂，充當「夜壺」。別看那地方簡陋，假如不發生那事，楊涵想，她一生都會很留戀那地方的。尤其是在寒冷的冬夜，外面大雪紛飛北風呼嘯，那閣樓便更顯得又私隱又溫暖，睡在那裡就像睡在母懷裡一樣有安全感。後來她去了日本打工，生活艱難，居室擠迫，唯有一樣東西叫她最喜愛。那便是日式的「榻榻米」睡床。白天工作再辛苦，夜裡一倒上貼地的榻榻米，她便能安然入睡。這與她潛意識深處埋藏的某種童年記憶是有關聯的。

然而，既是在幾十年後的日本，她都會做同一個惡夢，會從「榻榻米」上突然驚醒過來，她想：我現在在哪裡？那一切都是真的嗎？還僅是幾十年前她做過的一場惡夢呢？1966年夏天的記憶也不知怎麼地就露面了，它偷偷地溜近了她的異國的夢裡來了，讓她嚇出了一身冷汗。就像當年的那個溽暑之夜，她會在自己的枕下亂翻，她要找出那把紙扇來給自己搧風涼。其實，在那時候，暑熱已在漸漸退去，唯楊家一家人的驚恐仍在繼續。事緣孩子們的那個當教師的母親，已被她的學生當作「牛鬼蛇神」給揪了出來。說她給學生們灌輸了很多「封資修」的反動意識，是「資反路線的忠實執行者」。她被剪了個陰陽頭，胸前背後都吊了一塊馬糞紙做的「牛鬼蛇神×××」的硬牌，她像個幽靈一般的出沒在學校的走廊與操場上，不吭一聲，也沒有人敢與她搭訕一句。她被勒令停教、寫檢查、掃廁所、陪鬥，諸如此類。有時，甚至連晚上也不讓她回家。

當然，從幾十年後的今天來回觀，每個人都會感覺那些事情是如此地不可思議，如此地荒唐；感覺當年的那場「運動」絕對是一場荒旦鬧劇無疑。然而在當時，人們的精神投入度也是空前的。他們毫無疑問的相信所有這些舉措，都是非常必要非常及時的。咱們中國是世界革命的中心，而我們一定要在，也一定能在，偉大領袖毛主席的領導下徹底砸爛一個舊世界，建造出另一個紅彤彤的無產階級掌權的新世界來。這，便是真實的人，真實的人性。人性對同一是非的判斷在不同環境的上下文中，可以得出截然相反的結論。

再沒有醬汁肉和五香豆干之類的溫馨的晚餐了。很晚了，全家人都乾坐在大房裡等，等着母親回家來。後來，兩姐妹實在給等了睏，一個趴在桌上睡着了，另一個坐在椅子上，也不斷地垂下腦袋來打瞌睡，然後再驚醒過來，坐直了身子繼續等下去。父親吩咐楊峰道：

「叫你兩個妹妹睡去吧。這樣等又有什麼意思呢？媽要回來，總歸會回來的；不回來的，等也是白等。快，快把直梯擱上了，叫醒她倆，睡去！」

於是，昏昏沉沉濛濛曨曨的楊萍和楊涵，便在父親的催促下和哥哥的協助下，攀着扶梯，爬到閣層睡去了。之後的事，楊涵就記不清什麼了。她只記得閣層之下大房裡的那盞電燈一晃一悠的，後來就熄滅了。哥哥應該是回他的後廂房裡去了；父親可能再等多了一會兒，也上床就寢了。那一夜，母親沒回家。

天已秋涼，尤其是在夜晚。她與姐姐都各自裹着一條毛毯，躺在爽滑的草席上。那一晚，楊涵感覺自己一直處在一種似睡未睡似醒未醒的狀態中。她聽見老鼠在斜頂的閣樓上蹦跑的聲音以及它們發出的「吱吱」的叫聲。半夜裡，下起了淅淅瀝瀝的秋雨，她又聽見雨點打在了老虎天窗上的響聲以及唐山路上的梧

胎記

桐樹葉在秋風秋雨裡發出的「沙沙」的抖動聲。這些富有節奏感的響聲給楊涵帶來了雙向的意識反應：既催她入眠，又不斷將她驚醒。下半夜的某個時辰，她突然被一種異樣的聲音給驚醒了：這不是風聲雨聲和樹葉的「沙沙」聲，而是姐姐腳跟後擱着的那隻「夜壺」所發出的叮噹之聲。不知怎麼地，她一下子便清醒了過來。她感覺到與她睡在同一張草席上的姐姐的那一側，有劇烈的翻動感傳遞過來，並還伴有人的粗重的呼吸聲。在黑暗中，她的目光突然變得雪亮雪亮的。她見到姐姐毛毯的後端被踹開了，有四隻人的腳丫暴露了出來。腳丫與腳丫互相糾成了一團。她能分辨出來，那兩隻被夾在中間的細小而又白嫩的腳丫是屬於姐姐的。那另外兩隻呢？她借着屋頂天窗上反射進來的唐山路上的高壓水銀燈的蒼白的殘光見到：那兩隻緊緊地夾住了姐姐的腳的是一雙青筋突暴的大腳，與腳掌相連接的那一截小腿上還長有濃黑的汗毛。

更令她驚訝不已的是：在那小腿盡端的腳踝處有一灘病青色的胎記。儘管朦朧，但她還能清楚的分辨出來生長在那灘胎記上的一撮毛髮，像一束湖溏中的蘆葦，兀自觸立。

她的第一反應是驚叫。但不知道是從哪裡來的一股意志將她的那種叫喊的欲望壓制住了。因為直覺告訴她：那兩隻不屬於她姐姐的大腳是屬於某個人的，某個與她的這個家庭有着十分密切關聯的人的。這是兩隻她既熟悉又陌生的男人的腳：熟悉是因為她經常會在一定的距離之外見到它們；陌生又因為她從沒像現在這般近距離地面對過。這種感受令她既焦慮又恐懼。當她的喊叫的欲望在唇上死寂後，它們卻在內心轉化成了另一種十倍的擴音效果：不會！不會！！不會！！！不是！不是！！不是！！！不要！不要！！

不要！！！不能！不能！！不能！！！……

她連自己都不明白，她究竟想表達點什麼？

她忘了後來她做了些什麼？可能，她從頭到腳將自己窩進了毛毯中去。待她重新將頭從毯端偷偷探出來時，她見到有一條黑影從擱着的直梯上攀爬了下去。她還聽到姐姐睡的那一頭有斷斷續續的抽泣聲傳來。姐姐的雙腳已龜縮回毛毯裡去了，但她能清楚的感覺到在抽泣的間隙中姐姐的全身都在顫抖。

屬於同一性質的恐怖事件，十一歲的楊涵還有過兩次直接或間接的遭遇。一次是在某個她放學回家的傍晚。那回，她因為與同學逛街，晚了點回去。一踏進家門，她就見到了那把木扶梯擱在了閣板上。猛地，她的心跳頓住了，然後便又開始劇烈地跳動起來。在閣樓那種晦明晦暗的光線裡，她見到似乎有什麼東西在那兒蠕動。她慌忙丟下書包，又重新奔出家門去了。另一次同樣是在半夜，突然被驚醒了的楊涵發現自己正屏神凝聽（她抗拒如此做，但她又抗拒不了不如此做），她感覺到從她側位上傳過來的振動波，開始變得不再那麼慌亂和那麼不協調了，其中似乎有了某種默契和配合了。還是那同一種粗重的男人的喘息聲，但其間還夾雜着些低低的叫喚聲。她分辨得出，這是她姐姐的叫聲，細柔委婉如鳥鳴。

緊接着的下一幕仍然是有一條黑影，躡手躡足地從扶梯上爬下去。再之後？再之後便一切歸入了寂靜。姐姐不再抽泣，她用毛毯裹住的身軀就那麼的蜷縮着，背朝楊涵，安詳而又平靜地睡了。但楊涵並不因為姐姐痛苦的減低或者消失而變的心情平靜。她不明白事情為什麼會演變成這樣了呢？她感覺在這不可理喻中隱藏着的是一種更大的可怕。她不由的渾身都顫慄了起來。

天涼了，凍了，又漸漸回暖了。仲春的一個黃昏天，父親下班回家後，就很罕見地將面朝唐山路的那扇屋門打開了，他想讓屋外的溫潤的春的氣息流進屋裡來，置換去那種常年留駐在了這間堂屋裡的陰晦的氣味。他搬來了一張籐椅，又取了一隻朱紅光漆的箍木腳盆來，然後便面朝唐山路端坐了下來。他說，在外面忙了走了整整一天，一雙腳又酸又累，粘乎乎，臭烘烘的；他想用熱水先泡泡腳，放鬆放鬆。他吩咐剛放學回家的小女兒楊涵替他打盆洗腳水來。自己則脫鞋除襪，將兩隻光腳丫擱在了光漆腳盆的兩側，等着。

楊涵從灶披間裡打了盆熱水來，遠遠的朝着她爹坐着的方向走過去。她望見了坐在夕輝中的父親的剪影。尤其是他的那兩隻擱在了盆沿上的，骨瘦嶙嶙青筋突暴的光腳丫，還有那半截從捋捲起了的褲腿中伸出來的黑毛茸茸的小腿，在這橙黃色的陽光中，呈現出了一種奇特的浮雕感。

端着水盆的她步履機械的走到她父親的跟前，然後彎下腰，然後將水傾倒進了那隻空腳盆中去。馬上，就有一股升騰而起的水蒸氣將這眼前的一切都籠罩進了一片虛幻的白色中。當白色的水霧退去時，她發覺自己仍彎着腰，手作傾水狀。她仿佛凝固在了那個傾水的瞬間。父親問道：

「你這是幹啥？」

她不語。她的目光死死盯住了父親的右腳踝上的那塊青色的胎記。她望着這雙腳如何小心翼翼地伸探進冒着蒸氣的熱水中去，然後又迅速地彈跳回來，擱回到盆沿邊上去。如此幾個來回，父親的口中發出「噝噝噝」的噓氣聲，仿佛這是件很舒服很刺激的事。父親再一次地問她：

「你這是怎麼啦？為什麼不走？」

她這才直起腰來，準備離開。但她的目光並沒有隨她那開始挺直了的身體而移開，它們仍然死死地咬住了那塊胎記，她要用她那狠狠的目光將它望穿，望融化。她甚至想像自己的目光化作了一把利刀，利刀輕而易舉地將那塊醜惡的胎記，像削果皮一樣地於手移刀過間給削去了！

第二天，放學回家的楊涵在唐山路口上，就遇見了提早下班並站在那兒等着她的父親。父親說，咱們今晚吃館子去。她說，那他們呢？她指的是她的母親、哥哥和姐姐。但父親告訴她說，這回就他與她兩人——他是專門來請她到清真館去吃牛肉湯包和咖喱牛肉粉絲湯的。

「難道這不是你最喜愛吃的東西嗎？」他說。

十一歲的楊涵點了點頭，隨即又搖了搖頭。她不知道她到底想表達些什麼？但父親還是帶她去吃了清真館。席間無語。父親自己並不吃湯包或牛肉湯，他只是看着她吃，他似乎想找個話題切入，他想同她說點什麼。楊涵嚼着包子，又喝了一口湯。她抬起頭來，望到了父親的那張油晃晃笑眯眯的臉，它正回望着她。

突然，她感到了一陣眩暈，隨即就有一種強烈的嘔吐感將胃中的食物往上推。

「嘔，嘔——！」她站起了身來。

父親問，你這是怎麼啦？

但她沒答他。她用手掌捂住了自己的嘴巴，飛快地奔進了廁所裡去。那感覺，那模樣，那動作，那情勢，與三十年後，她在五反田家中的那一回一模一樣。

五

多少年後，當回憶起那公寓少婦時，梓峰就始終無法建立起一種真實的感覺。她很像是個幻影，他甚至懷疑：在他的少年時代的那些歲月裡是否真的存在過這麼個形象，這麼個人？而僅僅只是處在他心理與生理騷動期中的某個心象？之後又在他反復而又反復的性幻想中漸漸地變得立體起來，真實起來，豐滿起來了的呢？因為，這類情形在他後來的小說創作中經常發生。由於太投入的緣故，一部作品寫下來，他經常會將生活中的某個真實個體，與故事裡的另一個虛擬人物互相錯亂和混淆。這道雞與蛋蛋與雞的邏輯題把他自己也搞糊塗了：到底他是把生活中的誰當作某個小說人物來寫了呢，還是他將他小說中的某個人物當作生活之中的誰來看待，來作聯想了呢？

但後來，他可以很確定地告訴自己說：那位公寓少婦是一個真真實實存在過的人，並不是他虛構出來的某個小說人物——至少在他還沒打算將她作為原型來寫一篇小說之前，應該是如此的。因為，除了那個盛夏晌午的面對面的相遇外，至少還有兩回很重要的生活場景永不會在他的記憶中褪色。

一回也是在夏天。不過，那是個滿天星斗的夏夜。那時，文革的風暴還沒到來。從梓峰家的視窗望出去，透過幽暗黑森的樹木的檔枝，能望見對面公寓露台上亮着的那盞帶奶白燈罩的棚頂燈。在橙黃色的光罩裡，梓峰望見那位少婦正一個人半躺半坐在一張蔑竹的靠椅上，乘涼。她不停地用一把蒲扇給自己搧着涼風；時而，又拿起身邊茶几上的一杯飲料來啜上一口。她穿了一件粉紅的紗睡袍，兩條雪白的小腿翹起，擱放在了一張絲絨質的小方凳上。夏夜的空氣裡彌漫着一股葉綠素的青蔥和某種不知名的花的香氣，而她讓自己整個兒的暴露在了這夏夜的半醒半醉的空氣裡，一副若入無人之境的舒坦樣。

她當然不知道有誰在窺視着她。事實上，這露台恰似一方光明的舞台，而那片黑暗的花園領地正是台下黑壓壓一片的觀眾席。席間只有一位觀眾，他便是少年時代的梓峰。

梓峰從花園的枝叢間偷偷地潛行了過去，來到了那幅最貼近公寓圍牆的牆跟邊。他不知道自己為什麼要這樣做？他只知道，他無法控制自己不要這麼做。而且，他也不知道他這麼做的目的是什麼？一個十六歲的他，像一粒小小的鐵屑，被對面舞台上的一塊具備了強大磁場的磁鐵吸引着，身不由己地，便向那兒遊移了過去。

夢境一般的記憶又來作祟他了。他記得這是他家花園裡的那棵樹冠葱鬱的香樟樹。他無聲無息地佇立

胎記

在樹下，有明亮的星斗從樹葉叢間向他眨眼，也有蚊子在他的耳邊「嗡嗡」作鳴。不一會兒，他的兩條腿肚上就佈滿了蚊咬的疙瘩。但他毫不在意，他只感覺渴望，感覺衝動，感覺無法抗拒，他將身體儘量地貼近牆身，向上望去。

其實，如此仰視角度並不能見到太多的什麼，再說還隔了露台鑄鐵的欄杆。梓峰見到一把蒲扇以及幾條握着扇柄的纖纖玉指一晃一悠的，在他眼前出現了又消失，消失後再出現。倒是從蔑竹榻上伸展出來的那兩枝小腿在光流裡顯得特別的亮白。它們穩定地擺放在那兒，像一座白玉雕築成的跨橋，一端是睡褲寬大飄動的邊緣，另一端則是那張天鵝絨的擱腳凳。而兩隻白嫩的腳掌擱在腳凳上，五條腳趾姿意地張開着，盡情地享受着那熏熱的夏夜的空氣對它們的撫摸。於是，在梓峰的感覺中，除葉綠素味和花芳外，還滲入了一種由視覺轉變而來的氣息：那是一種異性的體香，時隱時現，乍濃乍淡，飄忽而又動人。梓峰發現自己的雙腿就像是兩根打進了泥地裡的木樁，站在那裡，都不會動彈了。

他聽到房中傳出來一把中年男人的叫喊聲，說，阿芬啊，阿芬，回屋裡來吧！——西瓜已經切好了，快來吃。那少婦聞聲立馬坐直了起來，她將雙腿從擱腳凳上抽了回來。從梓峰站立的角度望出去，他能見到的只是一隻白嫩的腳掌與若干閃亮的趾甲往那烘漆木屐中一陣猛塞。有幾回失敗，但終於成功了。於是木屐便被她那白淨的腳後跟拖着，走了。邊走，她邊朝屋裡頭回應道：

「唉，來了，我這就來了！——」

梓峰突然感覺到一陣美妙極了的心悸。這是一種忘我——不，還不僅是「忘我」，簡直就是忘你忘他忘卻了整個世界的極樂感。極樂感像一道電流，由下而上，直沖腦門，再由上而下，直達身體的那個部位。這種熟悉的感覺在青少年時代的梓峰的夢中經常神出鬼沒，但現在，現在他又怎麼啦？他是在夢中嗎？連他自己也弄不清楚了。他只是感到自己被一種神奇的光環所籠罩了，他全身僵立，本能地等待着那個山崩海嘯一刻的到來。

第三回，也是最後一回，他是從一個遠遠的方位見到她的。1966 年的夏秋之交，文革的狂潮正在上海的版圖上全面地、洶湧地澎湃開去。尤其是在梓峰居住的那個地方，抄家、批鬥、遊街，一浪連接一浪的紅色恐怖，幾乎吞噬了人們的包括了想像力在內的一切本能的意識和行為。

那是個無月的深夜。

其實，在那個深夜到來之前，梓峰對在對面那座露台後的公寓裡已經或正在發生的一切已多多少少地有所知曉了。少婦的丈夫是個資本家，年紀也有一把了，而少婦是他的續弦。資本家在單位裡挨了批鬥後，又被拖回街道來續鬥。他們夫妻倆被同一跟粗麻繩牽着，一前一後，彼此間相隔三五步之遙。而幾個戴紅袖章的造反派握着繩端走在頭裡。肥胖的資本家的頭上戴着尖頂的高帽，而嬌小的資本家的老婆的頭上也戴着高帽；資本家的帽壁上寫着：打到反動資本家 ×××！老婆的帽壁上則是：打倒資本家的臭婆娘 ×××！兩人的名字都被打上了血紅的交叉杠。資本家的手中握着一面破鏜鑼和一根敲柄；他老婆的手中也握着一面鏜鑼和一根敲柄。資本家邊敲鏜鑼，邊喊道：

「當！當！當！我是反動資本家×××！我是寄生蟲吸血鬼×××！當！當！當！……」音調雄渾而又響亮。

那女人也是邊敲鏜鑼邊喊道：

「當！當！當！我是資本家的小老婆×××！我是破鞋爛鞋×××！當！當！當！……」音量卻是細微而顫抖。

就這樣，他叫一回，她叫一回；她叫一回，他再叫一回。一唱一和，一粗一細，一渾一顫。幾十年後，當梓峰偶爾被人拉去卡拉OK包房唱歌娛樂，聽到那些雞嗓音的男聲和雀叫音的女聲在合唱那首「夫妻雙雙把家回」的歌曲時，他就會立即聯想起當年的那幅場景來。他的心臟一陣緊揪，不知道怎麼的，他感覺有兩行熱淚止不住地撲簌而下了。梓峰對這首歌曲的反應令他幾十年後的歌友們大為吃驚。他們問他，你這是幹嗎啦？而他卻抹了抹眼淚，又變成了一張微笑的面孔。他說，沒什麼，沒什麼。你們繼續吧。其實，這一切，又讓他從何說起呢？

用「夫妻雙雙把家回」來形容當年的這對資本家夫婦遊鬥的場面還是頗為恰當的。因為他倆被人像耍猴一樣地牽着，在銅仁路上敲完鑼遊完了街之後，又被雙雙拖到他們家居住的那條弄堂裡去了。這一次他們是站到了台上去，接受廣大革命居民群眾對他們的批鬥。而此刻，弄堂口的那些搖扇乘涼的閒人們，煙紙店的老闆娘，還有從外區外弄來的各式人等都湧去弄堂裡看熱鬧了。但梓峰再也看不下去了，他回到了自己的屋裡去。他站立在自家的陽台上向對面的露台望去。他知道，那露台上再也不會出現少婦的身影了。因為此時的露台以及從露台通往房間去的那扇落地鋼窗，都已被層層疊疊的大字報給封死了。大字報一直從露台的鐵鑄欄杆上垂直吊下來，幾乎都要觸及到梓峰家的花園圍牆了。

於是，便接上那個無月的深夜了。半夜裡，熟睡中的梓峰被一陣猛烈的「咚！咚！咚！」的敲門聲給驚醒了。聲音朦朧而又緊迫地傳來，這是他家花園的那扇大鐵門被人揮拳敲擊時發出的沉悶的響聲。

他家的女傭跑去開了門。馬上，就有一群戴紅袖章的人湧進花園裡來。當梓峰披衣下床走到陽台上去時，他見到人群正鬧哄哄地朝着那堵圍牆和那棵香樟樹的方向走去。他聽到有人大聲嚷嚷，說：「在這裡——就在這裡！」於是，人們一哄而上。在亂竄的電筒光柱裡，梓峰見到幾個人影從地上抬起了一件什麼或一個誰來。梓峰幻覺他似乎見到有半截嫩紅色睡袍的褲腿和某種模糊的肉白色的東西一閃而過——其實，梓峰完全有可能什麼也沒見着，什麼也沒有看清，這些僅都是他的幻覺而已。

第二天的早晨，太陽剛升起不久，梓峰便站到了那棵香樟樹和那堵圍牆的方位上去了。

香樟樹被壓斷了一大截枝丫，枝丫靠倒在牆身上，一副沮喪的表情。而花園稀疏的草皮上則印着一灘模模糊糊的人體的印記。還有些殷紅的血跡這兒那兒的沾在了草葉上，有的已經凝固，有的仍然鮮豔欲滴。

他就一個人不停地在那一片花園的領地上遊蕩，仔細查看，像是個公安局的刑偵科人員在勘查案發現場，

胎記

在搜集罪證。他發現目標了，跑過去撥開了牆角的草叢。他從草叢中取出了一隻高跟拱背的烘漆木屐來。這是一隻女式木屐，幾朵金紅色的牡丹描繪在深墨色的鞋肚上。他將它揣在了懷裡。又見到什麼了。是一條狹長的女人的胸罩，湖藍色的，吊掛在香樟樹枝上，像隻斷了線的風箏。他不知道這東西怎麼會跑到那兒去的？但他想得到它。他幾回跳躍，終於將它摘到了手。他又把它揣進了懷裡去。

但她呢？此刻的她去了哪裡了呢？梓峰還想尋找點什麼。他抬起頭來，對着初陽金芒般的光刺努力地睜開了他的雙眼來。他見到了一些黑色的斑點在光海中旋轉，彷彿是蕩漾在她笑意中的那幾粒動人的雀斑。突然，他聽到了一聲尖利的鳥叫，「啾！」地一聲，就有一隻不知名的，羽毛呈黃白相間的雀兒從香樟樹端沖天飛去，瞬刻之間，便隱沒在了初秋時節的高遠的藍空中。梓峰確信：這一定是她靈魂的化身無疑。

後來，那隻金紅牡丹的閩式木屐和那條湖藍色的胸圍他一直珍藏了許多年。直到認識了那位國棉十七廠的前妻，並已開始了談婚論嫁時，他才將它們偷偷地處理掉，他生怕被她瞧見。

但想不到的是：在幾十年之後的武西公寓的陽台上，他又見到了從對面窗戶裡晾曬出來的那一類同一種顏色的胸圍了。這不禁令他心往神馳。那一天傍晚，他從街上回家來，經過門衛室時，門衛老張叫住了他。他交給了他幾家出版社和雜誌社寄給他的一疊印刷品和若干函件。完了，又遞給他一份晚報，說：

「402 楊老師家的報紙。麻煩你也一起給帶一帶上去。要是她不在家，插在她家的門柵裡便可以了——謝謝噢。」

梓峰聞言不由得起了個激靈，他感覺自己臉紅了。但他連忙掩飾，裝出了一副漫不經心的樣子來，應道：「謝什麼謝吶，大家左鄰右舍的，這是應該的。」然而，他的心臟卻「砰砰」地跳個不停。他急急地踏上扶梯，蹬樓而去。

當他來到 402 室的門前時，他驚奇地發現：防盜用的鐵閘是敞開着的；大門也虛掩着，卻不見有任何動靜。他在虛掩的門上象徵地「篤篤」了兩下，接着便推門而入了。他的第一反應是嗅覺的，然後才是視覺的。他感覺到一股撲鼻而來的女性居室的芬香、溫軟、濕潤，富有挑逗性。尤其是對於他那麼個獨居了多年的男人來說，更是如此。

他環顧了一下客廳，客廳中沒人。通往露台去的落地趟門敞開着，有風流從趟門中灌進室內來，把白紗的窗簾輕輕地吹舞起。他站在那兒，目光迅速地穿過客廳，進入到了與客廳只有一門之隔的臥房裡去。從他站着的角度望過去，他能見到半張床的床面，床的背景是兩扇鋁合金的窗戶，窗戶緊閉，透過窗戶的玻璃，他能望見自家陽台的某個側面。

怎麼沒人呢？他感覺這地方有些兒奇特。但除了奇特，還有一種說不清道不明的誘惑力。作家的敏感告訴他：這塊對他而言應該是完全的陌生之地中必定存在了點什麼，這可能是一種場效應，令他產生了一種曾似夢中相識之感。這種好奇感驅使着他身不由己地往內房走去。他見到床罩上散亂着一堆洗淨後晾乾了的衣物。立馬，他為自己的那種好奇感找到了理據：有一帶胸罩耷拉在床沿的邊上，湖藍色的，相當醒目。胸罩球形的四周鑲着簡約的花邊，一條狹長的延伸部分，一邊縫着兩粒小小的白色的鈕扣，另一邊則開着兩隻唇形的鈕洞。幾十年前的一件物品為什麼會在幾十年後的這裡出現呢？他是在做夢嗎？但他知道他是清醒的。

他凝望着那條湖藍色的物件，真想幹點什麼。但他剋制住了自己。在一個陌生人，而且是個陌生女人的房中妄自環顧，還說想進一步幹點兒什麼，他突然感到了一陣止不住的慌亂，他開始向外退去。然而，就在這一刻，他眼角的餘光抓到了一樣東西，他不勝驚異地站定了。這是一幅站立在女主人梳妝枱面上的黑白相片。從幾尺外的距離望過去，他能清晰地辨認出相片中人物的面部特徵：一個二十來歲的青年人，削瘦的臉龐，靈性的眼神——這不是三十年前的梓峰自己又是誰？當然，這不會是他，那又會是誰？誰又會如此像他？而他的照片怎麼會到這裡來站立着的呢？他顧不上思考，便滿腹狐疑地拖着腿，退到了402的門外去。

自從那回之後，他便一直有了點隱隱約約的後悔。他想，那天，他假如能再幹多點和再看多點什麼就好了。但他沒有。於是，下次再經過門衛室上樓去的時候，他都會主動地向門衛老張請纓，說：

「402有晚報要帶嗎？——我這正好要上樓去。」

老張當然不明白為什麼平時訥言慎行的蘇梓峰蘇先生會變得如此主動和熱情起來了？但他還是一臉感謝地說：

「有。有。每回都讓你勞神，不好意思噢。」

「順便嘛——順便。」

梓峰口中說着，腳步已急急地踏上扶梯了。心中則盼着：這回他會不會再有多一次機會呢？一直沒有。每次，他都怏怏地將晚報插進 402 防盜門的鐵柵中去，心中彌漫了一片失落感。然而，與此同時，對門的那個叫楊涵的女人的形象也因此在他想像之中一次更比一次地變得立體起來，亮堂起來。連她的那張中年的面孔似乎也不再平庸。人的想像力，尤其是作家的想像力的本身就是一種光彩，當他將這種光彩移植到他想像的人物身上去的時候，他便為自己製造了一個迷戀的物件。

後來，機會終於有了。那次，他來到 402 的門前時，一切境況與那前一次竟然毫無兩樣：鐵閘敞開着，大門虛掩，客廳中沒人；而房門也開着，窗戶閉着，睡床上也有一堆洗淨晾乾了的衣物。當然還有那幅相片仍在原位上站着，仿佛時間只是玩弄了一次剪輯的遊戲。

唯一一樣細節有了點變動：就是那隻湖藍色的胸圍。它已脫離了那堆衣物，單獨地擺擱在了已罩上了床罩的睡床的那兩隻並排而放的枕位上。而且，胸圍還是扯開了放的，一端擱一邊。因而令它顯得特別惹眼，也特別地有了長度。像是一座橋樑，將兩隻枕頭連接在了一起。

梓峰站在那兒，凝視着它。他想：這回，他一定要把想幹的事幹了。他伸手將藍胸罩拎了起來，轉動着，觀賞着它。他感到心中有一股久違了的欲望又攪動了起來。仿佛他又回到了那個夏日的晌午，那個滿空星斗的夏夜，那棵香樟樹下。

他將他的嘴唇向藍胸罩靠貼了上去。他吻它。從白鈕扣的端處吻上去，先是吻它雙峰的正面；然後，他深深地吸了口氣，再吻進了它深凹的內裡去。他覺得有一股皂香混合着陽光的清醒一直沁入他的肺尖。突然，他感覺到了些什麼，轉過身去。他見到楊涵就站在了他的身後。他一臉驚呆地望直了她，手中仍然拎着那條湖藍色的胸圍。胸圍靜止在半空，像一件魔術師使用的道具。

六

楊涵見到對門住的蘇梓峰時，當下裡就嚇了一跳。世上怎麼可能有如此相像的兩個人的？他倆是在扶梯上各自上下時遇見的。她當然不好意思去朝一個陌生的男子作太正面的打量，她還保持了一貫的矜持與平靜的表情，與他擦肩而過。但她眼角的餘光告訴她：與三十年前的她的哥哥相比，他只不過什麼都老了一圈。或者也可以這樣來說：假如哥哥能活到現在的話，他不就是他？

楊涵是懷着一種忐忑疑惑的心情經過門衛室上街去的。就聽得門衛老張在喚她：

「楊老師。楊老師．。」

她收住了腳步。

「這裡有你的兩封信和昨天的一份晚報，你是帶去呢，還是……？」

「我這是去上班，帶着不方便。而且……」她吟哦了一下，「而且今晚有事，回來也早不了。如果方便的話，能不能請誰替我捎一捎上去，插在我家的門柵裡就可以了。反正也不會是什麼太重要的東西。」

「那好吧。那就麻煩你家對門的蘇梓峰先生帶一帶吧——他倒是剛巧上樓去。」

「誰？——你說誰？」

老張有點愕然地回望着她，他不知道她為什麼會對「誰？」如此感興趣。他說：

「蘇先生哪。就是住在你家對門的那位先生。」

「噢……」停了停，她再說道：「蘇什麼峰——你說的？」

「蘇梓峰。蘇是蘇聯的蘇，峰是山峰的峰。梓字怎麼寫，我就搞不清楚了。只知道別人都叫他蘇梓峰蘇梓峰的，我也因此記住了這個名字。」

文化程度不高的老張只能如此作答。但他不知道：楊老師對梓字怎麼寫其實根本就不感興趣，他感興趣的是「峰」字——山峰的「峰」——怎麼連名字也有一半是相同的呢？他是他哥哥的再世嗎？自從哥哥死後，楊涵就一直無法能真正確立起哥哥事實上已永久離開了她們的信念。她老幻覺他還在這人間的哪裡活着，現在不？他不就又住到她的對門來了？……

時光於是又回到了唐山路的那幢舊宅的那間幽暗的後廂房裡去了。少女的楊涵伏在哥哥的肩頭傷心地哭了。她一抽一泣的，感覺到哥哥的雙臂摟着她的腰肢。他的兩隻手掌輪流地在她的背上輕輕地撫摸，輕輕地拍打，他希望能用如此動作來安慰他妹妹的那顆破碎而又驚恐的心。

「這事只限於你和我知道，千萬別告訴媽，千萬！答應我，小妹，好嗎？答應哥哥，噢？」

但孤獨無援的楊涵，此時感覺到的卻是哥哥的那塊已帶上了些男子漢氣息的強健的肩頭肌。她緊緊地抱住了它，生怕一放手，自己便會掉進一個無底的深淵裡去似的。

「但……？」她說。

「媽每一天的日子已經夠難熬的了。她能堅持下去的全部動力都是這個家給她的。你想想，小妹，你好好想一想，如果她知道這個家也散了，也沒了的時候，她會怎麼樣？」

楊涵覺得哥哥畢竟是哥哥。他的見識，他的冷靜，他思考問題的深度都讓她敬佩，讓她折服，讓她更愛戴她的哥哥了。但她說：

「這樣將媽蒙在了鼓裡，我們能對得起她嗎？我們能心安嗎？」

「正是為了要對得起媽，我們才這樣做。我倆承受了不安，不就讓媽她心安了？」

「是的……」她少女纖纖的雙手將哥哥的肩頭肌抓的更緊更實了。

但楊峰說了，只是一點他弄不明白，這是關於他的二妹楊萍的。她完全能用她的方式來反抗啊，至少也可以拒絕。為什麼她會一而再再而三地順從呢？更為什麼她之後還會有如此奇特的反應呢？

其實，這個疑問在當初也曾是楊涵最感困惑的一件事。但現在不了。她感覺她好像有點進入到她二姐的心理世界中去了。儘管她抗拒，但她還是身不由己地，一步步地走了進去。她感到在這光線十分幽暗的內室，彷佛出現了一片飄忽不定的彩色幻像，讓她的目光（至少說是她的心理目光）無法定焦。透過外室的堂屋，唐山路上人來人往的嘈雜聲都能清楚地進入這間內室裡來。一輛十九路無軌電車駛近，靠站了（電車在她家的門前停靠有一站），這一切她都聽得很真切，然而又朦朧遙遠的像是星際彼端傳來的電波，時續時斷。

她感覺自己的與哥哥擁抱之中的身體顫慄了起來。她的臉蛋滾燙，指尖卻冰涼冰涼的。她不可自控地將楊峰的身體摟抱得更緊了，她將她少女胸口的某個最敏感的部位緊緊地貼在了哥哥堅實的肩頭肌上，她感到這才舒坦。她的心中充滿了渴望：起先只是一種對安全感的渴望，但後來它變形了，變成了某種對宣洩的渴求。

突然，她感到哥哥的那雙摟着她的腰肢的臂膀開始鬆懈，而他那兩隻輪流拍打着她的手掌的節奏也開始緩慢了下去，最後完全停頓了。他將正開始進入某種狀態中去的楊涵一把推開了，他說：

「小妹，別，別……」他的話音有點慌亂，而且還有點顫抖。

如夢初醒的楊涵望着幾尺距離之外的哥哥的那雙驚恐的眼睛，他烏黑的瞳仁在幽暗的光線中閃閃發亮。他大口大口地喘着氣，轉身離去。他走出房去，房門在他的身後「砰！」地關上了，只留下那把「虎頭牌」黃銅質的「司撥靈」門鎖在幽暗中閃爍着微光。楊涵一屁股坐在了哥哥的單人床上，想：剛才我都幹了些什麼了呀？她聽見屋外的唐山路上又有一輛十九路無軌電車靠站了，女售票員用手掌不停地敲打着車門邊的白鐵皮，使勁地叫喊着：

「勿要再往上擠啦；等下一輛車！馬上就到，下一輛車！……」

還有一次有關哥哥楊峰的記憶，是在楊涵楊萍兩姐妹和楊峰都到了日本之後。

那次，楊涵一個人去到位於東京近郊的哥哥的住所。說是說住所，其實只是一方「塌塌米」的床位。只有十來米見方的室內睡了六七個中國留學生。還要舉炊，還要堆放箱櫃，其擠迫程度由想可知。唯一的好處是：留學生們每日的時間都是塞滿了內容的，要讀書還要打工——有的在白天，有的則在晚間。故，每人每日的睡覺都能錯開了時間進行。每人每月交付一萬多日元的租金，十方米的一間小屋，月租收入就有十多萬元。儘管如此，日本業主也未必情願將屋子出租給中國留學生。原因是中國人不愛清潔——至少與日人的清潔習慣大相徑庭。因此，為了能在日本租到一間容身之地，中國留學生們除了要繳付高昂的租金外，還要挨人臉色，你說，這種心情怎麼會叫人好受？

好在赴日的的所謂「留學」者中的絕大多數人的人生目標都是打工賺錢。他們忍着熬着，盼望總有一天，口袋裡賺夠了日幣。回到故里，榮光耀祖一番不說，再買它層商品房，最好是開家小餐館小酒吧什麼的，從此脫離苦海，瀟灑人生走一回。他們是想用在日本的人下人的今天，換來在中國的人上人的明天。雖然心照不宣，但每個人都懷着相同的人生規劃和目標。楊峰當然也不能例外。

那天楊涵去哥哥宿舍看望他的一大目的，就是要她哥哥千萬不要太搏命了，人的精力與體力都是有限的。無限制地透支的結果是很危險的。這是個大白天，她去他宿舍的時候，同宿舍的中國學生一個都不在。那天，楊峰是因為患了點感冒，發燒，然後在家休息。楊涵一去到那裡，就將這間雜亂無章、邋遢不堪男生宿舍收拾了收拾，然後，兄妹兩個便在楊峰的鋪位上面對面的盤腿坐了下來。楊峰向妹妹投訴說，發燒倒不要緊，反正過兩天就能退。倒是近來他經常感到胸悶，而且心跳也加劇，這令他很難受。楊涵說，她來正為此事。你這樣日拼夜拼的，一天好幾份工，你還要命不要？楊峰說，趁年青，搏他一搏，最多也是八年十年的工夫，現在不已熬過近半歲月了？但楊涵說：

「就你這想法害了你。你不看到自己現時的健康比起你在上海時差了有多少？」

楊峰說：「這是的。但你就見不到我口袋裡養家糊口的本錢也在不斷增加嗎？這是一種補償。它能讓我感到寬慰和有安全感。」

楊涵還想說什麼，但她被哥哥的一個舉手動作給制止了。他繼續說道：「小妹，哥知道你擔心我，關心我。但……但怎麼說呢？至少，我們都能有到日本來賺錢的機會。有多少中國人多少上海人想來還來不了呢。」

這倒也是。但，楊涵想了想，還是堅持她自己的觀點。她說：「即使讓你賺夠了錢，將來的日子，你也要有一個好的健康的身體去消受它啊。你帶錢回到上海去了，但你的健康卻垮了，那又有什麼意義呢？

「還有……」楊峰欲言而止。但楊涵望定了他，她希望他說下去。

「還有，你也不是不瞭解你嫂子這個人的。她天天都在盼望我發達，盼望我能出人頭地啊。」

楊涵說，你為什麼一定要在乎她的感受呢？

哥說，因為他愛她。但一語既出，他便馬上意識到了些什麼。他說，當然，還有他的那個十歲的兒子。他要讓他受最好的教育。但受好的教育是需要錢的呀。故，他只能，也只有如此。除此之外，別無他法。

楊涵便不再言語了。此話令她心理失衡。這當然與哥哥的兒子無關；哥哥的兒子就是她的侄子，她也很愛他。但……但怎麼啦？但她不喜歡她的嫂子。一點也不喜歡。非但不喜歡，而且還常懷有一種敵意。她留意過她的二姐楊萍。楊萍也不喜歡她；但她對她沒有敵意。然而，哥哥與她畢竟是夫妻，哥哥愛她有錯嗎？沒有。

就這次談話，再沒有第二回了。後來就到了她與二姐在上班，突然就接到了那個可怕的電話。當她倆匆匆趕去時，一切都已無從挽回的那一次了。只是在楊涵的記憶裡，那時光那場景似乎始終停留在了那個秋陽燦爛的下午，她與哥哥兩個面對面的盤腿而坐在哥哥的「塌塌米」上。哥哥的表情憂鬱，他發燒的臉頰微微有點發紅。但他的眼中卻有光彩放射出來。這是一種憧憬的光彩，他在想像他的未來，想像在若干年後，他帶夠了日元回上海去，妻子與兒子都來機場接他時的那幕情景。他將告訴他們說：現在一切都已過去，一切都好啦，我們將有我們自己的公寓，自己的轎車，甚至還可能擁有屬於自己的一番小小的事業！再後來，兒子也從名牌大學畢了業，一家人的生活富裕而滿足，樂也融融——人生在世，還有什麼再可求的了呢？但楊涵後悔啊，她後悔！她後悔她為什麼沒在哥哥說他胸悶心跳時引起足夠的警惕呢？為什麼沒強拉也拉他去醫院作一次全面的檢查呢？如果她這麼做了的話，哥哥他至於嗎？但現在，現在嫂子又重新嫁人了；侄子的撫養權她倒是代她哥哥爭了回來（事實上，嫂子再婚時也未必希望拖多一個孩子在身邊），而且，真還將他送進了名牌大學去深造。他哥哥的在天之靈能知道這一切嗎？他已化作了一幅站立在楊涵梳妝枱上的表情恒一的相片了。

後來，她將這一切都向梓峰無所顧忌地全盤傾訴了出來。那次，她倆躺在楊涵的那張雙人床上，她偎依在他的臂彎間，她的嘴唇已完全埋在了梓峰的胸脯上，而她的手指卻不停地撫摸着梓峰的那塊堅硬的肩頭肌。她說話的音調含糊、朦朧而遙遠。她說說停停，停停又說說。當她說完了這隻故事後，她抬起了頭來，望着梓峰的臉，說道：

「現在你來了。你，不就是他麼？」

梓峰表示理解地點了點頭。他是個作家，他能不理解嗎？他俯下臉去吻她。自從那次在楊涵房中突遇後，他倆幹此事已不下五六回了；但每次，在互相的協調間，總有些彆扭之感。是年紀的關係嗎？還是各自不同的人生經歷和閱歷對此事的干擾呢？梓峰想都可能是，但也不全是。在他聽完了楊涵的敘述後，現在他相信了：原來，這是種情結。他有他的，而她，當然也有她的。她那隱秘的情結躲藏在她意識的極深處，像一隻無形的手，操控着人的最原始也是最靈性的生存細節，比如說：性愛。

胎記

梓峰掀開了毛毯，讓楊涵一絲不掛的完全暴露在了自己的眼底下。而她，則像一頭懶散的母獸，就那麼張腿攤手的躺在那兒，不動作，也不想有動作。但不知道怎麼搞的，他感到的是一種隱匿了的性興奮。他怕就怕那些撩火的女郎，過度的熱情與放蕩反而令他望而生畏，聞風而遁。

在他婚姻失敗後的一年之中，他也不是沒去作過某種嘗試的。那一回他去東京——這是因為他相信了香港雜誌和報紙上的宣傳，說日本的色情事業為全亞之冠，台灣次之，南韓再次——他先到一家居酒屋去喝了幾盅，然後，仗着幾分酒意，他走進了新宿區的一家夜場所。他撩起了一片用兩半藍白遮布組成的短短的門簾，就立即聽到有「依勒山一麥斯（歡迎光臨）」的喊聲傳來。喊聲很溫柔也很女性化，令他的心臟有了一種久違的惴動感。但待坐定下來，便上來了一張臉蛋。這是一張被太厚了的粉底熬成了雪白，白得都有點面具化了的臉蛋，他一下子便沒有了感覺。非但沒有了感覺，而且還心慌意亂的，不知說什麼才好了。他只是想快點離去。但那張臉蛋卻用一口國語說話了：

「中國人啊——噢，還是上海人！」

她突然將語言轉成了標準的滬話。她說，她也是從上海到這裡來打工賺錢的呀。今晚上真是要靠你這位老闆兼老鄉的幫襯啦。而梓峰便有了一種回上海去嫖娼的感覺了。這令他感到更不是一種滋味。

那晚，梓峰便同那女的糊裡糊塗地睡了一覺（進到了那種地方，不睡是不行的）。幹過還是沒幹過，假如幹了，又是如何幹的種種細節，他都忘得一乾二淨了。他只覺得那張臉在他的眼前晃呀晃的。他想：

這種地方是不適合他來的。下回？——當然也就沒下回了。

再後來，他回到上海來定居。經過了多年改革開放後的上海，如今這種「另類」產業的發展，早已遙遙領先於其他亞裔地區和國家了，但他始終還是不敢越雷池半步。

然而此刻，當他面對着這具並不能算太美妙的中年女性的裸體時，他感覺積壓了多年的欲望的岩漿在體內又有點蠢蠢欲動的意思了。

此為何故？

他的手掌撐在潔白的床單上，凝視着眼底下的這具裸體：膚質雪白但已有些粗糙，它肥厚圓滾，而且贅肉四起。但它卻散發出了一股濃濃的肉的氣息。正是這股氣息誘惑着他，令他慾火焚身。他將目光盯住了那隻已變得有些下垂了的乳房下的一顆朱紅色的痣。他記起了張愛玲的小說中的一句話來：「……娶了白玫瑰，白的便是衣衫上的一粒白飯粒，而紅的卻是變成了心口上的一顆硃砂痣……」他俯下了身去，開始用舌尖在那粒硃砂痣上輕輕柔柔地舔了起來——他覺得只有這樣做他才過癮，才滿足。

女人敏感了。她不想動，但她已不得不有所動作了。她先是嘆息，後是呻吟。再後來，便有一種輕輕的叫喚聲自她喉部的深處傳了上來。她伸出了雙手來，摟住了梓峰的頸脖，而整個人也隨即彎拱了起來。這麼多青春的歲月都過來了，如今她老了；但她不明白，為什麼老了反而會這樣了呢？

七

楊涵的情結在逐漸打開——這點，至少梓峰是沒有異議的：他可以從她一次更比一次強烈的性反應上察覺出來。但他自己的呢？當然不是乳房下的那顆硃砂痣，更不是贅肉纍纍的一具女體可以解決問題的。那又是什麼呢？他總感覺欠缺了點什麼。

他去城皇廟的小商品市場逛了一圈。他在出售民間工藝品的攤位前駐足良久。他揀了一雙黑漆拱背的女式木屐，付錢，買了下來。

即使在售貨員的攤位前，他已忍不住地將木屐放在手中把玩了起來。這是一對小巧的木屐，做工也相當的精緻。金閃閃的兩排銅釘將一條軟皮質的趾帶橋挎在鞋的兩側。而粗厚的高墊後跟將木屐的鞋肚高高拱起成一度弧形的曲線。木屐的鞋肚上用金紅色的粉漆描勒着幾朵菊花。雖然與那幾朵開放在遙遠記憶裡的牡丹還有多少出入，但至少也有點大同小異的意思了。

他站在那裡，試着將合併着的五條手指從皮帶的一邊伸了進去，然後再讓它們在鞋的端處露了出來。他的手指在鞋肚中輕鬆自如的彈動着（畢竟是手指，其粗細與厚度都是不能與腳趾相比的——他想），他的手掌能感受到光漆面上的那種細膩爽滑的觸覺。他的心中於是便有了一股說不出來的快感。他將木屐拿了起來，放在嘴邊上吻了吻。那位年輕的女售貨員見狀就笑了，說：

「哪又有什麼好聞的？還不是一股木屑和油漆味？還沒人着過呢，將來，等你老婆或者情人先着了，再聞也不遲啊。」

梓峰聞言不禁紅了臉。他想，他也太失態了，他說：

「是的。是也沒啥好聞的。一股油漆味罷了。」但他想了想，再加多了一句，「我只是想聞一聞木質的質地如何？假如是檀香木質的話，這雙鞋可就值錢囉。」

「檀香木？你想啦——幾十塊錢就想買一雙檀香木拖鞋？檀香木是用來做扇子的，不是用來做木拖鞋的！」

女售貨員乘機推銷她的生意。她從貨架上取下了一把檀香木的摺扇來，「唰！」地將它閃了開來。然後再用鼻子湊上去聞了聞，說道：

「這才香哩——不信你聞聞。」她將摺扇給梓峰遞了過去。

梓峰當然不想買什麼檀香扇，但他還是裝模作樣地將摺扇聞了聞。至少，他還得謝謝她：因為她真還與他討論起了有關檀香木究竟香不香的問題來，如此這般，便讓他下了一級尷尬的台階。他說：

「那可不一定喔。這年頭，淘便宜貨淘舊貨的，有時也會遇上意想不到的收穫的——不過，扇子我不想買。謝謝。」說罷，他便將摺扇交還給了售貨員，匆匆離開了。無論如何，他已買到了一件他想買的東西：幾十年了，想不到如今它又回到他的手中來了。

胎記

這次，梓峰似乎有點把握了。最重要的是：有了一種信心和決心了。楊涵的表白給他壯了膽。始終，在他的內心是隱藏着某個他不敢正視，也無法正視，且因年代太遠久而嚴重變形了的情結。它折磨他，也誘惑他。他感覺這是時候了，他也應該為自己作一次心理「解結」的努力了，無論是言語上的，還是行為上的。

下一次去 402 楊涵的睡房前，他便帶上了這對閩式木屐。就當他倆在床上纏綿了不久之後，他便向楊涵表示說：他想給她看一件東西。這是一件既是他給她買的，也是他給他自己買的東西。說罷，他便將那雙烘漆高跟的閩式木屐拿了出來。他說，來，你試試。

他親自捉住了楊涵的那隻嬌嫩的白腳，將拖鞋套了上去。正好——木屐就好像是量了她的腳寸後才去買的。他復將木屐除了下來。他說：「你有剪甲鉗嗎？」

楊涵答曰：有。並說在房間的哪裡哪裡放着，讓他自己取去。而她自己則仍然躺在床上。她的一隻腳叉開地擱放在雪白的床單上，邊上斜躺着那隻全新的閩式木屐。她不知道梓峰想幹啥？

梓峰取來了甲剪，再去盥洗間取了一塊軟海綿和一隻盛了些溫水的臉盆來。他將水面上飄了一塊海綿的水盆端到了床的邊上，然後便蹲了下來。

他向楊涵說：「讓我來替你剪一剪趾甲吧。」他說這話的時候，是用眼睛直視着楊涵的眼睛的。他的眼中沒有慌亂沒有難堪也沒有任何不知所措的神情。總之，除了真誠，他的眼光中一無所有。

不知怎麼的，她馬上理解他了：憑直覺。

她將一隻腳從床沿邊上掛了下來，任由他跪在地上替她剪趾甲。剪罷一隻趾頭，就用海綿蘸着溫水將趾甲連同腳趾，都小心翼翼的擦洗上一番。就這樣，完成了一隻腳，再換另一隻腳。他此時此刻的聯想已不再是張愛玲的什麼小說了，而是高爾基的《在人間》中的一段情節描寫：一位驃騎兵軍官正跪在房間的波斯地毯上為其情人洗足、剪甲，然後再用海綿擦拭一番。事實上，他之所以會選擇用如此方式來幹此事的緣故，就是因為他想到了這個小說中的這幕場景。他感覺，這樣做或者更有情趣。

兩隻腳都洗完、剪好和擦乾了。他便將它們抬起來，重新放回到床單上去。然後，他又從口袋裡掏出了一支「資生堂」的無色甲油來。他是一早作了準備的。他雖不太懂女人的化妝品牌，但他瞭解日本的「資生堂」是最適合東方女性使用的化妝品牌，無論是色澤、潤度以及香味都堪稱一流。他替她的十隻腳趾都一一搽上了「資生堂」甲油，讓它們潤澤得來都有一種微光反射出來了，而且還飄香，飄出了一種若有若無的夏蘭般的幽香。他看着，一切都滿意了，然後再將那雙烘漆木屐套到了楊涵的腳上去。

他做這一切都做得極其有耐性，極其細緻、專注、一絲不苟。現在，他欣賞着這雙腳就像在欣賞一件絕美的工藝品一樣的陶醉：十隻白嫩晶亮的腳趾在木屐的皮帶前端整齊的排列着，而烏漆的木鞋底拱起，將腳掌勾勒出一個精美的弧度來。他覺得一切記憶又都回來了：夏夜、樹林、星空；露台、鐵柵、擱腳凳。還有那個盛夏的午後，熱鬧的蟬鳴聲中，弄堂口坐着的那些慵懶打蒲扇的人影，都在他的眼前影影卓卓地晃動了起來。

他抬起眼來望準了楊涵。他看見楊涵也正回望着他。她的臉上浮動着一種微微的笑意，仿佛她也很欣賞他為她所做的一切。他向她詢問道：

「你能告訴我你那條湖藍色的胸圍在哪裡嗎？——就是那回我在你床上見到的那一條呢？」

楊涵微笑，但她並沒作出即時的回答。過了一會兒，她才軟綿綿的舉起了一條胳膊來，她向五斗櫃的方向指了指：

「在箱櫃的第二層抽屜裡擱着呢，打開就能見到。」

於是，梓峰又去將它取了來。這回，楊涵知道他想幹什麼了。當他向她走近時，她也很配合地將赤裸了的身子拱了起來，以方便梓峰能將胸圍替她戴上。戴上了胸圍的楊涵看上去更像一位少婦，而不再像個中年婦女了。原因是：胸圍將楊涵的那雙本已顯得有點下垂了的乳房很有效地墊托了上去。

一切幹完了。梓峰讓自己站離大床一步，從一個相對遠一些的距離之外，來觀察來判斷來想像此時此刻正躺在床上的那個女人究竟是誰？誰又能合乎他少年時代的一切記憶細節？當然，總有些不盡人意之處：諸如那桶粗腰，那兩截皮肉鬆怠的臂膀以及粗糙的帶些斑點的肌膚。但？但他自己也不再是那個少年了。等到他老了，老到已愈天命年後還能遇上這麼一具能令他血脈澎湃的女體，他還應該要求太多點什麼呢？

梓峰趨向前去，他跪在了地上。他先是親吻楊涵的腳趾——就是那十隻從拱背木屐的皮帶中伸出來的腳趾。他一隻一隻地吻過去，又一隻一隻地吻回來。如此幾遍之後，他才稍稍有了點「過把癮」的感覺。他停了下來，喘了口氣。然後，他又在她白嫩的腳背上狂吻了一陣，便開始爬上床，爬到了她的身體上。

他用嘴唇一路吻上去。吻到那條湖藍色的胸圍了。但他並不去解開它，而是隔着布罩親吻那乳房。累了，他又趴在了那片戴着胸罩的乳房上小息了一會兒。這是一段動作的真空期，卻是想像力的高度活躍期。他讓自己的想像力飛躍過幾十年的時空，回到了那個盛夏的晌午。他幻想着那件輕紗質的無袖上衣，兩枝玉臂一前一後，舞姿般地擺動，而那條湖藍色的胸圍乍隱乍現。這情這景，從來就是梓峰少年夢中的高潮期。多少個深夜，他從夢中醒來，享受着一種極樂過後的美妙的疲乏感。他仿佛感覺那支玉臂那條胸圍那件無袖上衣，就在他伸手可及的黑暗之中的某處隱藏着，它們在與他捉迷藏，它們藏着、躲着、笑着、逗着他說，你來啊，你為什麼不來？我們都在呢，我們都在這裡……

然而此刻，此刻他不已將它們全都逮住了嗎？它們正被他那火熱的臉龐緊貼着，一個也別想溜掉！難道這些也都是虛構的嗎？不，這回可是真的啦！他將自己撐起身來。他的手指順着胸罩鑲花邊的上沿緩緩地移動着，然後，在一個最合適的位置上，他將胸罩扯開了一線縫隙。他的兩隻手指深入了進去，他將楊涵的那顆躲藏在了胸罩深處的乳頭捏住，鉗了出來。他一口就含住了它，開始張弛有致地吮吸着它，完了，換一邊再幹。他輪流地吮輪流地捏，之後，更是又捏又吮，雙管齊下，左右開弓，都幹完了，他又將它們都塞了回去，他希望一切都能恢復他想像之中的原樣。

但那女人可受不住了。她用兩支手臂箍緊了梓峰的頸脖，她整個人都拱了起來，她要他幹她想幹的事。而這回梓峰真也幹出些名堂來了，他非但幹得投入，而且還充滿了一種青春的激情。這令楊涵非常受用，她又是喘息又是叫喚，歡樂的像頭配種時的奶牛。

從此之後，着木屐戴胸圍便成了梓峰和楊涵間做愛的定式了。於梓峰，令他最享受的倒不是進入她身體的那一刻，而是在之前，當他撫摸她，吻她，舔她，將她翻過來又翻回去，上上下下地忙個不停時。他喜歡將那股子火山噴岩般的欲望和激情都壓抑在胸中，而壓抑的時間愈長，壓抑的耐度愈高，他愈來勁。他感到自己的青年時代就在他伸手可及的邊上站着，觀望他。他渴望體念一種箭在弦上又引而不發的滋味，這種滋味讓他感覺年青，感覺身強力壯。

於楊涵，當然，她也很享受這段美妙的做愛過程與時光，這是她此生第一回體驗到的男女之間的那種真正的魚水之歡。她暗自慶倖，說，想不到到了這把年紀，她還能遇上這麼個美辰良時。雖然胸圍以及木屐會令她感覺不自然，不舒坦，甚至還有點兒不能完全盡興的味道。但她理解這一切。她明白，這種奇特的做愛方式所折射出來的，正是能為她帶來如此樂趣的那個性伴侶的某個少年或者青年情結。她必須配合他，也應該配合他。假如你接受的是一件禮物，你必須同時接受它的正面與反面；假如你接受了一個人，哪你也應該同時接受他的陽面與陰面。而且還因為在這世界上，除了她，他或許再也找不出第二個能如此配合他來完成這樁心理解結工程的人了。

401 室的梓峰和 402 室的楊涵就成了這麼樣的一對露水夫妻。有一次，楊涵將一把鑰匙交到了梓峰的手中，她說：

「這裡就是你的家——難道不是嗎？」

她的意思是指：梓峰可以在任何他想到她家來的時候到她家來，當然除了她的兒子和侄子要來探望她的那段時間內。而這事，她則會事先通知他的。當她這樣做的時候，其實，梓峰也不是沒有過也要把自家大門鑰匙交給她的衝動，因為這樣才公平嘛。但他畢竟與她不同，至少，他家還長年僱有一個安徽的小保姆。他說：

「其實，你也可以上我家來的，只是……」

但楊涵馬上制止了他。她說她明白他想說什麼。她還表示說，去誰家其實不都一樣？只要他倆能單獨在一起相處就是了。梓峰感激地望着她，這是個初秋的傍晚時分，遠處，暈目的火球般的落日正在掉進波特曼酒店主樓的陰影中去。有一抹桔紅色的夕輝從公寓的大玻璃窗中照射進屋裡來，將站在了窗前向窗外凝望的剪影式楊涵的側面，鍍上了一層金紅的色彩。就在那個刹那間，梓峰馬上就抓到了那個久違了的感覺。他的全部幻覺一下子復活了：他覺得那個窗前的她，不就是三十多年前的那方露台上手挽一桶衣物的她嗎？他激動地跑過去，吻她，並一把將她擁入懷中。這回，梓峰又十分出彩地與她幹了一場，調動起了一切想像力的細胞的活力。當然，他也令她再快活多了一回。

事情就這樣地延續着，直到有一天。那一天，梓峰從公寓的扶梯走下樓去，見到楊涵正挽着一個禿頂男人的臂膀上樓來。他們在扶梯上面面相對了。楊涵表現得相當鎮定也很大方。她首先作出介紹的方向是

胎記

朝着那位禿頂男人的，她說：

「這是我家對門的鄰居蘇先生——蘇梓峰先生。」

然後，她才將臉朝向了梓峰。她臉上的表情告訴梓峰：他就是她的鄰居，其他什麼也不是（這令梓峰吃驚不淺）。她再一次地作了介紹：

「我丈夫，剛從日本回來。」

她微微地向梓峰笑了笑，便一上一下地擦肩而過了。但她立即又轉過了臉來。她說：

「過門來玩嘛。我丈夫是個畫家。」

梓峰驚訝不已地望着她，他發現她怎麼變得如此陌生了呢？而他同時發覺：楊涵的那位丈夫也正用同樣驚愕的眼光打量着他。他說：

「他，他？他！他……」他「他」不出個名堂來。

但楊涵說：「我不是同你介紹過了嗎？他是我家對門的鄰居，叫蘇梓峰。他是從香港回上海來定居的，已經有好些年了。」

是的，楊涵介紹的情況沒錯——一個字也沒錯。但，梓峰的思路卻卡軸了。他不知道該說什麼該表示點什麼好了。甚至，他連應該怎麼來思想這件事也都不知道了。但有一點，他是很清楚的：這是關於她的那位禿頂丈夫為什麼見了他時會有如此驚恐反應的原因。絕不是因為他已預感到了梓峰與其妻間的那種關係，而是因為他記起了在他們五反田家中的那幅長年擱擺在梳妝枱上的相片。

八

那天，是楊涵親自去浦東新機場接她丈夫機的。在這之前的一個多月，她已經知道她丈夫打算親自到上海來接她回東京住去了。他又打電話又來信，對前事深表歉疚。又說，他很想念她也很想念他的兒子。他尤其懷念他倆一同在那些幽暗的夜間渡過的美好時光。他當然說得很隱晦，很有點兒畫面感什麼的。但楊涵讀後就笑了，這令她想起了他畫的那些有兩張面孔的人物，生着四隻乳房的女人（再多加一倍，不成了老母豬了？）而男人則長出了一對生殖器來，且還雙雙挺立像二門小鋼炮，諸多此類的他稱作為「立體畫派」的東西。她不知道他現在是不是還在畫那類玩意兒？是不是還在那家銀座的畫廊裡出售他的畫作？但怎麼來說，這仍不失為是一段很有意思的回憶。畫家在電話裡說此事時可謂聲情並茂，而且也很有真誠。他說，我們畢竟是夫妻一場嘛。這麼下去總也不是個辦法吧？而楊涵說，好吧，那你就來吧。其實在那段時期內，她還在與梓峰繼續幹着那種事。然而在暗中，她已作了某些準備。包括：一、有意無意地透露給孩子聽，說他父親現在已向她表示懺悔之意了，願意和好如初，願意重拾舊歡，重新生活在一塊，云云。而他們母子倆也總有一日要回日本去的。因為他（指她的兒子）是在日本出生的；而她與他的父親也都是擁有了日本長期居住證的準日籍居民，長期居住在外也不是回事。二、她已買好了一把新的大門鎖，以取代原來的那把舊鎖。至於何時動工換鎖，哪又是另一回事。三、她去到南京路的「張小泉」老字號裡挑了一把鋼質優等、刀刃寒光凜凜的水果刀。水果刀是插在了一隻皮質的鞘套裡的，她將果刀從套中抽了出來，再用手指輕輕地試了試其刃面上的鋒利度，之後，便又將果刀塞了回去。之後，她暗暗地將它收藏在了自己睡枕下墊褥的夾層間，其用意不明。

再說梓峰。自從那回在扶梯上見了楊涵的丈夫以及楊涵本人的那種曖昧的舉態之後，心生狐疑。他想，即使楊涵故意要在她丈夫面前表現某種姿態的話，她也不至於做得如此過分呀。再說了，她丈夫要來上海，她應該是一早就已經知道了的，但為什麼就從沒聽她說起過呢？還有，她今後究竟作何打算？怎麼說，她也應該向他這位露水丈夫透露一聲吧？但沒有。

梓峰將那把 402 的鑰匙拿在手掌中反復掂量了好多回。那個秋雨淅淅的黃昏，他決定再作多一次嘗試。這是在楊涵的那位畫家丈夫回來的一星期後。他站立在自家的露台上，假裝看風景那般地先將 402 室內的動靜打探了一番。深秋的陰雨天，天色暗得特別早。不一會兒，家家戶戶的窗洞裡便亮起了朵朵燈花。再遠一點的波特曼大酒店的主樓更是氣勢巍峨，一派燈火輝煌的景象。唯 402 的屋內毫無動靜，仍是一片漆黑。種種跡象表明：家中沒人。

梓峰回到房中來，又從自家的大門中走了出來。面對着那扇402的大門與鐵閘，他想了想，也猶豫了一會兒，終於掏出了那把鑰匙來。

他將鑰匙插入鎖孔，一擰，門開了——就像以往那麼多次一樣。在當時，他倒真還沒有思想的空間來反問自己：為什麼鎖還會是那舊的一把呢？楊涵她不怕事情會有敗露的可能嗎？

現在，他又重新站在了那間熟悉的房間內了。他發現屋內的情形沒有任何變化（當然不會有什麼變化啦——才一個禮拜嘛！）只是在五斗櫃的一邊放多了兩隻拉杆箱：想必是那禿頂男人從日本帶回來的行李。

他的目光下意識的朝床上掃去：床上罩着床罩，床罩拉扯得一絲不苟。靠近床頭板的位置上並排擺着一對枕頭，因而讓一絲不苟的床罩來到了這個位置上就有了一種圓滑的隆起。梓峰心想：是左邊還是右邊呢？對了，是左邊，這是他常睡的那隻枕頭。但如今，又是誰的頭顱夜夜睡在上邊呢？是那圓禿頂嘛？他不想沿着這條思路繼續往下想。突然，在這暮靄的光線中，他發現了點什麼。

這是二件並排擺放在床罩上的物品。

他躡手躡腳地走過去，像是怕驚醒了暗藏在這間房中的誰的幽靈似的。他站到了大床的跟前，他發現就是那對閩式木屐和那條湖藍色的胸圍。有兩小頁紙片分別覆蓋在這兩件物品上。蓋在木屐上的寫道：這是你的，還給你。胸圍上的則是：這是我的，送給你。因為光線的緣故，梓峰當時並不能太讀清上面的字。

胎記

他是就着從房間的排窗中射入來的幽暗的天空光來讀的。這回，他看清了，也讀清了。他只感覺到那幾個字體仿佛飄浮到了半空中去了，伸手可觸，但又永遠不能讓你真正抓到手。他想，楊涵啊，楊涵，你不寫詩，不去當女詩人，真可惜了！這不是兩行最樸素最深刻的詩句嗎？

這一切當然都是楊涵精心設計的。就這麼些日子的接觸，她，其實已經相當地瞭解梓峰了——她幾乎可以算準何時他會再上她家去。於是，在隔了一個星期之後，又揀了個這麼個秋雨霏霏的黃昏天，她便導演了這場她本人缺席的獨幕劇。而一切都在她的預料和預排之中。這就叫女人。那男人呢？等到一個在戰場上九死一生商場上九敗一勝的男人，蛻變成了女人們導演的一幕活劇中的一件會說話的道具時，他們還都懵懵懂懂，甚至沾沾自喜，自鳴得意呢——這種個例在生活之中隨處可見。

那件事情後，梓峰便對對門的那個 402 單元產生了一種奇特的心理錯覺：它既像自己的家又像是個完全陌生的場所。在那裡發生過的一切，現在回想起來，很像是一場夢境。他常問自己：那些都是真實的嗎？究竟在他的生命中有沒有出現過一個叫「楊涵」的女人？而他與她之間是否真幹過那事？還有那對木屐和胸圍，是他從哪裡買來的呢？還是撿來的？甚至是偷來後藏在了自己的家中，然後——然後便憑空想像出了那一連串的故事情節的？它們到底與那個叫楊涵的女人有沒有關聯？有時，為了能證實點什麼，他拿出這兩件物品來湊到嘴邊吻了又吻。但，他已聞不出任何可供回憶可供追尋的氣味了。胸圍是洗乾淨了的，上面除了一股洗衣粉的皂味外，一無其他。而木屐呢？由於穿的機會實在太少時間也太短，故又恢復了它原本的那種木質與油漆味了。而這些，又能告訴他點什麼呢？他愈變愈懷疑起事件的真實性來了，他感覺自己正在走進某部自己寫的小說情節中去，或者說，他已深陷在某個小說情節之中無法自拔了——這種情形與他在遇見楊涵之前，每每想像那位公寓少婦時的情形很相似。

但過了幾天，當他再次站在402門前時，他想，他已確定了某些事實：他見到了大門已換上了一把嶄新的門鎖。這是一把他以前從未見過的門鎖；而新鎖被安裝的四周還都留有明顯的被斧鑿過的新木的痕跡。然而，不知道怎麼的，他還是有點不甘心。他再次從衣兜裡掏出了那把大門的鑰匙，希望一試。甭說開門了，這次，他連塞都無法將舊鑰匙塞進新鎖孔中去。

又過了幾天。當他經過門衛室，打算上街去買份晚報的時候，他被門衛老張喚住了。他說：

「蘇先生！蘇先生！」

蘇梓峰回過頭來望着他，他見老張臉上的表情神秘而古怪，還有一點惶恐的意思。他繼續他的話題。

「你知道嗎？」他說，「你們家對門的402室出命案啦！」

「什麼？命案？！——」

「不不不，其實，也不能說是什麼真正的命案。因為人，畢竟還沒死嚒。」老張一激動就自覺話有點說過了頭，尷尬地笑了笑，加補了一句。他說：「楊涵已被公安局拘捕了，這可是件千準萬確的事。罪名是『殺人未遂』。剛才戶籍片警還來我這裡問過話呢。」

胎記

「她殺人？她殺誰了？」

「殺她男人。就是那個禿頂的矮老頭呢。不知你見過沒？前些天剛從日本回來，想不到就出事了！……」

梓峰不想再聽老張說下去了，他飛快地蹦跑出社區的鐵門，跑過街道，跑進了警署。他滿頭大汗，慌慌亂亂的四處張望。他見到一位穿警服的人員正迎面向他走來，就趕緊迎了上去：

「請問，同志（如此稱呼長期不用，說起上來，舌頭都有些不聽使喚了），楊涵她是關押在你們這裡嗎？」

「楊涵？是武西公寓的那個楊涵嗎？」

「是啊。就是她。」

「你是她的誰？」

「我？我……我是她鄰居。噢，不不，我是她的一個朋友。」

「她已被釋放了。剛走。是她丈夫替她辦的保釋手續——唉，對了，你究竟同她是什麼關係啊？」

但梓峰已顧不上其他任何了，他沖出警署的大門，沖到了大街上。他拔腿就向武西公寓的方向奔跑了起來，只聽到在他身後的那位警服人員已追到了警署的大門口，他高聲地向他叫喊道：

「喂！你停停！你停停！你到底是她的什麼人？……」

臨近武西公寓的地方，梓峰追上了他們——他們是指楊涵和她的丈夫。他倆就在他面前的不遠處走着。望準了一個交通燈位開始轉成「行人準行」的綠燈時，他們從斑馬線上蹣蹣跚跚地渡過馬路去。他們行動滯緩，楊涵扶着她的丈夫，一副精心呵護的樣子。而她的丈夫走起路來一瘸一拐的，他的右腳腳踝連帶小腿上，都包紮着厚厚的白色紗布。

事情的真相，後來梓峰還是從門衛老張那裡得知的。當然，老張也是從片警那兒打探到的。

那天晚上，剛從日本回來不久的禿頂男人又要想與楊涵幹點什麼。但就當事情進展到一半時，楊涵突然從枕頭底下抽出了一把預先就暗藏在了那裡的明晃晃的水果刀來。那男人以為她想殺他，當場嚇得癱軟如泥，魂不附體。但不，她並不想殺他。她只是將她男人的一隻腳給抓住了，提起來，然後，就像削果皮一樣地，把那男人腳踝上的一灘青色的胎記連毛帶皮沾肉地給削去了。其行動之迅速，讓那男人還沒來得及感到痛，就已血流滿床了。

之後？

之後當然就有人打電話報 110 啦。這事能不報嗎？怎麼說，也都動刀子的事啊。再說當時，那男人根本就弄不清楚楊涵到底是瘋了呢還是癲了？萬一來個當胸一刀呢？——要知道，瘋子殺人是不償命的。

是的，是的——那倒也是。

但後來的調查結果是：楊涵既不瘋也不癲。她被行政拘留後就坦然地承認了自己所做的一切，並表示願意承擔一切後果。但她說，她是因為實在受不了那塊胎記所給她帶來的精神刺激——尤其是在幹那種事情的時候。所以才動了刀子的。你們不是說我瘋了癲了嗎？好吧，那就讓我來告訴你們吧，正因為我不想瘋不想癲，我才這麼幹的。你說，門衛老張這樣問梓峰，這也算是「理由」？這是什麼理由嘛！但她，就是這麼說也是這麼幹的。幸虧她丈夫還是很愛她，也很喜歡她——那禿子男人倒真是看不出，還有這份雅量——不同她計較，主動撤銷起訴，將她給保釋了出來。假如不是她那男人啊，保不準判她個三五年的——楊涵原來是如此一個女人，人不可貌相。真是不可貌相啊。

是啊，人不可貌相。不可貌相。

別人——包括了警員們——都可能莫名奇妙。但梓峰是明白也理解內在就裡的：在她心底裡埋藏了多少年的情結，就在那個剎那間被徹底打開了。梓峰想：她就是付出要蹲它兩天黑牢的代價也都是值得的。問題是：如此一來，梓峰便會永遠失去她了。因為，她與她丈夫的關係將從此走向正常。

果然，在這之後，梓峰就再沒見到楊涵了。對面 402 的窗戶白天也拉着紗簾，晚上不見有燈光。而只要他在家，他的耳朵都會不由自主地去留意對門的動靜。有一天，他聽見有點動靜了。先是有一串腳步聲從扶梯上傳來，來到了他們的那一層便停了下來，不再往上去了。接着，他便聽見 402 的那扇防盜鐵門被打開時的鏗鏘聲。他從自家大門的貓眼內窺視到一位高高瘦瘦的年青人，他不是楊涵的侄子嗎？他立即預感到了某種可能，但他說不上這種可能是什麼？

他打開了自家的大門。「唉哼！——」他故意乾咳了一聲。

高瘦的年青人回過頭來，見到是他，便臉露笑容地喚了他一聲「蘇伯伯」。他是認識他的，他姑媽向他說起過對門的那位「蘇伯伯」，說他還是位作家呢。

蘇伯伯說，過來看望你姑媽啊？

青年人答曰，其實也不是。姑媽和姑父兩個早已回日本去了，而且他的表哥也跟隨其父母同去了，表哥是去那邊的大學繼續他的學業的。而他這次到武西公寓來，是姑媽來電話說要他來這裡取幾件東西。

噢，是這樣……停了一會兒，梓峰感覺他似乎還有一種想與那年青人繼續說多幾句話的欲望。他說，你姑媽姑父在那邊一切都好嗎？代我問候問候他們。

一定。一定。年青人說着就有了點興奮的情緒了。他說，我姑父現在可了不得了。他已變成了一位著名畫家了。一幅畫少說也可以賣它個一二百萬日元。他已答應讓我在國內的大學畢業後也去日本的早稻田大學繼續攻讀碩博學位——就如我表哥那樣。姑父對我真好。再說，姑父對姑媽也好。我們這一家人真還不知道應該如何感激他才好呢……

但梓峰聽着聽着就開始走神了。早稻田還是早麥田大學與他無關，但無論如何，他還是應該替他們一家人感到高興。人生總會有低潮，低潮過後一切自然就會慢慢好起來的。他向青年說，那就要恭喜你啦——我也替你們高興。

青年說，謝謝。

但梓峰心頭卻浮升起了一片陰雲：他想念楊涵。儘管只有不到一年的時間，但她的一切已深入了他的骨髓，深入到他的精神岩層的很深很深的地方去了，他忘不了她，也永不可能將她的種種從他作為一個男人的記憶裡漂白了去。更重要的是：只有她，才是那個最能理解他並可以與他作出絕佳配合的女人。這樣一個女人，梓峰想，在這世間恐怕再也找不出第二個來了。

打這以後，他經常會一個人在武西公寓的彎柄扶梯上上下下地走動，步履緩慢，神情恍惚。他希望在哪一天的哪一刻，他又會在這條扶梯上遇到她——哪怕是個挽着那個禿頂男人的臂膀的她，也好。但始終，沒有。倒是有一天，也是在那條扶梯上，他遇見了一個他連做夢也不可能夢見會遇上的人。

那人是誰呢？

尾聲

那人就是蘇梓峰的薛前妻。

那天，當梓峰若有所失地從公寓的扶梯上走下去時，就感覺有人正從扶梯上東張西望地走上來。上樓來的應該是個女人，這是直覺告訴他的，但她絕不是楊涵。既然不是楊涵，與他又有何相干？他繼續往下走去，而那人向上。但就在他倆擦肩而過的一瞬間，那個女人突然開口說話了。她說：

「梓峰！——」

梓峰轉過身去望着她：這張臉怎麼如此熟悉啊？是在那裡見過嗎？但同時又感覺極其陌生，感覺陌生是因為時空的距離已相隔太遙遠了的關係，而且在那遙遙不可知的遠處還隱藏了點什麼。是什麼呢？是驚慌，是恐懼。此時，一連串的感覺以一種類光速的效應在他的大腦中一閃而過。但當他再定睛一看一想時，他便記起她是誰來了。

前妻穿着一襲翠綠色的套裝，一對細高跟的紅漆皮鞋。高盤起的頭髮剛做過、染過，烏黑光亮的。她說：

「梓峰，咱們回家去吧。」

但梓峰想，我們不是已經離婚了嗎？他這樣想，但又沒有說出口來。梓峰還記得他倆離婚的那一年，那一年他剛好五十歲。但今年，他已五十五了。可見在這五年中，也就是說，在這 1800 天中，前妻並沒能如願以償地找到一位李嘉誠——是啊，李嘉誠哪有這麼給你好找的呢？梓峰想，這也真難為你囉。他邊想邊將手在扶梯光滑的梯杆上來來回回地胡亂撫摸一通——他真不知道他該，他能，說些什麼？做些什麼？

他愣在了那裡。

薛女見狀，便說：我們不還是夫妻嗎？

梓峰說：是嗎？

胎記

薛女又說：至少曾經是。

梓峰說：嗯。

那，那我們就回家去吧。薛女又將前言重複了一遍。

回家去？回哪個家？

當然是回你現在住的那個家啦——不就在樓上嗎？

梓峰突然就有了一種大夢初醒的感覺。他領在頭裡，而薛女隨後，雙雙往樓上去了。到四樓了，但梓峰卻選擇在402的門前停下了腳步。他急吼吼地從衣袋裡掏出了一把鑰匙來，打算開門。門當然是無法打開的。別說開門了，事實上，他連鑰匙都不能塞進鎖孔裡去。薛女說：

「你是走錯地方了吧？不是說你住401的？怎麼換成402了呢？是我記錯了呢，還是……？」

但梓峰對其前妻的話只是充耳不聞。他還在一個勁兒地往鎖孔裡塞鑰匙。似乎，他已下了一個暗暗的決心了：他非要將一扇永遠也無法打開的大門打開。

2007年6月

完稿於香港太古城

ABYSS 深淵

既然我們不知道死亡在何處等待着我們
因此就讓我們處處等待着死亡
——蒙田禪師

中篇小說手稿

掙脫

（中篇小說）　吳正

一、

文宇老做同一個夢。夢境中的天色昏暗，而且還不是那種普通的昏暗，這是一種獨特的昏暗，巨型的昏暗，深不見底的昏暗，一種含有重量的昏暗，負荷在他的肩上，讓他寸步難行。

但文宇還是艱難前行。事實上，他是在攀登一座懸崖，是望高不見頂的那種，頂端隱在黑暗的藏身處，但不知怎的，他感覺那个神秘的頂端對他有一種說不出來的誘惑力。他攀登，一步一步地攀登；他像有了目標，目標是明確的，目標又是朦朧的，目標就在那黑暗的深處。

每一次，他總是在這樣一種艱苦沉重的攀登中驚醒過來——說得更確切些：在他驚醒的一剎，他突然意識到自己又回來了人間。他渾身大汗淋漓，[illegible]自他的[illegible]

颈脖处流淌下来，痒痒的，仿佛数条蜈蚣正缓缓的爬也正顺着他的脊梁往他的腹股部位移动。他一时惊惧地坐起了身来，他将穿着了自己身上的睡衣裤三下五除二地脱了个精光。睡衣裤已被汗水浸透，湿漉漉的手都能拧出水来了。除了冒汗，还有心悸，他感觉有一种沉闷闷的窒息感从胸口漫延上来，似乎要将他的喉管都给堵塞了。每当这时，他都会下意识地摁亮床头灯，对着枕头的左边墙上的那块手表的秒针为自己把一把脉：每分钟都差不多！心跳到了一百二十跳。

他脸色苍白——他能从面对他床的镜子中见到他自己的模样——他的双手颤抖不已。他从他躺着的那张双人铺的坚实的床上爬了下来，他的目光上下左右慌乱地扫描着，像个快要溺死的求生者在摸索着可依存的救命稻草一般。他找到了，他的目光聚焦在了那一瓶瓶各色不一的药瓶上。他一把将它们抢到手中，迅速地拧开了药瓶的瓶盖，倒出了若干药粒来。摊在手上，在他摊开了的手掌中躺着一粒粒五颜六色形状各异的药丸。他凝视着它们，仿佛它们是一个神秘的化身。他依恋它们，但又离不开它们。他对它们的感受奇妙而复杂。他一闭眼，将它们全部扔入了口中，接着，便和着一口冰冷的茶水，把它们一口吞了下去。然后——然后，他才稍有安静。因为他知道，将有二十多分钟自由放松的时间。

他独自坐了一张老式写字楼的楼梯上，他突然感到寒冷了，而那种寒冷的感觉就渐渐地渗了上来，因为，他从镜面中看见了那个被剥得一丝不挂的自己。他用双手紧紧地抱住了自己的肩膀，突然全身都颤抖了起来。他急忙去找一套干净的粗绒布的睡衣裤来穿上。睡衣裤很容易找到，因为它们就放在上了他的[illegible]。他已经习惯了穿睡衣的流程，他对一切必要的物件都安放得很有条理。

“八年了！——整整八年了哇！”他突然大声地向自己喊出了一句话来。他想去问谁，但，谁也不在他身边。事实上，这也根本就没有“谁”，他既是“谁”，又是他自己。那，就权当作他向他自己提问吧。他说：

"你們告訴我——告訴我啊！這日子還有多長？這一分一秒都在痛苦焦慮中渡過的生命究竟還有沒有活下去的意義？"他覺得自己就快撐不住了，他要瘋了，他馬上，他對自己說，他還是有希望的，因為，他還有了終極的選擇的，你們可以奪去他的一切，唯奪不去他的那個選擇生死的權利！他哪一天，哪一刻達到，他便可以選擇！它離他僅一步之遙。而只要他一步踏入那個境界，那一切，啃噬住他心靈啃噬的一切痛苦便會立刻化作雲煙。那便是世界的所

有通道都對他關閉了，那扇門卻永遠向他敞開著的。故，他用不著太急，他還有時間。他覺得自己的耐力還沒到完全消耗殆盡的地步，他已忍受了兩年的八年，忍受了2920多天，忍受了7万2千多個小時，四千二百万分鐘，2億5千5百万秒，他還怕再忍多一秒，忍多一分，忍多一小時，忍多一天嗎？——或者，希望就在最後下一刻呢？

~~他學會用以分秒來計算[illegible]"心理防禦"。~~

~~[illegible]他的思維[illegible]~~思忖時，他被得

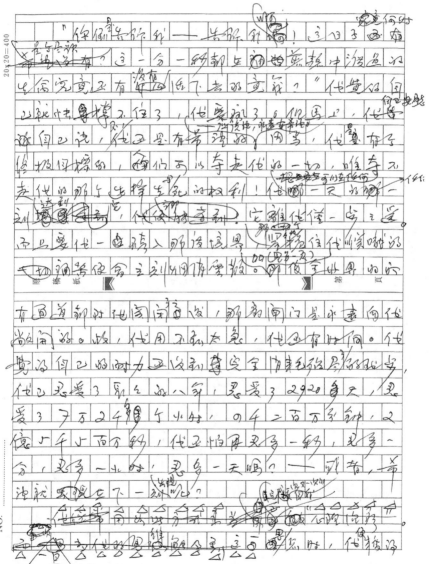

了一種懸蕩。是的，這是一種深度痛絕的懸蕩，但畢竟，這也許是一种懸蕩。佳將上半身連同自己的腦袋一起從窗外縮了回來。站回了窗户前，佳向跟離佳在窗户等着聽了下的[illegible]去了最後一眼：有雪亮的车頭灯和红色的车尾灯在濕雨上閃閃爍爍；车輛的輪胎摩擦得西谷的"吱吱"聲聽上去倒是一種浮兔的水流聲。經過道路的寧靜傳達上來，

二、

莉云站在了酒店客房的窗前，她將窗帘撥開了一线缝隙朝外望去。她穿了一條胸圍和蓋了一條比基尼式的三角內褲。她赤着赤脚，酒店松软的地毯在她脚底下的感觉十分舒服，毛茸茸的，让她忍不住地要把脚掌在地毯上來回地搓動着，她很享受這種感覺。

這是一家位於芭提雅海边的五星級酒店。晨曦初露，從莉云站立着的窗口推窗望出去，她能望見寬大的露台上摆放着的那把白色的沙滩椅和一張白色细条纹的桌。椅子摆放的位置以及角度就是昨夜她們做愛時的那个模樣。

桌面上的那兩只插着吸管的玻璃杯裡盛着有昨夜裡她和peter兩个人喝剩下來的雞尾酒。窗台之外便是黑沉沉的海港了，白日裡繁忙的海水此刻變得黑黝黝的，唯有港內停泊着的那些船艇上，仍亮着點點燈火。然而最耀眼的是那座全球聞名的悉尼歌劇院。莉亞相信，它那通明的燈火會一夜也不熄滅天亮。此刻，當它那白色的拱頂對着第一縷的晨光作出反映時，歌劇院仍然沉浸在行走的海洋中，似乎昨晚的那場精彩的歌劇演出至今仍未散場。

莉亞站在那裡，心靈却迷失在一个個知不知道的荒野裡。倘如說這荒野裡有什么通道的話，那便是一條叫作"仇恨"的通道。亂石嶙峋，荊棘叢生。那麼些年來，她就是從這條小道上一路走過來的。將來，她也將再一路走下去，她不知道此路的前方通往何處，但她也不想知道了。

她恨，首先就是恨文字。文字是她的丈夫。其實，文字本身沒有什么可以令她憎恨之事——

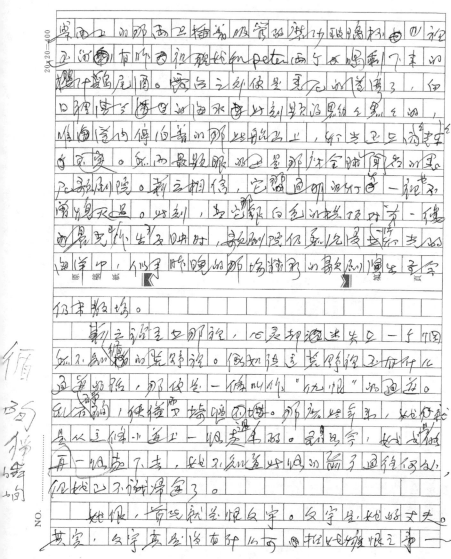

当然，这是就一般的判断而言——但恰恰，她就是恨，且恨之入骨。说到恨，其实，是每个命运不济者都会对围绕她周围的美好事物都会产生一种不由自主的仇恨的心。只是有些人智商与她的关联不大，故恨的程度也就产生了较重深浅之分别。这始终是说明一点：她的恨并不针对"美好"的本身；其实，她自己也很欣赏美好，但由于她得不到美好。她恨是因为这"美"这"好"不属于她而属于了他人。对于这类情绪，古今，我们是很容易从那些古人的古诗典籍里找出那时说的什么来的，这种心理就叫"妒嫉"。但后对待这种情绪并不完全合适。因为其中已包含了一种复杂的病态人格与心理：她宁肯毁掉那些她无法得到的美好，哪怕是她自己本属于她却无法占有的那些代价，她也在所不已。损人有三类：损人利己，损人不利己，损人同时也损己。人一旦陷入了那种极端的"境界"时，他（或她）其实也就成了某个真正领域的"天才"级人物了。

说起来，她与文字之间也有着某种缘缘紧紧

的几十年的爱情。在这几十年的爱情经历中，他有没有真心真情地投入？而她呢？也不能说不真心。只是在这真情里面的缝隙之中经常会有些丝丝缕缕的什么冒出来，就像一场雨季后，美丽的蘑菇会从那些朽木上长出来那样。蘑菇是吃不得的，吃了会死。而那种情绪也是解除不得的，解除了也会扼杀所有的真情。好在文字从来便是真实的，他们在里边，总说当她是个任性的女孩，让着她容忍着她，包容了一切。如你爱一个人，也包括了爱他（她）的缺点（陷）在内——他已记不起这是哪位伟人说的话。反正，文字是做到了。直到八年前，一场来自外部的……一旦遭遇一种外界因素的入侵，便在刹那之间引爆了。

再回到故事的场景中来。莉云站在这里酒店的窗前，凝视着悬崖和海上的夜色。她突然记起了此时此刻他说是我们的什么时间？凌晨三点。对了，凌晨三点。这是整个宇宙最会醒来的时分。这个时候，人会感觉绝望，感觉痛不欲生，感觉万念俱灰。

一

文宇老做同一個惡夢。夢中的天色昏暗昏暗的，而且還不是那種普通的昏暗，這是一種猙獰的昏暗，叵測的昏暗，深不見底的昏暗，一種含有重量的昏暗，負荷在他的肩上，讓他寸步難行。

但文宇還是艱步往前。事實上，他是在攀登一座懸崖。懸崖高不見頂的端處隱藏在黑暗的深處，但不知怎麼的，他感覺那個神秘的頂端對他有一種說不出來的誘惑力。他攀登，一步一掙扎地攀登；他有個目標，目標是明確的，目標又是朦朧的，目標就藏在那黑暗的深處。

每次，他總是在這麼一種艱苦沉重的跋涉中驚醒過來——應該這樣來形容比較確切：在他驚醒的一刻，他才突然意識到自己又回來了人間。他渾身上下大汗淋漓，幾股冷汗自他的頸脖處流淌下來，癢癢的，就像是無數條多足類的爬蟲，正沿着他的脊樑往他的腹股部位移動。他一咕嚕便坐起了身來，他將穿在了自己身上的睡衣褲三下五除二地脫了個精光。睡衣褲已被汗水浸透，濕漉得用手都能絞出水來了。除了冒汗，還有心悸，他感覺有一種沉甸甸的窒息感自胸口漫延上來，似乎要將他的喉管都給堵塞了。每當這時，他都會下意識地扭亮床頭燈，對着擱放在了枕邊的那塊手錶的秒針為自己把一回脈：每次都差不太多：心率每分鐘不下一百二十跳。

他臉色蒼白——他能從面對他睡床的鏡子中見到自己的模樣——他的雙手顫抖不已。他從他就寢的那張雙迭鋪的豎梯上攀爬下來，他的目光在桌面上慌亂地掃蕩過去，像個瀕臨渴死的求生者在搜尋某處可能存在的水源一般。他找到了，他的目光聚焦在了那幾樽高低不一的藥瓶上。他一把將它們搶到手，迅速的擰開了藥瓶的瓶蓋，他倒出了若干藥粒來。現在，在他攤開了的手掌中躺着一把五顏六色形狀各異的藥丸。他凝視着它們，仿佛它們是一個誰的化身。他仇恨它們，但又離不開它們。他對它們的感受奇妙而複雜。他一閉眼，將它們全都拍入了口中，接着，便和着一口冰涼的茶水，把它們一口吞下肚去。然後——然後，他才稍事安靜。因為他知道，藥效將在二十分鐘後發揮作用。

他獨自坐在了一張老式寫字枱的轉椅上，他突然就感覺有些冷了，而那種寒冷的感覺說潮漲就潮漲了上來，因為，他從鏡面中望見了那個被剝得一絲不掛的自己。他用雙手緊緊地環抱住了自己的肩膀，竟瑟瑟地全身都顫抖了起來。他急忙去找一套乾淨的粗絨布的睡衣褲來穿上。睡衣褲很容易找到，因為它們就迭放在了他的睡枕的邊上。常常經歷如此病痛的折磨，他已習慣了發病的流程，對一切必要的物件都會在預先作好準備。「八年了！——整整八年了哇！」他突然大聲地向自己喊出了一句話來。他想去問誰，但，誰也不在他身邊。事實上，這世上根本就沒有「誰」的存在，他既是「誰」，又是他自己。那就權當作他向他自己發問吧。他說：「你倒是告訴我——告訴我啊！這日子何時是個盡頭？這一分一秒都在煎熬中渡過的生命究竟還有沒有活下去的意義？」他覺得自己就快撐不住了，他要瘋了。但馬上，他自己安慰自己說，不，他還是有希望的——應該說，永遠有希望。因為，他是有個終極目標的：人們可以奪走他的一切，唯奪不走他的那個選擇生與死的權利！他可以在任何一天的任何一刻到達它，它離他僅一步之遙。而只要他一跨入那度境界，那個緊緊地扼住了他喉嚨的痛苦便會立刻煙消雲散。

他打開了窗戶，讓夜風灌入室內來。他深深呼吸了一口冰涼而又清潔的夜的空氣。他覺得那夜的氣息實在是太誘人了。正是香港的三更天，從他家位於港島半山坡上的公寓望出去，港島和九龍半島已有些燈火闌珊的意思了。山坡之下是公路，路面被橙黃色的高壓水銀燈打得通明。公路盤旋山坡而下，仍有為數不少的車輛唰唰地自路面上飛馳而過。他將整個上半身都從窗戶中伸了出去。他想：總有一天，就是這個姿勢——這是一種預演嚒？但他知道，這類預演他經歷過無數回了，唯那一步就始終沒有邁出。他要忍住。即使這世界上的所有通道都對他關閉了之後，那扇閘門是永遠向他敞開的。故，他用不到太急，他還有時間。他覺得自己的耐力還沒到完全消耗殆盡了的地步，他已忍受了長長的八年，忍受了兩千九百二十天，忍受了七萬兩千多個小時，四千二百萬分鐘，兩億五千五百萬秒，他還怕再忍多一秒，忍多一分，忍多一小時，忍多一天嗎？——或者，希望就在下一刻出現呢？

他經常用如此方式來完成一次又一次的自我「心理治療」。一旦當他的思維觸及到這一思點時，他便獲得了一種慰藉。是的，這是一種深度病態的慰藉，但畢竟，這也算是一種慰藉。他將上半身連同自己的腦袋一塊兒從窗外縮了回來。在他關上窗戶前，他向距離他家窗戶百呎之下的公路丟去了最後一瞥：有雪亮的車頭燈和紅色的車尾燈在路面上閃閃爍爍；車輛的輪胎在摩擦路面時發出的「沙沙」聲通過夜的空氣傳遞上來，聽上去像是一種湍急的水流聲。

二

莉雲站在了酒店客房的窗前，她將窗簾掀開了一線縫隙向外望去。她只戴了一條胸圍和着了一條比基尼式的三角內褲。她打着赤腳，酒店鬆軟的地毯在她腳底下的感覺十分舒貼，毛茸茸的，讓她忍不住地要把腳掌在這毯面上來來回回地搓動，她很享受這種感覺。

這是一家位於悉尼黃金海岸的五星級酒店。晨曦初露，從莉雲站立着的落地大窗望出去，她能望見寬大的露台上擱放的兩把彩色的沙灘椅和一張白塑質的太陽傘桌。椅子擱擺的位置以及角度就是昨晚上它們被留下時的那個模樣。桌面上的那兩隻插着吸管的磨沙玻璃杯裡，還留着昨夜她和 Peter 兩個喝剩下來的櫻汁雞尾酒。露台之外便是悉尼的港灣了，白日裡湛藍的海水此刻顯得黝黑黝黑的，唯港內停泊着的那些船隻上，燈光還在閃閃爍爍。然而最顯眼的還是那座全球聞名的悉尼歌劇院。莉雲相信，它那通明的燈火一夜也不曾熄滅過。此刻，當它那銀白色的拱頂已對第一縷晨光作出了反映時，歌劇院仍然沉浸在一片燈光的海洋中，似乎昨晚的那場精彩的歌劇演出至今仍未散場。

莉雲站立在那裡，心靈卻迷失在了一個惘然不知所循的荒野裡。假如說這荒野裡還有什麼通道的話，那便是一條叫作「仇恨」的通道。亂石嶙峋，狹隘而又崎嶇。那麼些年來，她就是從這條小道上一路走過來的。到如今，她也只能一路再走下去，她不知道此路的前方通往何處，但她已不識歸途了。

她恨，首先就是恨文字。文字是她的丈夫。其實，文字真是沒有什麼可招她嫉恨之事——當然，這都是按正常的判斷而言——但恰恰，她就是恨，且恨之入骨。說到恨，其實她是個會對所有存在於她周圍的美好事物，都產生一種不由分說的仇恨的人。只是有些人和事與她的關聯不大，故恨的程度也就產生了輕重淺深之分。這裡要說明一點：她的恨並不針對「美好」的本身。其實，她自己也很欣賞美好，渴望能得到美好。她恨是因為這「美」這「好」不屬於她而屬於了別人。對於這類情緒，當然，人們是很容易在他們的人生辭典裡找出那個對應的詞彙來的，這個詞彙就叫「妒嫉」。但如此詞彙於莉雲並不完全適用。因為在這其中還包涵了一種複雜的病態人格與心理：她渴望摧毀那些她無法得到的美好，哪怕要她付出本屬於她利益範疇內的某些代價，她也在所不已。損人有三類：損人利己、損人不利己、損人同時也損己。人一旦進入了那個極端的「境界」時，他（或她）其實也變成了某個負面領域內的「天才」級人物了。

說起來，她與文宇之間也曾有過幾十年轟轟烈烈的愛情生活。在這幾十年中，他當然是真心真情的投入。而她呢？也不能說不真心。只是在這真情的隙縫之間經常會有些絲絲縷縷的什麼長出來，就像一場雨季過後，色澤豔麗的毒蘑菇會從那些朽木上長出來那樣。毒蘑菇是吃不得的，吃了會死。而那種情緒也是琢磨不得的，琢磨透了也會扼殺你所有的真情。好在文宇是從沒較真過，他得過且過，總認為她是個任性的女孩，讓着她點就是了——假如你愛一個人，也包括了愛他（她）的缺點（陷）在內——他已記不起這是哪位偉人說過的一句話了。反正，文宇是照做了。直到八年前，一隻本來就充滿了氫氣的氣球，一旦遭一粒火星沫子的入侵，便在刹那之間，無可挽救地引爆了。

再回到故事的場景中來。莉雲站在了五星級酒店的窗前，凝視着晨曦初露時分的悉尼港灣。她突然就計算起了此時此刻應該是香港的什麼時間？凌晨三點。對了，凌晨三點。正是那個文宇夜夜都會驚醒過來的時分。之後？之後他會感覺絕望，感覺痛不欲生、感覺萬念俱灰。再之後？再之後他會不可忍受，他會去吃那些該死的藥丸，那些能令他暫時鎮定下來，讓他恢復部分理智的藥丸——那些該死的藥丸！但這裡還存在着另外一個假如。假如他對那些藥丸已產生了一種徹底的絕望了的話？（她相信，他總有一天會的）他將飛快地奔跑過他們家的那個寬敞的大客廳，然後拉開了通往露台去的落地趟門。他站在露台上朝下望去，下面是一條盤山公路，橙黃色的高壓水銀燈將路面打成一片通亮。這應該是一幅對他很有誘惑力的場景。因為，他渴望解脫，渴望自由，渴望能從黑暗的地獄回到光明的世界中去。他因此會將一條腿跨出露台的欄杆，千鈞一髮的時刻哪——千鈞一髮！她不打算再往下想像了。她將她望着海港的渙散了的目光收了回來，它們開始集中，集中在了那架擺放了她床頭櫃上的電話座機上。她盼望電話鈴就在這一刻響了起來，她將跑過去接聽。電話線彼端傳來的是她的大女兒穎姿的聲音，她說：「媽咪，家裡出事啦！爹哋他……他……」

她對着電話機凝望久久，但電話鈴並沒有響起。於是，雨後毒蘑菇一樣的色澤斑爛的仇恨又開始在她的心中冒出了頭來。它們吐出了猩紅色的舌尖，「嘶嘶啦啦」地瘋長着，它們長成了一片漫無邊際的攀藤植物了。她試圖這裡那裡地掐斷它們生長的勢頭，但它們生長的速度遠遠地超出了她的那種機械式的掐死的企圖。在這世界上，最瞭解她的人莫過於她自己了，她感覺萬分恐怖！總有一天，她那面具式的正常行徑與思維會被這歹毒之物徹底淹沒！

電話沒響，睡在另一個半床上的 Peter 倒醒了。他的一條手臂本來是朝着床的另一邊摟抱出去的。當莉雲起身時，她輕輕地將他的那條手臂挪開，然後再披衣起床，站到了窗前來。現在，他剛醒，剛恢復了意識，他發覺，他並沒摟住了誰，而是摟住了毛毯的另一半。他撐起身來，說，你怎麼了，站在那兒？他說，快，快過來，小鴿子，我的小鴿子！他老用這個昵稱來稱呼她，他知道她對此很欣賞，她說了，如此稱呼很有創意。小鴿子，既指她的乳房，又蘊含了某種懷舊的感覺，他知道她最喜愛的歌曲就是當年劉淑芳演唱的古巴民歌《鴿子》。他睡朦惺忪地望着她：想香港了？想他了？

她說——她怎麼說呢？她真是在想他，但不是 Peter 那種意思上的「想他」。但她能告訴他嗎？她說，是的，是在想他，我想他死——立即去死！她能這樣說嗎？這不把他嚇一大跳才怪呢。她莞爾一笑，說：

「想你，想死你了！」

無論如何，她還是表達了。她巧妙地將「想」以及「死」這兩個字都用進了句法的結構中去。

他說：「想死了還不趕快過來？」

於是，她便向他走去，她絲質的睡袍飄飄然然的，很能給予觀賞她的對方一個幻想的空間。

在她還沒真正到達床沿邊上時，她已被男人一把給拽了過去。不一會功夫，兩人便又扭作一團了。她說：

「你做管做，但你不能忘了昨夜你答應給我辦的那件事啊。」

他說：「答應什麼呀，不就答應讓你快活個夠？」

三

文宇從英皇道上一路遊蕩過去，孤獨而又思念。時間是1978年的年尾。時近聖誕和元旦，家家商戶都已提前將白色聖誕的氣氛渲染了出來。寬闊的櫥窗裡佈置着雙鹿拉雪撬的寒冬場景，與眼下香港的那種氣候溫潤樹木蔥翠的真實生活景象，形成了一種奇異的對比。三十多年後，當中國大陸上假煙假酒假藥大肆氾濫時，文宇想：港人才是作假的始作俑者呢，連季節都可以作假，且每年如此，樂此不疲。那時的文宇還沒嘗到過抑鬱症的苦果，雖然某種莫名的焦慮情緒，也會經常光顧他的那顆多愁善感的心靈。但他想像力蓬勃，幽默的哲思和美妙的意象在他心中此起彼伏，讓他感覺精力充沛前程充滿了誘惑。他見到兩位衣着性感的女郎，站立在餐廳的大門口向行人派發聖誕大餐的價目單。她們向每一個路人都扮出了迷人的笑容，如此情景立即叫他聯想起了仍留在了上海的莉雲。那時的他三十剛出頭，一個人先來香港生活已有好幾個年頭了。每每見到那些面容嬌好，身材惹火的女郎，他都會產生一種按耐不住的焦慮和渴求的生理反應，但他向自己說，她們算個啥，我的莉雲那才是……他以她為傲，而她，也以她自己為傲。在這個問題上，他倆的槍口從來便是一致對外的。路上見到漂亮點的女孩，莉雲都會嘟起了嘴巴，說道：「裝腔作勢罷了——噁心！」而他則會立即附和道：「現在的女孩家都不知怎麼搞的噢，個個扮得像站在街上拉客的婊子！」他有意無意的將她想表達的意思，擴音了一倍再說回給她聽，因為他知道，這會令她高興令她感覺過癮。在今日的返觀中，他明白了一個道理：這種無緣無故糟折他人的言辭其實一句也沒漏，它們都記錄在案於他個人的道德賬冊上。時機一到，便一古腦兒地給他來個總算賬，讓他招架不住——當然那是在數十年後的事了。

儘管如此，但有些事就是對於當年的文宇而言，也都是不可忍受的。

莉雲彈的一手漂亮的鋼琴，還有一付迷人的歌喉。琴技是因為她從小就從師一位出名的鋼琴演奏家學琴的緣故，歌喉則是天生的。文革開始時，家被抄，鋼琴因為屬於「資產階級的反動樂器」而被造反派們搬走，搬去了淮海路的「國舊」商店給拍賣了。文宇就是在那個時候認識莉雲的。那時的他倆都是十八九歲的年青人，莉雲因沒有了鋼琴作伴，心情鬱悶。正巧，文宇家就擁有一架鋼琴。倒不是文宇沒遭抄家厄運的衝擊，而是因為文宇比起莉雲以及他的同齡人來說，多了一份幸運。他的父母都在海外，他是個靠外匯來過活的人。你們將鋼琴抄走就抄走唄，我不還可以去「國舊」買一架回來？所以說，鋼琴在當年曾充當過他倆愛情的媒介物。

他第一次聽她彈奏的是蕭邦的波蘭舞曲。他被她那華麗的技巧震懾了，又為她細膩的處理手法而叫絕！他非但聽她彈琴，而且還欣賞到了她的歌聲。她是邊彈邊唱的，先唱了一首歌劇「卡門」裡的詠嘆調。完了又應文宇的請求，唱了《鴿子》、《寶貝》和《星星索》什麼的。以前，文宇聽到的都是劉淑芳從78轉粗紋唱片上轉出來的歌聲。如今換成了一付真實的歌喉，而且如此歌喉還出自於一位十八歲的美麗動人的少女。文宇的愛情之火一下子被點燃了，他陷入了一個不顧一切的瘋狂的境地。

其實，文宇自己也能彈一手很不錯的鋼琴。莉雲彈波蘭舞曲的那一次，文宇也拿出了他最拿手的蕭邦降E大調夜曲來與之對應。但莉雲不屑一顧，說這錯那錯的；還說，連整體風格都不對路，這是你基礎樂感上出的問題，三日兩頭是改不過來的。弦外之音似乎已對文宇的鋼琴演奏前途判了死刑一般。

但除了彈琴，文宇還有一樣絕活，那是莉雲萬萬想不到的。文宇能寫詩，能寫出一行行美侖絕妙的詩句來。一般來說，文宇是從不願將他的詩稿示人的，尤其在那個年代。但這次沒法了。既然我在琴藝上比不上你，遭你輕視，而我又非要得到你的愛情不可，我還能何為呢？他靦腆而又小心翼翼地向她遞上了一冊他的自選短詩的手抄本。這些幾能與泰戈爾和冰心作品亂真的詩句難道真是你，這麼個站在我面前的十九歲的青年男子所寫的嗎？答案當然是無可非議的。他見她面頰的肌肉繃緊了一會兒又鬆開，鬆開了一會兒又繃緊。如此幾個來回，讓她那張漂亮光潔的少女的臉蛋都有些政治家和陰謀家的面具感了，但她說：

「嗯。不錯──相當不錯……」

文宇鬆了口氣。唯一令他擔憂的是：在她說「不錯」兩字時的聲響輕若蚊鳴。

其實，就在那一刻，她的決心已經下定。她要擁有他，擁有他即擁有了他的鋼琴（硬體）和他的詩才（軟體）。而放棄他，則意味着第二個女人會在將來的某一天擁有了這一切。她無法忍受這一點。如果說，直到那一刻，他倆關係的土壤結構還屬基本正常的話，但那些毒蘑菇的孢子其實已經植入進來了。

在往後的日子裡，文宇的文才詩情激烈迸發，一瀉千里。一方面得益於愛情這份養料的滋潤，另一方面也是他那壓抑不住的天份的必然渲泄。那首「苦難還沒流盡」是文宇寫於七七年三月的作品。他甫一完成，就約莉雲在公園見面，並迫不及待地將詩稿從口袋裡取了出來。他對着她輕輕地朗讀了起來：苦難還沒流盡／春天卻已來臨／像黎明前聯翩的惡夢／還緊壓住沉甸的心靈。／笨重的冬夜之牛車呵／請你緩行：／到了遠方，別忘了／給我捎來一絲息信，就說／漫夜裡，我們曾是苦難的知心／當那木輪在幽暗的寒路上滾過／

深淵

響着單調、沉重的聲音……他唸得抑揚頓挫，全情投入。但等他從稿紙上抬起眼來時，他發現，鋪滿了陽光的公園長椅上早已空無一人了。原來他剛才是面對着長椅，長椅旁的垂柳，垂柳後的湖面在朗誦呢。

文宇急了。他慌亂的目光四下裡亂掃一通。最後他發現：莉雲正一個人站在了一株傍水的柳樹下傷心地抽泣呢。他跑過去，戰戰兢兢（因為在他倆的愛情生活中，諸如此類的不着上文又不接下文的事件發生過許多回，而每此都讓文宇丈二和尚摸不着頭腦），他小心翼翼地問道，你……你怎麼啦？她不語，只是一個勁兒地流淚、抽泣。後來，她停止了。她毅然地將手帕往口袋裡一塞，徑直朝前走了去。她說：「我回去了——我不想和你在一塊兒了！」文宇追趕了上去，央求道：「莉雲！莉雲！你別走哇，你有什麼不高興的事就告訴我。還是我有什麼做錯了，你……」他試圖去拉她。但她突然就轉過了身來，一臉逼人的寒氣。讓面對她的文宇不由得自心底裡打了個寒顫。她將一條臂膀側了過去，再將一隻手按在了自己的膀袖上。她說：「你別碰我——別碰！聽到了嗎？」她用手指撣了撣自己的膀袖，仿佛要撣去一種病菌似的，「只要你斗膽敢碰我一碰，看我搧你個大耳光！」這下可把文宇給鎮住了，他站在了原地，呆若木雞。他望着她的背影朝着公園的大門口走去，連頭也沒回一回。

說起搧大耳光，數十年後的香港，她真還是做了出來。當然，這回是事出有因的。並不是他「斗膽碰了她一碰」那麼簡單。

那次是文宇的大女兒穎姿打來的電話，說，爹哋，家中出事啦！

出事了？出什麼事了？

外婆死了。女兒說完就在電話線的那頭「嗚嗚嗚」地哭了起來。那時的女兒還小，還不到上學的年齡。她生在香港長在香港，根本就沒見過從來就生活在了上海的外婆是個啥模樣。文宇說，你哭成這樣，不把爹哋給嚇壞了？她的話音還帶着些奶聲奶氣，她說，她哭是因為她見到媽咪在哭。而她的母親聽到女兒哭便哭得更嚎啕更死去活來了。文宇聽到的只是話筒裡面的一片哭喊之聲。他撩下了公司的活兒，火急火燎地趕回了家中。他見到妻子正趴在床上哭得上氣不接下氣。他知道——應該說是他的直覺告訴了他——他是不適宜在此時上前去勸慰莉雲的，她憋着一肚子的怨氣正東撞西突地要找個發洩口呢，你湊上去，不正好撞在了槍口上？他只好將女兒拉到了一邊，問：這是怎麼回事？女兒抽抽泣泣地告訴父親：外婆是跳樓摔死的。她從上海家中十七樓的窗口跳了下去。後來，後來就……「嗚……嗚！」女兒繼續陪着她的母親哭泣。

要說莉雲的母親跳樓自殺，文宇雖然也很難過，但並不感覺太意外。他當然是見過他的岳母的，非但見過岳母，而且還見過他的岳父。那時的岳父還沒死，中了風，癱瘓在床。他裹着一條破棉絮睡在一張硬板床上。床板下挖一空洞，對準了患者的屁股，拉屎拉尿平日裡從無人過問。事實上，包括老婆包括子女，誰也不願走近他，誰也不敢走近他。後來他死了，人都縮成了一小截了，裹在那條棉毯裡，像是一個誰在出遠門時隨時準備提拎離去的包袱。當火葬場的運屍車來到之時，莉雲的母親哭着喊着——並不是悲傷——

而是有點指桑罵槐的意思。她說，你這死老頭，你也會有今朝啊！她雙眼發出綠茸茸的光芒來，她響亮地揪了一把鼻涕之後，突然又哈哈哈地狂笑了起來，說：這不成了？這不解脫了？這不我終於熬過你了？這話語這舉動令在場的當時還是個「毛腳女婿」的文宇大為驚慌，他實在不明白那老太太在咕噥些什麼？但莉雲告訴他說，沒事。沒事。她母親就是這樣一個人。又說，倒是她的父親，做不像個好父親：自私、刻薄，不關心家庭。所以，她說，你看我的這麼些兄弟姐妹有誰來理他了？落到這麼個下場，也算是他活該！但文宇還是朝他那未來的岳母打量個不停，他感覺在這隻表面古怪的家庭倫理故事的背後莫非隱藏了點什麼？他哪裡知道，這種所謂的「什麼」，正是三十多年後要他親身來歷煉一遍的情節？

他呆立在那裡，望望女兒又望望老婆。那時節，他的焦慮病症還處於一種萌芽狀態，故，表面看來，他一切如常。但在他的內心，總存在有一團揮之不去的淡淡的陰影。陰影有個內核，是誰？是什麼？他說不清，他也不敢去深挖。有一次，他想，這是莉雲。但他馬上撇開不想了。他自己對自己說，這怎麼可能呢？我們是夫妻，她能不要我好？不要我成功？不要我健康？然而，那團陰影都像個作祟在古堡裡的幽靈，這兒那兒，時出時沒。就此一刻，預感告訴他：眼下正是這個古堡幽靈出現的時刻與地點了。他剛準備開溜，腳步還沒來得及移動呢，就見趴倒在了床上嚎啕的莉雲突然「嚯！」地站起了身來。她驀然刹住了哭喊聲，她的那雙哭得通紅的眼睛像兩團被怒火燒紅了的火球，望準了他。她用一條手指指着他的鼻子：

「你媽為什麼不死？為什麼要輪到我媽？姆媽啊，姆媽！我可憐的姆媽！——」

文宇說：「你媽這樣了，我也很難過。但，但你怎麼能這樣說話呢？」

她二話不說，騰地沖上前來，左右開弓就給了文宇兩個大耳光。當時一切都很混亂，文宇只見到莉雲的那張閃着淚光的面孔在他眼前一晃，接着，耳腔中便留下了「嗡」的一片空鳴聲。至於為什麼說她真的是打了他呢？那是在事後，他先是覺得左臉頰上有點麻，他伸手摸了摸；接着，右臉頰上的麻的感覺也上來了，而且還熱辣辣的，有一股熱氣在他的鼻腔中上竄下跳。這時，他才確信：他挨揍了。就這些了，接下來發生了些什麼，他的記憶一片漂白。仿佛，那個時段，那若干分鐘，在他生命的進程之中永久地消失了，他沒有存在在這個世界中，他去了另一個世界。

就是從挨那兩下耳光開始的，他感覺長期隱蔽在他心角中的那團陰影被驅趕了出來。它們擴散了，無限大地擴散開了去。而那隻古堡幽靈、魔瓶的瓶蓋拔去的剎那間，它逃逸了出來！一下子，他被推入了一個漫無邊際的黑暗世界中去了。

這是他抑鬱症的首度發足。從此他便告別了陽光燦爛的日子。情緒時晴時雨，而八年前的那回發病則一直延續至今，他感覺自己正往叢林的深處走去，這是一片你永遠也甭想能找到出路的原始森林，他想，總有一天，他將餓死渴死凍死累死在其中。

然而在此一刻，他還是好好的，他正遊蕩在繁華的英皇道上，他的心中充滿了嚮往的陽光。他盼望着他的莉雲能早日到香港來與他團聚。他想像着日後他倆生活的美景。以莉雲的美貌、聰明和一手漂亮的鋼琴奏技，她會在這塊自由的土地上很有發展前途的。她會成功，她會出名，她會讓大家都來羨慕她：非但羨慕她的成就，而且還羨慕她有一個美滿的家庭，一個深愛她的才華出眾的作家丈夫。他想，他要讓她得到這世界上所有的女人都渴望能得到但又無法得到的東西。他要讓她成為世上最幸福最幸運的女人！他如此想着，便自己給自己扮出了一個傻乎乎的微笑來。他信步跨進了一家西餐店裡去。他望着穿黑西服的女領班大聲地喊道：

「請給我上一份最貴最豪華級的聖誕大餐！」

但對方卻愣在了那裡。她笑而答道：「先生，聖誕臨近了，但耶誕節還沒來到呢。敝店歡迎您在聖誕之夜大駕光臨！我們一定為您準備一份豐盛的晚餐。」

四

凌晨三點，在香港。

文宇像一頭困獸，在他居所的大廳裡不停地來來回回地兜着圓圈走。每回的半夜時分，當他的驚恐症發作時，他都會採用同樣的「作戰」程式：先沖上露台向下張望，然後思想鬥爭，然後自我說服，然後尋找慰籍，然後——然後便回到客廳中來，用狂行疾走的方式來麻醉自己、來疲勞自己、來體罰自己，來狠狠地將那個在危險邊緣地帶徘徊不決的自己無情地擊倒，然後，那個神志健全的自己便會將那個病態的自己拖回到安全的地域裡來。

這麼久了，他已琢磨出了一套自我解救的方法。而且行之有效。但，你一定會問，難道他家中沒人嗎？有人。當然，這一回他的妻子不在家，她到悉尼度假去了。然而即使在家，她也不會搭理他的。她在她的房中佯裝睡着——這着最要命，假如她真是睡着，那倒反而好了，反而會讓文宇的情緒容易趨於平靜。但她是個易警醒之人，只要一聽得文宇房中的疊架床上有動靜傳來，她便馬上會清醒過來。她躺在自己的床上屏神細聽，聽着他如何從房中出來，如何走到廳裡，如何拉開落地趟門走上露台去，然後過了一會兒，又如何從露台上回到客廳裡來。沒事，始終沒事。文宇還是原先的文宇。他毛髮無損的在客廳裡兜圈走動，不時地將這裡那里弄出些聲響來。但他削瘦如柴，氣色也極差，黃中帶灰，灰中泛黑。尤其是他的那對惶恐的眼神，莉雲望一眼，便能從中讀出他的那種萬念俱灰的絕望感來。

莉雲不是不懂這種病的後果。自從文宇患病後，她便偷偷地買了不少有關心理和精神類的書籍來閱讀。她讀後得出的結論是：不是他死便是我亡。如此結論讓結論的得出者都嚇出了一身冷汗。但不管怎麼說，除了這個結局之外的第二種可能性是不存在的。難怪文宇要說她是個聰明絕頂的女人了，如此深奧的心理課題，她僅憑了幾冊科普讀物便能悟出其中的奧秘來。

除了太太之外，文宇還有兩個女兒。小女兒穎怡在國外唸書，故在家的時間有限。但大女兒穎姿是與父母同住的。凌晨三點，尤其是週末的深夜，穎姿通常還沒睡。以前，她老喜歡一個人坐在客廳的沙發裡放錄影帶看。這幾年來，自從父親的病情愈趨嚴重後，她便將看帶的陣地轉移到了自己的睡房裡去。每次，當文宇在床上翻滾折騰無法入眠時，他都能清晰地聽見從女兒房中傳出來的音樂聲和電影裡的對白，以及女兒看到入戲時所發出的「咯咯咯」的笑聲。然而，就當文宇從自己的房中走出來，走向通往露台的落地趟門時，女兒房中的電視機錄影機以及電燈都會同時熄滅，本來還閃開了一線的門縫也會被輕輕碰上；繼爾，便傳出房門保險鎖的「咯嗒」一聲響。文宇實在不明白他的家人為什麼對他的病痛會如此麻木不仁？甚至還有了點視若洪水猛獸的味道。有一次——也就是當他的焦慮感稍微減輕，還能有一小片思想空間留出來時——他就此疑問與穎姿有過一次談話。他說，爸爸現在的身體與精神狀態都非常差，我也說不上點什麼，但總有一種惶恐感和焦慮感藏在了身體的某個角落裡。你知道嗎？穎姿，這種感覺實在是件痛苦不堪的事。當你每分每秒都不得不面對它時，人想到的只有一個字，那便是：死。因為只有死，才能讓你徹底了斷這一切！

但穎姿的那雙大眼睛毫無表情地望着他，似乎她面對的是個素無謀面的陌生人。再說了，就是說了這種話的陌生人也會引起他人的惻隱之心啊。但她沒有。她欲言而至。文宇說，你想要說什麼儘管說，爹哋都可以理解。她想了想，道：爹哋，我們能不能換個思路來談談呢？文宇說，換個思路？那就換個思路吧。

她突兀地問他道：

「你說你有病，整天裝神弄鬼的。究竟你的病是真的呢？還是假的？」

「什麼？——你說什麼？」文宇簡直不敢相信自己的耳朵：他縱然後會想到一千種可能，也不會是這一種。

「這個疑問不僅是媽咪的，而且也是我和穎怡的——關於你的病我們三人交流過看法。」

文宇感覺自己的焦慮感像一團原爆時的蘑菇雲直沖天庭，一下子將他思想的空間全部給遮黑了。他說道：「你你你，你們你們你們……」，但他既「你」不出個頭緒，也「你們」不出個名堂來。而那種死亡的感覺又急速地潮漲上來，瞬刻間淹沒了他一切正常的思維和意識。它們迅速地演變成了一種狂躁的衝動，他想飛奔出去露台，跨過欄杆，當着女兒的面一跳了之！但他剋制住了自己，他剋制的方法是用自己的指甲掐進了自己的肉裡去，他讓它痛讓它流血，他知道，這樣肉體折磨會減低他危險的衝動感。他的雙手在劇烈地顫抖，他相信，他的臉色也已變得蒼白如紙了。他感覺有塊沉重的什麼壓在了他的胸區位上，透過他的胸壁，他的手掌能感覺到自己的心臟的快而細的悸動。他頭暈得想嘔吐，意識也開始變得朦朦朧朧的了。朦朧之間，他聽得女兒還在說些什麼。她說：

「你說你病得不輕，但你又能一本一本的書寫出來？」

文宇望着穎姿，他不想說什麼，事實上，他也說不出什麼來。他只想聽她再說下去。

穎姿停頓了一會兒，繼續道：「你和媽咪財產一人一半；這不錯，這很公平。但你的書呢？你的名聲呢？你作家的地位呢？媽她不只是想當個作家的妻子，她也想成為一個名符其實的作家。」

文宇的心跳加速到 120 以上了。除了心跳，還有呼吸困難，他感覺有一隻無形的強而有力的手正卡死在了他的喉嚨處，他將很快會窒息而亡。但他努力使自己保持鎮定：一種顫慄的鎮定。他只想聽下去，他的意識的一部分還是清醒的，他知道事情只差一線就要踩入門檻了。

穎姿的眼神在她父親的臉上遊移着。她突然說道：

「……So I have a suggestion.（我因此有個提議）」她突然說了一句英語——此舉意味着：她以下的說話會含有相當的私密成份——但馬上，她又將話語改成了中文，「你已寫了不少本書了，難道你就沒有想過將其中的一本或二本以媽的名義發表、出版嗎？假如你肯這樣做的話，我想，形勢便會完全改觀。媽的心態平衡了，而你，也不再需要裝瘋賣傻了。家庭間的關係不就可以相安無事了？」

就這個話題，其實，直到很久之後，文宇才與穎姿間有過一次正式的意見交換。他告訴女兒說：你不是個作家，你也許不知道，也不理解。財產可以平分，但作品不行。因為，這裡也有個血緣關係的問題。這和母親與子女們的關係相般若。再窮再生養眾多的母親也都不會肯割捨她任何一個孩子出去的。每個孩子，是醜是美，是聰明是笨拙，都是母親的心頭肉。假如有一天，走來一個人販子，他勸那位母親說，你生了這麼多孩子，就賣一個給我吧！你這不既可以減輕負擔，又可以將賣得的錢銀讓其他的孩子們生活得更好更寬裕些嗎？你說，那當母親的能肯嗎？她寧願大家苦在一塊，餓在一塊，哪怕死，也都死在一塊！這個道理，你懂嗎？女兒很冷淡地聽完父親說了這一席話，道，既然如此，哪你就當我沒說過罷了。

但怎麼能當她沒說過呢？她當時不就明明白白地向她父親提出了那麼個所謂的 suggestion 的嗎？只不過在當時，文宇聽了女兒的這番話後，精神再也支撐不住了。他頭痛欲裂，心慌與窒息感都快將他驅於瘋狂了。他只能對穎姿擺擺手說：「你……你快別說了！」但穎姿說，她本來就不打算說的，這不是你叫我說的嗎？還說：「你儘管說吧，我能理解」的嗎？

她哪裡知道，此刻的她那可憐的父親離精神的徹底崩潰只差一步之遙了。

五

文宇又做夢了。不過這一次，他的夢境有了新的進展。他艱難的跋涉終於讓他攀援到那座峰頂上去了。他發現：這只是一小塊平台，小到容他一個人在此站立後，幾乎就不留下什麼迴旋的餘地了。平台有兩條出路，一條是他從那兒攀登上來的通道；另一條則是一根獨木的樹杆，一端橋架在平台岩石的隙縫間，另一端則伸向虛空黑暗的深處。在文宇的潛意識裡，樹杆的另一端也應該是搭放在對面的另一座山峰之上才對，只不過是夜霧太濃，將它遮蔽了，讓人無法看清。樹杆是原木型的，褐色粗糙的樹皮間包附着厚厚的青苔層，仿佛是那個明清年間的深山採藥人，斧鑿下了一棵大樹的巨株，然後再橋架而成為了一條罕有人知的山間通道。

文宇舉頭望望天色，天色依然十分昏暗。昏暗沉重的烏雲從四面八方穹拱着向他壓迫下來，讓他感覺呼吸困難。遠方黑沉沉的天邊還時不時地裂開一兩道可怕的閃電。至於雷聲，他倒是沒聽到。他向四周環視了一圈，他發現：原來這山頂上並不是光禿禿一片的，在他的四周佈滿了矮矮的灌木叢。灌木叢密不可行，黑森森的襯托在昏暗的天空的背景上，顯得非常可怕。他感覺自己已被全人類遺棄了，遺棄在了一個外星球上。

突然，他見到了在那樹叢之中還閃動着點點綠茸茸的發光的眼睛。狼！是狼！一旦當他心中肯定了這是一種什麼樣的野獸時，他便立即聽到狼嗥聲了。其實，在他的一生中，他根本就沒見到過一頭野狼，因而也就無從分辨真正的狼嗥究竟應該是怎麼樣的了。這或者只能算是一種界乎於狗吠和狼嗥之間的叫聲，但叫聲十分兇惡，讓他驚恐不已。其實，嗥聲的目的是十分清楚的：它們要逼迫他走上那根樹杆橋，這條能讓他逃避這麼個恐怖世界的唯一通道。而他呢？他其實已經臨崖而立了，他從崖端朝下望去，那是個無底的深淵。一橋懸架，之下是一片漆黑而又虛空的世界。在夢裡，他產生了一種莫名的堅信：此刻，他正站立在地球的最高點上，而深淵通往的又是地殼的最底層。天堂與地獄就這麼地靠一道峭壁聯繫在了一起！他感覺到有一股陰風從淵壑深處拂面吹來。和着陰風，他居然聽到了一陣陣湍急的流水聲。他想，莫非這便是所謂的「九泉」之下了？

夢的邏輯是混亂的，但氣氛卻始終貫一。多少年之後，當文宇重新回想起那個陪伴了他多少個恐怖之夜的怪夢，他想說，這簡直就是一幅動漫片中的場景，一種類似於「哈利波特」的特技製作。他是從不寫那些科幻式的怪異小說的，假如哪一天真要讓他去嘗試一下的話，他相信：其效果也不見得會差「哈利波特」到哪裡去：有夢為證。

其實，文宇的夢境之所以會陡然向前邁出一大步的直接原因，是和他白日裡的生活經歷分不開的。

他知道莉雲老是想方設法用語言、動作乃至表情來對他進行挑釁，向他施壓，但他遵循醫囑，極力回避與其作正面的衝突，甚至與她有任何單獨相處的可能性他都儘量避開：惹不起躲得起嘛，人人都這麼說。但這於夫妻，尤其是像文宇和莉雲這對夫妻，還是頗有難度的。有一次，不知是在怎麼樣的一種上下文的境遇中，他沒能按耐住自己。他說了一句類似於她母親去世的那一回，他反詰她的話，於是，便駁上火了。而他再想避當然也就避不了了，一切變得不可收拾。他感覺自己的靈魂被一頭叫「驚恐」的魔鬼所劫持了。他的喉管被人愈來愈緊地卡住，卡住，更卡住。他快窒息了。他痛苦地揪着自己的頭髮，他像一頭發了狂的野獸，在客廳的地毯上打起了滾來。

他記得那次大女兒穎姿也在場。她們娘倆站一邊，觀看着他如何「表演」。而他則一人獨自在一種有口難辯的焦慮中煎熬，焦慮感漸漸演變為了一種狂躁型的衝動，他渴望去做出一些可怕的、驚天動地的事件，來報復他自己而不是別人。莉雲突然就開口了。她向女兒說，去，去把露台的落地趟門拉開，看他還有點什麼更「厲害」的新招使出來，也好給我們開開眼界！但女兒並沒照她母親的話去做，她只是睥睨了她父親一眼，又從鼻子中哼出了一聲冷笑來，便轉身回到了自己的房中去。房門在她的身後被重重地「砰」上了——本來麼，這一切又關她個屁事！

莉雲於是只能親自走過去把趟門拉開了。她伸出一隻手來，向躺在了地毯上的丈夫作出了一個「請」的動作。她說，你就不要着地驢打滾了，行不？也不必又喊又叫的——這又何苦來哉？告訴你，沒人吃你這一套！假如你有種，你還有一點兒男人的剛烈和血性的話，你就從這樓上跳下去，一跳了之！你敢嘛——你這個無賴！這個窩囊廢！

文宇躺在地上，他已筋疲力盡。他迷惘的目光自下而上地望去，他感覺她老婆的身影顯得異常的高大。他還覺得這眼前的一切：天花板、吊燈、牆角線、傢具都像是從一個在水中載浮載沉的，即將溺斃的人的眼睛中看出來的世界，扭曲而形變了。一跳了之？難道莉雲有說錯嗎？她說的對哇，對極了！這不正是那個老在他思想灘岸上潮漲了又潮退，潮退了又潮漲過多少回的念頭嗎？他曾手扶露台的欄杆，向下俯瞰不知有多少回了，但他必須坦誠：他缺乏勇氣——他真是個膽小鬼，一個窩囊廢！尤其是騰空的一剎那，他沒膽量去作嘗試。除此之外，他還想像過各式各樣的自殺方式：吃大劑量的安眠藥，不，他馬上就否定了自己的想法：萬一被送去醫院洗胃，那不還是白搭？跳入水流湍急的河水中去淹死？但也不成，他不是會游泳嗎？他一定會本能地掙扎着將自己浮出水面來，然後叫救命的……還有電殛、氰化鉀、上吊，他一樣樣地想過來，再一樣樣地想回去。但他就始終作不出一個決定來。其實，也沒什麼太根本的原因。他老覺得雖然痛苦，但他還能堅持，他還有時間，他還想再拖一拖。不管用什麼方式，這事說幹不就幹了？那還不容易？他望着站在了他面前的那個高大的黑影，暈糊了過去。

打那次之後，他便在自己的夢境中朝前跨出了一步。他攀援到山頂崖端去了。此刻，他的一隻腳正踩在了那根青苔溜滑的樹杆上。他發現，圍困着他的，那陣陣的狼嗥聲突然都憋息了，陰風也停吹了，空氣裡凝固着的是一種絕然的靜。他猶豫了片刻，夢的殘餘意識告訴他：這是關鍵的一步，也是最可怕的一步。但這一步，應該說這座木橋的本身，就對他構成了一種極大的誘惑力。因為他既渴望擺脫，又渴望到達。而那個隱藏在了黑暗深處的橋的彼端恰恰就為他提供了這種種可能，讓他充滿着幻想。但不知怎麼的，他還是將腿收了回來；這是一種非夢時的意識慣性：他打算再等一等，他想他還有時間。然而，就在他縮回腳的那個瞬間，狼嗥聲再度此起彼伏起來，像是一種不耐煩了的催促。

樹叢裡的發綠的目光又閃閃爍爍了起來。但奇怪的是：在所有這些嚇人的綠色瞳仁中，有兩對，他感

深淵

覺並沒那麼地令他恐慌，反而還能在他的心頭喚醒一種莫名的親近感。這是兩對一直在追隨着他的眼睛，雖然也躲在了叢林的深處，但它們離他始終是最接近的。他蹲下了身來，讓自己面對着這四隻眼睛。這是兩隻幼獸的眼睛，當它們從叢林裡鑽出來時，他發現，原來它們並不是狼，而是一大一小的兩隻貓咪。他感覺它們很可愛，毛茸茸暖烘烘的，他很想逗她們玩玩。在這片陰冷黑暗的天地裡，在這個溫情喪失殆盡的世間，他覺得這兩頭溫暖的小動物，或者可以成為他寄託愛與情感的港灣。但她們並不敢親近他，她們只是遠遠的站着，望着他，保持着一種警戒，仿佛有一隻無形的手正在叢林的深處牽控着她們。在夢的深處，不知何故，他突然掛念起穎姿和穎怡兩姐妹來了，他的兩個鼻泡變得酸溜溜的——他想哭，放肆地大哭一場！由此，他又朦朦朧朧地記起了好象他得了一種病，一種痛不欲生的病。而且，而且他還常做一個怪夢，一個噩夢——他突然意識到了，此刻的自己會不會就是在夢中呢？他「噔」的一踢腳，便驚醒了過來。

凌晨三點。哈利波特的世界於瞬刻間消失得無影無蹤。他的現實世界仍是一個被無窮盡的痛苦重重圍困了的世界。冷汗如注，驚悸、窒息感，全身的肌肉幾乎沒一處是好的，它們都在疼痛，在潰爛……他再也睡不住了，他坐起了身來。他的下一步就是要去到客廳中兜它幾百個圓圈，瘋走一通。他開啟房門跨到了客廳裡去，他聽到穎姿的房門暗鎖「嗒」地上了掣，房內的燈光也隨之熄滅了。他一個人站在了黑咕隆冬的客廳中，他雙膝一軟就跪了下來。他淚流滿面的向上蒼呼救：仁慈的上帝啊，究竟何時你才能讓我擺脫這片無邊無際的苦海呢——上帝啊，上帝！

六

應該說，年過半百了的莉雲仍是個很有風韻的女人。她少女時代的那種鋒刃般的亮麗在她年過四十後開始變得渾圓，渾圓不單是指她的身段，還有她的那股從裡往外透的不可言達的氣質。她變成了一塊體積龐大的磁鐵，內斂着無窮的女性魅力的磁鐵。

現在，她已是個十分富有的女人了。從某種意義上來說，正是富裕，這一種社會定位，日積月纍地打磨着她的氣質，它將她打磨成了今天的這般模樣。就在那個聖誕前夕，文宇遊蕩在英皇道後的不幾年，莉雲便利用會夫的名義也申請到香港來定居了。應該說，之後的他倆的事業一路都很風順。除了主觀因素外還有客觀的。那本來就是個中國歷史上千載難逢的打造富翁的時代。尤其是對於能一早就已站立在了香港，這麼個各方面都成熟了的市場經濟的制高點上的人們來說，形勢更是如此。那些年頭，你只要在那兒佔據一個有利的商業地形，金幣就會滾滾地自你的腳邊流過。你當然不能太貪心，但也不要太不貪心。你要做的只是不失時機地彎下腰去撈上它幾把，再幾把，便已足夠了。足夠能讓你那個小家庭富足得流油了。而文宇與莉雲都成功地做到了這一點。等到全中國的大中城市都開始蘇醒過來時，他倆已能高居臨下的笑傲江湖了。

這當然讓莉雲的自我感覺十分良好。這種發自於內心的優越感，是她外部舉止形態上的那種藏不了也挾不住的貴氣的精神內核。別人說不清它是什麼？它在哪裡？但它無時不在無孔不入。人們仰視她，而她則理所當然地享受着這種仰視。當她目不斜視的從簇簇人群之中穿行而過時，她感覺她像一位女王。這種優越感還彌補了她的很多曾經擁有，但現已失去了的東西。它讓她達到了某種自我調整意義上的心理平衡。比方說，迎面走過來一位妙齡少女，她就會自己對自己說：我胖點老點皺點又算什麼？我也有過你十八歲的身材啊！但現在，你柳腰，就柳腰你的去，你可有我這麼豐厚的財富積纍嗎？沒有。就算退一步來講，等到你也到了我這腰粗臀圓的年紀，你就能積纍到我今日的財富了？不見得——或者說，根本就不可能。那，也就免談了。

什麼都跟上了，都與時俱進了，都能令她心滿意足了，除了一樣。那便是她的琴技。她覺得：她將永遠地被愈來愈多的後來者無情地拋到了身後去。當年令她的美貌更加錦上添花的那樣東西，到了今天反成了她的一塊心病了。不是說她彈不了蕭邦的「波蘭乃茲」，只是她那套陳舊的琴技和樂曲理解，早已框死了她可以在鋼琴演奏上更上一層樓的所有的可能性。如今，一個十一二歲的小女孩往琴凳上一坐，就能輕鬆自若地奏出強過她美妙過她十倍的蕭邦來。形勢擺在那裡，她再也不可能在這一點上理直氣壯，傲視眾生了。一碰上藝術，一碰上音樂這個話題，她就矮人三分，都有些灰頭土臉的感覺了。這讓她心存焦慮和鬱忿。

但最要了她命的還是文宇。文宇這些年來在文學上取得的愈來愈高的成就讓她相形見拙，讓她心理失衡。別人或者離她都遠了點，文宇可是她最現成的，也是最無從躲避的人生參照物。當年的那個被她判決為在琴藝上絕無前途可言的青年文宇，如今竟然成了個作家，而且還是個文名日隆的大作家！不錯，他老了，但她不也一樣老了？不錯，她富了，但他不也一樣富了？為什麼他就一定要在某一方面高出她一截來呢？她已屢次作出暗示，但她知道，丈夫即使在什麼方面都可以忍讓她，唯在這一點上是不行的。而她卻愈來愈承受不住了：她不想當個作家的妻子，因為她不想做月亮，專事反射太陽光輝的月亮。要知道，她自己就是一顆永遠不落的太陽！故，最令她惱火的事情是：誰在公眾場合稱讚文宇，稱讚文宇的作品，而且說又說到了她的頭上來，說你真是好福氣，嫁了個這麼個有財運又有才華的作家丈夫，做女人的還有什麼可再圖的了？她恨，恨不得將那已快要冒升到她嗓子眼裡來的所有的怨恨都化作一口臭痰，「呸」地唾到了那個說話者的臉上去！

於是，一種無形的對立便形成了。這還不是個一般性質意義上的對立，這是一種你死我活的對立：莉雲走向了極端。她將文宇創作出來的每一部作品，都看作是對她自尊的一次無形的傷害和挑釁。而偏偏，文字病管病，作品的產出量卻十分驚人，且絕不因為疾病的干擾而受到任何影響。創作反倒變成了他那痛苦的精神軟體得以寄生的一枚生命的硬殼。他思若泉湧，且創作的手法與思維都更新迭替，常常異峰突起，讀來教人忍不住地拍案叫絕。因而，他的每部作品，一經發表，都相當成功。當然，這對莉雲的傷害也就更大，事實上，這種傷害正以其平方乃至立方冪的積數在遞增着。這是件很可怕的事，這叫莉雲如何受得了？直覺告訴她，她必須毀了「他」，否則「他」將把她給毀了。這裡的所謂「他」是指他精神、肉體、創作能力以及成就的綜合稱謂。事實上，事情也可以反過來理解：假如有一日，文宇的創作時空遭到了徹底的封殺和剝奪，他的精神不日也將崩潰，而精神崩潰的直接後果便將導致他肉體的消滅。這三者原為一體。

她檢視了一遍自己仍存的全部優勢，便以一個女人的姿態，義無反顧地踏上了一條不歸之途。

她接觸男人，首先以述其苦衷為開場白的。其後再談及她婚姻的不幸，以及由此而引致的性苦悶，性壓抑，如此這般。最後總結說，假如我老公能像你就好囉——可惜不是。於是，於是便大事告成了。女人要在這方面攻剋一座男人的堡壘還不易若反掌？再說了，她至今仍不乏性的誘惑力，尤其對中老年的男人們而言。其實，在所有這些性伴侶中，能真正讓她作出傾心傾情者並不很多。在她內心包藏着的是某種畸形而又可怕的報復心理：哪怕一切都是隱性的，她至少要讓她自己明白，她已做出了，或正在做出，某些行為來傷害他。她渴望的是一種心理殺戮，且愈血腥愈殘忍便愈過癮。從這點上來說，她事實上已變成了一具心理意義上的吸血僵屍了，她每日要靠汲取被殺戮了的他人的心理血液來維持她的生存。今天汲得多，情緒就陽光，精神也就昂然。明天汲少了，或汲不到，她便會變得焦躁不安，陰鬱怨恨，整張臉的線條都垂掛了下去，像是誰欠她多而又還她少了的樣子。

Peter 就是其中的一位從性到情都令她迷戀的男人。Peter 決不是什麼洋人或華僑，他姓張，其實也是個地道的上海人。只是他們那代人在離開校門踏上社會之際，正值中國的改革開放浪潮開始澎湃之時。Peter 就是為了迎應潮流的需要而起的一個洋名。後來，他索性連中文的原名都省卻了，讓人們改叫他「張彼得」了。張彼得在上海的一家報社的國際部任職記者兼編輯。這頂無冕之冠在當下的中國是很管用的，這是件斂財與沽名的雙重利器。而他更可以利用記者的身份與便利以及相關企業的財力贊助，經常去到世界各大都市與莉雲幽會，神不知而鬼不覺，那次悉尼的酒店之夜便是其中的一回。

張彼得長得英俊高大，一表人才。他的最大好處是他的性格優勢。他體貼溫柔，甜言蜜語。儘管女人們都知道他在說假話，但凡女人都吃這一套。再說了，他還小莉雲十來歲，如此年齡的男人正是莉雲最嚮往的：性的成熟與技巧恰好都在人生的那點座標上相交。與他在一起，莉雲產生的錯覺是：她比他小了十來歲。他對她肉體的讚美令莉雲聽了一回還想再聽多一回。她說：

「我真像個三十歲的少婦？」

他說：「你要聽真話呢還是假話？……」

還沒等張彼得說完，莉雲就搶白了上來：「假話——我只要聽假話！」

「假話是：你不像。」

「那真話呢？」

「真話是：你非但像，而且還不到三十！」

她奔過去，一把摟實了他的脖子，她拼命地親吻他。另一次，他倆在床上纏綿夠了，他剛騰身而起，準備進入實戰狀態。她卻突然發難了，說，且慢。她非常瞭解這一刻的男人的「猴急」心態。她問：

「文宇的事你到底打算怎麼來辦？」

「什麼怎麼來辦？」

「封殺他，搞臭他啊。」

「……有哪必要嗎？」

「什麼？！」

「是。是。是。」張彼得一連說了三個「是」。

「遵命。一定遵命。」其實，以當時的張彼得的身份、地位與能耐，他根本就無法來「封殺」或「搞臭」一個像文宇這樣的作家的。他只是信口胡應一番罷了。他只想趕緊吃到那口他想吃的。等到事情辦完了，兩人都赤裸而又疲憊地躺在了床上，眼望天花板出神。Peter 吸了一支煙，他說，你怎麼不去找孫麻皮想想辦法呢？

「孫麻？這人我一見就噁心！」

「噁心是一碼事。但你要辦事又是另一碼事啊。」

「他能行？」

「為什麼不？他在電視台工作，影響的覆蓋率要比我們這種平面傳媒高出何至十倍？」張彼得終於用一招太極法將那樁棘手的「任務」推擋了出去，且不露聲色。「以你的這套招式，他會很受用的。」他向她狡黠地眨了眨眼，言罷便「嘿嘿嘿」地兀自笑開了。他知道莉雲是很喜愛聽這一類話的。

七

找孫麻，應該說是找對人了。孫麻是上海一家電視台的文藝部副主任，自己也算是個三四流的作家。沒寫過什麼像樣的東西，卻老喜歡拿着那張中國作家協會的會員證到處讓人過目。當然，最重要的還是他的工作性質：電視台文藝部，那還了得？況且還是在上海。故，就是全國一流的作家藝術家見了他，也都得禮讓三分。這讓他的自我感覺很不錯。然而，孫麻也有孫麻的惱心事。沒像樣的，拿得出手的作品，這是其一。其二是：眼看快要到退下的年齡了，頭銜前的那個「副」字總沒見能有被甩掉的希望，這讓他心有不甘。其實，幾年前，他是有過一次機會的。當時，那位主任因收受賄賂一事讓他給抓住了把柄。他毫不含糊，立馬採取了行動。他組織了一批人馬對其行為以及「流毒」進行了狠揭猛批，並及時將結果呈報上級領導。事情的進展一直十分順利，一切都在他的預料之中：那位倒楣的主任被撤了職不算，還落了個「雙規」的下場。形勢的突變是在最後關頭產生的：孫麻仍任他的副職（儘管他立場鮮明地與腐敗分子作鬥爭的精神，得到了有關領導的肯定和口頭表揚），上頭從外單位調了個人來當主任。任命宣佈的當日，孫麻像被人當頭淋了盆冷水下來，涼了身子也涼了心。好不容易搞掉一個主任，原來是為了讓另一個主任來重新坐在他的頭上指手劃腳，拉屎拉尿！這自然令他很不自在，不自在不說，新領導因為孫麻整人一事反倒對他產生了防備之心，說，十麻九刁，這話不假。他當年搞得了李某，下回就搞不了我王某？如此工作環境讓孫麻如何能提得起幹勁來？他不無感慨，說，中國的事難辦哪，說怎麼就怎麼了。北京中央都如此，更別說我們這些芝麻綠豆官了。

說起張彼得和孫麻，其實，也都先是文宇的朋友。是文宇的朋友，當然也就是莉雲的了。應該說，他們見到莉雲的第一眼就已被她的姿色和風度所迷倒。只是在當年，因為種種原因，不便也不敢有非份之想。如今形勢有變，現成的空子哪有不鑽之理？今天的社會不都提倡個性解放嗎？但什麼叫「個性」呢？孫麻有一次在席間如此解釋。他說，這就是要讓每「個」人的「性」都能得到解放。他的俏皮話逗得一桌男女都哈哈地笑開了懷。

但必須說明的一點是：在莉雲這件事上，張彼得與孫麻皮所懷的心胎卻是各異的。張彼得純粹是為了個「玩」字。他是個這方面的「玩家」。十八二十的他要，四五十歲的他也要。他說，就像紅燒肉與土雞煲，各有各滋味。老女人，尤其是帶點兒性饑渴的老女人的風情又哪是十幾二十的少女們所能比擬的？她們在幹事時眼中所放射出來的那種帶獸性的光芒，讓他心旌搖盪性慾蓬勃。

然而，與他相比，孫麻的內心世界則要顯得複雜和陰暗多了。

表面上來看，孫麻與文宇是一對好朋友。但背地裡，孫麻妒嫉文宇都快要妒嫉到骨子裡去了。有了此「財」，還有那「才」；有了這財那才的居然還能功成名就，讓人仰慕。有了所有這一切還不算，還能晚晚都擁着一個漂亮迷人的老婆一覺睡到大天亮，世上的好處這不都讓你一個人給占了去？然而，又有誰會想到呢？如此般配的一對夫妻會反目成仇。人最怕的是什麼？是後院失火。如今文宇面對的正是失了火的後院嗎？而且，這還是場救不滅的大火！雖然文宇和莉雲對此事都有點諱莫如深，但他能感覺出來。他預感到文宇正面臨着他人生的「滑鐵盧」之役，而他與莉雲的婚姻關係很可能最終演變成了他人生長鏈中的一個潰擊點。一想到這裡，他不由得就得意了起來，心道，看來，這老天爺還是很公平的啊。

因此，當莉雲那次打電話約他出來喝咖啡時，他一點都不覺得意外。他甚至是一路哼着小調去到那家住於陝西路上的咖啡館的。他已胸有成竹。他坐在了莉雲的對面，隔着桌面上跳躍的燭光，他一臉的麻洞都隱匿在了一團曖昧的笑意裡。他說：「你是知道那種病的後果的——是吧？」

「你說的是誰的什麼病？」

「你說呢？」

「你……你是指文宇？……」

「除了他，還能有誰？」

「他是在裝瘋賣傻！他……」

「唉，」孫麻伸出一隻手來，擱在了燭光的跟前，莉雲能清晰地見到他手背上黑茸茸的汗毛。「你既然約了我來談，我可不想聽假話。」

莉雲感覺血液一下子就沖上了她的腦門，她想發作。但她凝望着他，在搖曳不定的燭光裡，她努力地捕捉着他臉上的神情。終於，她的頭慢慢地垂了下去：「嗯。」她的聲音輕若蚊鳴。

「你非但瞭解他有病，而且已病入膏肓。」

「嗯。」

「還有，根據我的判斷，你是一早對他所患的那種古怪的精神類疾病作過研究的。你非常清楚這種病的起因以及後果。」莉雲的眼前，出現了在她床底下放着的那一厚迭一厚迭的有關抑鬱症的參考書籍和科普讀物。她從她喉嚨的深處第三次發出了「嗯」的聲息。

「那不就行了？那我們不就想到一塊兒去了？莉雲，其實，我是很同情你的。我和你一樣，十分厭惡文字……」

她朝着他抬起了臉來，她看見他那一臉的痲孔都擴張開了，它們形變了，變成了一粒粒可愛的橢圓體了。

「你以為殺一個人就非用刀用槍用氰化鉀不可嗎？扯淡！對於當今的科技手段而言，再周詳再縝密的殺人計劃都是漏洞百出的。驅趕一群羊——或者只是一隻——至懸崖的邊沿，讓他前無進途後無退路。他最終跳崖那是他的事，與你我與任何人都無關。」

對方說這段話的時候，莉雲一直望着他的眼睛他的臉。她發現，說話者臉上的痲粒又開始收縮了，而且是急遽地收縮。很可能是跳耀着的燭光製造出來的某種幻覺，她感覺那張臉上的痲洞都填平了，反而正常的皮膚凸了出來，形成了一臉肉痲兮兮的疙瘩。莉雲突然感到有一種陰冷冷的恐怖在她的心中不露聲色地蔓延開來，它們開始沁入她的靈魂了，它們徹底地控制了它。她不由自主地由內到外打了個寒顫。

但孫痲的感覺卻不一樣。他覺得他說的每一句話不都打到點上了？他已將莉雲徹底給俘獲了。他從桌的對面站起了身來，他繞過桌子，坐到了莉雲的身邊來。他那雙多毛的手將莉雲的一隻手捏在了中間，他的兩隻手在她的手心與手背上來來回回地搓摸着。莉雲驚恐地望着他，她說：「不！」，但孫痲不以為然，他將身子靠近了過去。她再說：「不！不！」但她愈不，他愈來勁。他說：「我倆擁抱一下吧——黑漆漆的，反正沒人見着。」她說：「不！不！不！」但他還是不由分說地將她摟在了懷中，說：「你又不是什麼黃花閨女，別人抱得，我就……」突然，莉雲伸出了一隻手掌來，她「啪！」地一下，清脆而響亮地拍在了那張麻臉上。

孫麻一下子就呆在那兒了，他用手摸着自己挨揍的臉頰，不知所措。周圍桌上的人聽見聲響都齊齊轉過了臉來。他們都無言地注視着這對不知是夫妻、戀人，還是偷情者的爭執和互毆的場面。

莉雲搶起了她放在沙發上的手袋，奪門而出。外面的街上已下起了毛毛細雨，她沒帶傘，她纖細的高跟鞋敲打在水汪汪的街面上，一路飛奔而過。在她的身後，那幅閃爍着「上島咖啡」的霓虹光牌在雨色迷朦的夜的背景上漸漸遠去了，模糊了。

八

文宇常做那同一惡夢的某個遠因，是源於他在數年前看過的一套港台製作的時論節目。該節目的主旨是針砭時弊，論政談經，縱橫天下事。無論是大陸的香港的台灣的乃至全世界每個角落裡發生的大小事件，只要與民生民權民主民風有關的，它都會拿來發一通議論。在貌似公正與中立的觀點的背後，往往隱含了這家香港的官辦電視台的某種鮮明的政經立場。在那次的節目中，有一段是攝製組在內地的某個市鎮上拍攝到的一次真實的自殺場面。短片的開頭是一個男人站在了一幢六層高的公房的房頂上，嚷嚷着要自殺，要一死了之。他說他下崗了，又欠了一屁股永遠也還不清的閻王債。老婆跟人跑了，小孩只有五歲，而他養不活他。這人活在世上還有什麼意思？

自殺者的叫嚷引來了一大群的圍觀者，他們迅速地聚集到了那座公房的四周圍，抬頭望去。那時110的公安車還沒趕到，而圍觀者們的神情都顯得有點既緊張又興奮。他們對着那個高空目標指指點點。仿佛在欣賞一場空中飛人的「蹦極」表演。有幾個年青人用手作圍圈狀向他喊道：「要跳就趕快跳，一會兒公安來了，你要跳也跳不成啦！」（在真實場景裡，鎮民們說的都是地方的方言，只是在港視片的片末處都注，有一行文字的說明）或者：「喂，你老兄別老嚷嚷啊，你究竟是有膽量跳呢還是沒有？」另一個則在一旁搭腔，道：「我看他未必有，你看他那縮頭縮腦的烏龜樣，一看就是個膽小鬼！——他站在那房頂又喊又叫是嚇唬他老婆的，他盼望她早點回家去。」

人們七嘴八舌，又喊又議，只是那人始終站在了房頂的邊沿處，猶豫不決。不一會，警車便呼嘯而至了。一個戴大蓋帽的公安人員拿出話筒來向他喊話：「喂，你那位同志，不要想不開，不要做傻事。有話可以下來慢慢說……」他邊喊，邊就有他的同事們從警車裡取出了救生氣囊袋來，打算鋪上。然而，就在那個剎那間，那位可憐者便跳樓了。他的身影在明媚的春光裡划出了一道弧線，隨即便從攝影機的鏡頭中消失了。接下來的那個場面是人們裡三層外三層地圍觀現場，擠不進去看的人只能爬到樹杆上去，而周圍所有的六層式公房的窗戶全都打開了，每扇窗戶裡都有一顆東張西望的人頭探伸出來。如此情景，連港台的攝製組也無計可施了，他們只能將攝影鏡頭對着圍觀人群的外圈來來回回地掃了一通，然後便關機走人。因而，香港的觀眾並沒能見到那個墮樓者肝腦塗地的慘樣。

文宇記得在他看完這則短片時，他也曾對片中的人物情狀感慨了好長一段時間。但此事已經過去好多年了，文宇滿以為他已把它完全給遺忘了。但想不到的是：它又在他的夢中變了形地再現了。又過了很久，那時文宇的疾病期已完全結束了，當他再次回想起那位墮樓者和那個怪夢時，他還有了另外一個聯想。那是他在青年時代讀過的魯迅先生早年創作的一個叫「復仇」的短篇。文篇中的那種詭異乖張的氛圍令他感覺震撼，但他卻不甚明白魯大師究竟想要表達點什麼？現在，他老了，連他自己也成了一位著作等身的作家了，他當然已徹底領會了魯文的精神內涵了。

就當莉雲與孫麻間的交易發生卡殼，有待進一步協調時，文宇的夢境突然產生了一個戲劇性的改變。我早就說了：夢境就是作夢者白日生活的心理投射，而焦慮抑鬱症病人作的夢更是如此。持續的驚恐感彌散成了夢的陰鬱氛圍，而肉體上難以承受的痛苦所演繹出來的則是夢的扭曲了的荒唐的情節。如此原理適用於文宇之夢的從前以及往後。

夢境開始改變的那個白天，文宇去就症了一位新的心理治療師。那是位英國人，他說話時，語調輕柔而溫和，給人以一種美妙的心靈撫慰感。他問了文宇若干問題後便用眼睛望準了文宇的眼睛，不語。文宇有些不自在了，他望去了別處。但醫生說：「Look at me, please.」文宇又望了回去。

「If——」他開始說話了，但他只說了一個字便頓住了。文宇的目光再度跑神，它們垂望了下去。他凝視着透過百頁窗簾射入醫務所來的秋日的陽光，有塵粒在這明亮的光束中飄浮不定。但這次，醫生並沒將文宇的目光喚回。

「If you are going to commit a suicide——（假如你打算自戕的話——）」他將每一個字的每一個音節都咬得特別清晰特別緩慢——可能是為了加深聽者的印象？文宇不由得抬起了臉來，他望着心理治療師的那圈花白的蓬鬆的絡腮鬍和一雙正一眨也不眨地凝視着他的淺藍色的眸子。他聯想到了溫暖的大西洋的海水。

「I could possibly tell you what is untold in her mind（我或許可以告訴你她不曾說出口來的那句潛台詞）」

「Who do you mean?（您指的是誰？）」

「Your wife.（你的妻子。）」

「Well……of course.（那……好吧。）」

「She will tell herself：at last, I have got HIM defeated!（她將告訴她自己說：我終於將他給打敗了！）」

深淵

「……Is this the truth?（真是這樣嗎？）」

「Yes, it is.（是的，是這樣。）」

「So Why?（那又是為了什麼？）」

「No reason.（不為了什麼。）」

「Ok……」他長長地吁出了一口氣來，一口似乎已經積壓了大半輩子的長氣來。他覺得那大鬍子更溫暖，藍眼眸更大西洋了。也是在那一次，醫生還告訴了他有關他兩個女兒對待這件可怕事件的心態：她們當然會因為永遠失去了她們的親生父親而痛苦；但她們更會因為從此甩棄了一隻麻煩的精神包袱而感覺輕鬆。故，你的死，對於你自己以及仍將活下去的人們來說都是無意義的——毫無意義。「Look at me.」他再次發出指令。當文宇的目光與他的藍瞳再次相遇時，他感到的不僅是大西洋的溫情，還有大西洋的深邃。他信任了他。他因為他能捅破說穿那個長期隱蔽在了他心底的欲望的鬱結而如釋重負。

「Worthless!（毫無價值！）」醫生說。

「Worthless.（毫無價值。）」文宇說。

「Meaningless!（毫無意義！）」醫生說。

「Meaningless.（毫無意義。）」文宇說。

那天，文宇已記不清自己是懷着一種怎麼樣的心情回去家中的。他感覺那一大片圍困了他多少年的驚恐正開始退潮，而一寸寸有依託感的陸岸在他的眼前顯露了出來。這種情緒在當晚便折射到他的夢境中去了：他仍然站立在那座峰頂之上，遠方有無聲的閃電和昏暗的雲層，近處黝黑的灌木叢中有綠光閃閃的眼睛，當然還有類似於狗吠的狼嗥聲。但他覺得他突然被賜於了某種能力了，某種能駕馭事情的能力。他將他的那隻已踩在青苔原木橋上的腳縮了回來，他才不管你狼嗥不嗥的了：他的決心已定。他要從他來的那條道上撤回去。在他眼前是一長串的環索，而且前一環比後一環更緊、更小；在他的腦後也有一長串環索，只是後一圈比前一圈更寬大、更鬆懈。他要做的是將自己的脖子從圈套中一環環地套出來，而不是鑽進去。

九

莉雲一離開上島咖啡店的門口就已經後悔了。但她還是一路奔跑着地離去，她讓那細雨沒頭沒腦地將自己打了個濕透。因為，這是另一種平衡，平衡她內心的虛怯以及悔恨交加。

但兩天之後，他又主動給孫庥打電話了。孫庥倒沒有太生氣，只是語調上冷淡了些。她說，很對不起喔，這是她一時的衝動所至。她向他真誠地道歉。孫庥在電話線的那頭「嘿嘿」地乾笑了兩聲。他說，道歉也就不用啦，以後知道該怎麼辦就是了。於是，她又約他見面。「不會又是『上島』吧？那地方我可是沒面子再去了」。

「那就去『兩岸』吧，愚園路北京西路口上，整天整晚都亮着檸檬黃燈光的那一家呢？」

「好吧——就去那兒。」

兩岸咖啡店裡不點燭光，每張桌面上都擺放着一座青銅枱燈，枱燈戴着一頂色彩斑爛的玻璃拼花傘罩。光線因此也相對要明亮多了。莉雲隔着桌子將一迭紙包着的什麼向孫麻坐着的方向推了過去。「小小一點兒意思，望笑納。」孫麻打開紙包，發現裡面裝的是兩迭厚厚的人民幣，便立即喜笑顏開了。他說，還弄這一套啊。你說吧，你打算怎麼辦？莉雲道，這還用問我？你才是這方面的高手哩。孫麻想了想，道：「哪炮彈呢？」

「炮彈？什麼炮彈？」

「我這裡的炮筒和炮座都是現成的——這點不假；但炮彈卻一定是要你來提供的啊。」

莉雲聽罷便笑了，她明白了「炮彈」的含意了。她東拉西扯地說了一些，但她以及他的心中都明白：這些所謂的「炮彈」不是啞彈，就是即使發射了，也不可能造成有殺傷力的那一種。

孫麻說：就這些了？巧媳婦難煮無米之炊哪。我問你，文宇的作品有抄襲的成份沒有？或者找個「槍手」，寫完後再作些潤色之類的？要知道，如此情形，在當今文壇上都是很流行的。

莉雲道，即使有，我也是被蒙在鼓裡的那個人。

孫麻又道：文宇他外文好，難道他就不可能搞點兒「拿來主義」的花樣？當年連曹禹寫「雷雨」時也搞那一套。

莉雲道，你這個人怎麼老朝這方面去琢磨呢？我不是作家，我可以告訴你，我在這方面缺心眼。

孫麻笑道，什麼叫「重磅炸彈」？這就叫「重磅炸彈」！一炮轟出去，不夷他成一片平地，我不姓孫！

孫麻說的那最後一句話着實令莉雲眼睛一亮。但，但讓她到哪兒去收集這些「罪證」呢？她說，如今的世界已變成啥樣了，搞它個謠言滿天飛還不是件容易的事？沒有出典也沒有終處。待到澄清，問題不就已經解決了？你以為他文宇能扛過這一關？

孫麻笑了，笑得十分陰冷：不是這樣的，我的美麗的夫人。你無所謂，我可有所謂啊。文壇就這麼個巴掌大的圈子，凡事都要想好一條退路……

莉雲向他扮出了一個甜美的笑容，她想起了張彼得對她的忠告。她半撒嬌半要賴地說道：我可不管，反正這事都指靠你老孫了。彼得說了，你是個最講義氣和信用的人……

「彼得說……哼！」他再次冷笑了一回，便站起了身來。看他的架勢，他又想坐到莉雲的身邊來了。但這一次，莉雲沒有退縮，也沒有拒絕。她用一張笑吟吟的面孔迎着他。她說，你坐過來不怕再挨多我一巴掌？孫麻道，只要你不想再賠多我兩萬元錢就可以了。於是，他倆便都笑了起來。

十

孫麻找到文宇想和他作一番「推心置腹」的摸底交談是在過了兩個星期後。孫麻的兵法書學得不錯，每回在整人前，他都會來個「熱身運動」：主動出馬與被整人將互相間的關係搞得像親兄弟似的。此舉一方面可以麻痹對方的警覺性，另一方面，即使日後挨整人風聞了點什麼，也讓他摸不出個頭緒來。好壞各打五十大板，事情則落了個不了了之。更甚者，還有感激孫麻挺講哥兒們義氣的，說是朋友遭難時對他們不離不棄；還經常「關心」他們，替他們出「主意」。但孫麻說了，這些手法其實也不是他發明，這些都是跟偉人學的。當年毛澤東對待文革前的劉少奇和廬山會議前後的彭德懷不也如此？

但孫麻不知道，也不可能知道的那樁事實是：在接觸他之前，文宇已去拜訪過那位英國醫生了，而每時每刻都在折磨他的驚恐和混亂的情緒已開始逆轉，開始澄清，開始走向平伏。他明顯地感覺到以前吃下去效用不大的藥物如今變得有效多了；而從前持久力很差的藥效也在逐漸地延長。在這期間，他還去過那位心理治療師的醫務所若干次。情形則一次比一次更好。他告訴了大鬍子醫生有關他的那個奇異之夢，以及夢中情節的延宕起伏。醫生不語，他那對藍眸望着他，溫和而又含蓄地笑了。醫生叫他不必希冀太多；同時還要學會寬恕和容忍。因為，就長遠而言，只有寬容這一種品格才是根治你病的永久的心理良藥。他問醫生：哪假如他真是願意肯為她放棄一切：創作、健康甚至生命的話，她是否就會滿足，就能獲得了某種心理救贖了呢？但醫生說：「No.」因為，他說，這是一種人格障礙，與生俱來。你離她的生活最近，你就理所當然地成了她的目標。哪一天你離她而去了，她還會尋找第二個宣洩的物件和攻擊的目標。如此循環，永無止境。而這種病人的最大麻煩就是她根本不認為自己有（心理）麻煩。她諱疾忌醫；她感覺自己很正常，甚至比正常人更正常更聰明更有智慧。她仇恨別人來挑戰她的智慧——而這，才是最 Fatal（致命）的一件事！

那一天，當文宇從醫務所出來時，他感覺自己又從心理圈套中退多了一環出來。

孫麻約定文宇了。他還是選在了兩岸咖啡館見面。還是那張桌子，還是那座戴彩色玻璃罩的枱燈。因為在這裡，孫麻自有他美好的記憶和成功的經驗。他倆隔着桌子面面對坐。孫麻說，老朋友啦，也好久沒同你兩人單獨的談談心了。文宇說：「嗯」。孫麻又說，台裡事情忙啊，一個人恨不得掰成他六塊來用！不過，沒意思，沒意思。替 GCD 打工，說退就退，而一退下來便是一無是處啦。

文宇還是說：嗯。但他警覺的本能讓他的全身都繃緊着一種病態式的惶恐。

「聽說老朋友健康欠佳？萬事要想開想通點嘛。人家說了，天塌下來有泰山頂着；人給砍了腦袋，不也只留它個碗口大的疤？」

文宇再說了聲「嗯」。但他想了想，追加一句：「我的病老兄你不是今朝才剛剛得知吧？」

「是啊，聽說是早就聽說了。只是……只是不方便多問嘛——是吧？因為這病是屬於……嗯！——」

他用右手的食指在自己的太陽穴位上轉了個圈，表示說：這不是腦子出毛病了嗎？「不過，」「不過」之後，他的語調就出現了個急轉彎。本來是一臉都「稍息」了的麻孔突然就來了個「立正——向右看齊！」。他說：「最近在社會上流傳的有關你老兄的一些謠言，聽了倒是很令人擔憂啊。」他又是嘆息又是搖頭，彷彿被謠傳的人不是文宇而是他自己，又彷彿他為他的老朋友的所作所為感到痛心疾首，隱含了一種：這麼一來你不就全完了嗎？的意思。他迅速地瞥了文宇一眼，見文宇沒太大的反應，於是便繼續往下說了去：「聽說如此謠傳的不止我一個人，還包括了你其他的朋友，諸如：彼得兄子鴻兄關平兄等等等等。大家聽了都大吃一驚哪，想不到你老兄還有這一手！——」他的那對咕轆轆轉動的小眼珠聚焦起了所有的精神能量，捕捉着一切可能在文宇臉上游移而過的神情或神色。

他想：他應該是有所斬獲了。文宇被他那挺歪把子機槍的一陣胡射亂掃，終於「暴露」了目標！因為，文宇的臉上明顯地出現了驚恐的表情。而孫麻更是敏銳地意識到，所有這些表情變化的產生都是因了他的那雙目光犀利的小眼睛。但他絕不放鬆，讓目光更集中，更具透視功能。他無言地凝視着文宇。

應該說，孫麻的估計沒錯。他那望着他的眼神的確對文宇的精神系統造成了很大很不尋常的衝擊。不過，這不是所謂社會上的什麼謠傳之類讓文宇心虛了；而是因為文宇記起了自己的夢境，夢境中的那片灌木叢，灌木叢中的那一隻隻螢光閃爍的綠眼睛。孫麻將一種得意的微笑掛在了唇邊，他決意再逼視文宇一段相當的時間，爾後，再開口盤問。他感覺這樣的做法效果一定會更佳。（他對電影《列寧在1918》中的那句捷爾任斯基與叛徒中尉之間的對白印象深刻。捷氏朝着叛逆者說道：「看着我的眼睛！」於是，叛徒便雙膝發軟地跪倒在地，他承認了他所幹的一切勾當。）

一段靜默。孫麻 VS 文宇。目光——綠光。綠光——目光。文宇都不知道自己身於何處了。他在作夢嗎？他要趕快醒來。他掐了自己一把，但無效。綠光依然，麻臉依舊。他甚至隱隱約約地幻聽到狼嗥聲了。但就在這個關鍵時刻，就在這綠光與麻臉的旋轉之中，另外一對如同大西洋海藍般的眸子出現了。他開始安靜下來。他告訴自己說：要撤，要趕緊後撤！你決不能再將已退出了的圈套重新套回到自己的脖子上去了！

孫麻也觀察到了文宇臉部表情的變化。他想：他不正設法來使自己鎮定下來嗎？不行，我決不能給他以喘息的時間！他當機立斷，決心不失時機地發起攻擊。他說：「你的那部叫《深淵》的小說是部贋襲之作。是抄襲北歐地區——好象是芬蘭還是冰島還是哪裡的一位原作家的作品的。有人讀過他的原著。」他故意將被抄的作家置於了一個遙遠而又陌生的世界角落裡，就算是說錯了，也讓人無從考稽。他決定雙管齊下，一方面用他的小眼睛繼續望準了文宇；一方面再將問題往深裡挖：

「至於閣下你是否真有病，老實講，阿拉也搞勿清——阿拉勿是醫生。但就抄襲作品一事，足以證明你的智商不成問題啊。一個精神病患者是絕無可能來完成如此一樁天衣無縫的工程的——是吧？」

「狼——是狼！」文宇突兀地叫喊了一聲。

「什麼？狼？噢，對。對。原作的書名就叫《狼》！」

深淵

「是狼的目光，狼的那種綠色的、貪婪的、在樹叢中忽隱忽現的目光！」

「對對對。其中有一段描寫非常精彩，寫的就是有關狼的那種恐怖而又貪婪的目光的……」

文字「嚯」地從座位上站立了起來。他的臉色異常恐怖。蒼白的臉部肌肉在痛苦中抽搐。一種強大得令他對之已失控了的躁鬱情緒在的心底像火山岩漿般的撞擊、翻滾，它們要噴薄而出。他隔着餐桌，一把揪住了孫麻的衣領，他說：「你！你！你！……」但他終究沒有「你」出個名堂來。他鬆開了手，一把將驚呆了表情的孫麻推坐回了沙發中去。

就在那天傍晚，莉雲接到了孫麻從上海打來的一隻長途電話。他在電話線的那頭用一種掩飾不住的興奮的口吻告訴她說：「找到了！我終於找到他的秘密了！」莉雲問他是什麼？他堅持不肯透露半個字，只是說：「你就想好如何來慰勞我老孫就是了。」

莉雲當即決定搭乘末班的東航班機飛來上海。一下機便馬不停蹄：懸浮磁列車接計程車，直奔兩岸咖啡館而來。當她趕到目的地時，已近半夜，好在「兩岸」的營業時間長，從下午二時始直至凌晨四點才打烊。

她一頭沖進店堂裡，一眼就見到正笑吟吟樂呵呵的坐在了那張咖啡桌前等候她多時的孫麻。他告訴她說，是一本叫做《狼》的外國名著。她一臉驚奇地回望着他：狼的名著？什麼狼？她沒感覺到自己在作反問時，將狼這個字特別地抽離了出來。他說，狼麼就是狼囉，還有什麼狼與不什麼狼之分呢？狼是一種動物，一種兇殘嗜血的動物。狼也是一種圖騰，你沒聽說過近來市面上就有一本叫《狼圖騰》的書賣得很火爆嗎？

孫麻故意將話題扯開了去，他想在莉雲面前賣弄一下學識和見識。但莉雲的情緒突然一落千丈了，她根本就聽不清孫麻在說些什麼了，同時，她也想不出什麼來同孫麻對話。她只聽得孫麻還在那裡滔滔不絕。他說，這本《狼》的作品是一個北歐作家的警世之作（他真好像是有了那麼回事似的），文宇卻仗了他在外文上的優勢將它給剽竊了過來。書中還有一段關於深夜躲藏在樹叢中的狼的那種綠光茸茸的眼神的描寫，這是該作品的神來之筆，描寫得特別精彩。文宇更是將它原封不動地當作是自己的創作拿來國內發表和出版。此事一經披露，你說，我不叫他吃不了兜着走？……

但莉雲感覺自己愈來愈不行了。她驚恐萬般地感到一隻邪惡的精靈正在她的心中迅速地復活——狼以及黑暗中的狼的目光？不知怎麼的，在這個主題上，她與文宇的心靈似乎存在着一條暗聯的通道。

孫麻愈說愈來勁。他仿佛已經讀到了第二天報紙的文化新聞版上的一大段有關此事的揭露文字了。他說，著名作家文宇？做你的夢去吧，老子叫你一夜之間身—敗—名—裂！

他站起身來，又坐到莉雲的身邊去了。午夜十二時過後，咖啡店裡的光線都給調得十分幽暗了。每個卡位座上，都有情侶們摟抱在一起，充分地享受着這幽暗的光線條件所帶給他們行事上的方便。孫麻一把就將莉雲摟在了懷裡，幽暗之中，他根本就看不清莉雲可怕的臉部表情。他的一隻多毛的手在莉雲的胸脯上亂摸亂捏——他覺得，今晚的他完全有權這樣做。

莉雲突然就反過了臉來，一張口，咬在了孫麻的手臂上。只聽得孫麻「啊！」的一聲慘叫，急忙將他的手縮了回去。而莉雲的嘶咬來得如此突然如此猛烈如此狠毒，以至當她將她的齒尖從其深陷的皮肉中鬆離時，她那排雪白的門齒上已留有了明顯的血淋淋的痕跡了。她朝着孫麻喝道：你不是說狼是一頭嗜血的動物嗎？哪就讓我來嗜回血給你瞧瞧！她因此而感到了一種前所未有的滿足，一種發洩後的快感。她哈哈地一陣狂笑，便離去了。

第二天，認定莉雲一定又會給他電話的孫麻這回失望了。第三天還是失望。第四、第五、第六天都過去了，莉雲仍沒有電話來。事實上，自從那次之後，孫麻就再也沒見過莉雲。很多年之後，孫麻早已從他那電視台文藝部副主任的崗位上退下來了，甚至連單位方面為安撫老同志們的退休情緒病而採取的一年反聘期也都完結了，他仍沒收到過關於莉雲的任何訊息。退休後回家的孫麻整天無所事事，早晨與老伴兩個跑跑小菜場，下午逛逛公園，晚上吃吃小飯館。如能找到搭子，搓他一場小麻將什麼的，如此來打發日子。現在他最有興致的事就是走到公園裡的那些三五一聚六四一堆的閒人們中間，吹嘘吹嘘他昔日的「輝煌史」；並看着聽眾敬畏的神色如何漸漸地浮現到他們的臉上去。但，即使淪落到了這等田地的孫麻，只要一聽到有人提起莉雲這個名字，他便氣不打一處來。罵道：「那個不識好歹的女瘋子——我咒她不得好死！」

十一

莉雲就是在兩岸咖啡館會完了孫麻後的第二天，搭早班機回去香港的。她一路上精神就恍惚得厲害，有一片不祥的預感籠罩在她的心頭，揮之不去。她好像感覺自己的靈魂被一種莫名的能量給掌控了，讓她總想去幹點什麼——不管是什麼——反正要幹點什麼。比如狠狠地咬孫麻一口，或者讓自己狠狠地被人咬一口；而假如無人可讓她去咬，也無人來咬她的話，她甚至寧願自己咬自己一口來洩恨。

她晚間的睡眠也愈變愈差了，常常在夢中驚呼着地醒來。有時，她在夢中呼喊，卻醒不轉來。她的呼喊聲驚醒了睡在隔壁房中的穎姿，她沖進了她母親的房中，將她推醒。女兒見母親日漸形骸消瘦，心中十分擔憂。她提出讓她母親去醫院看看病。「看病？」母親的眼中立即透露出了一絲警惕，一絲惱怒來，「看什麼病？」「去看一回精神科醫生吧。」女兒話一出口，便立即覺察到了點什麼，她改口道：「或者先去內科作一次全身檢查也行。」「不去！我沒病！」母親說完後，想了想，再補充道：「告訴你，下次不許你再提什麼精神科醫生一類的話了，你當你媽發神經了不成？」穎姿無奈地望着母親，不再言語了。

日子就這麼地流水而過，莉雲的精神與體質都每況愈下。她渴望能重新振足起來，「重拾雌風」。她於是又去找 Peter 以及她從前的那幾個相好，但不知怎麼搞的，他們見了她彆扭，她見了他們也一樣彆扭。別說碰撞時能發出什麼火花與激情了，如今兩塊磁鐵的磁性仿佛都被消解了，它們變成了兩陀黑漆漆的生

深淵

鐵塊了，擱在那裡，誰都不知說什麼才好了。後來有一回，莉雲給 Peter 打了個電話。她對着話筒用儘量柔美的音調說道：「聽不出我的聲音來了？我是你的小鴿子啊！」對方頓了一下，答曰：「小葛？哪位小葛？——噢，是晚報的小葛吧？……」莉雲飛快地將話筒扔回了電話機座上去，仿佛這不是一柄話筒，而是一塊燒紅了的烙鐵。就在那個晚上，她做夢了，她做了個稀奇古怪的夢。

夢中的她站立在一座山峰的峰頂上，遠遠眺望過去，幽暗昏黑的雲層從四面八方向她壓迫下來。濃厚的雲層中還時不時地裂開一兩條閃電，怪嚇人的，但又聽不到有雷聲傳來。這是一片空間與面積都十分有限的峰頂領地，四周圍密密的灌木林將她圍困在其中。地塊只有兩條出路，一條是她從那裡攀援至此的來道（夢的潛意識如此提醒她），而另一條則是由一根樹杆原木搭建而成的獨木橋。獨木橋的一端擱在她所站立的那座山峰的岩石間，另一端則探進了空洞洞的黑暗的深處。這簡直就是一幅場景，一幅她在哪部日本動漫片中見過的場景。她臨崖而立，低頭望去。在她的腳下展開去的是一座巨大的深淵。深淵兩旁的崖壁如同刀刃一般的陡峭而下。有陣陣陰風從淵底吹拂上來，和着陰風，她還能聽見一種湍急的流水聲。事實上，那根樹杆橋才是橫跨於深淵之上唯一的可視之物，深淵巨大的空間中包含着的除了虛空就是黑暗，除了黑暗就是虛空，除了虛空和黑暗，便什麼都沒有了。

突然，她發現了那些隱蔽在了灌木叢間的綠瑩瑩的目光，閃閃爍爍，乍隱乍現。它們正注視着她，密切地注視着她。這令她驚恐萬分！然而，就在此刹那間，她突然發現了那種箝死她靈魂的能量的實質原來是什麼了：那是狼！是狼的目光啊！她本能地朝着籠罩着她的昏暗的天空發出呼救，但天空還以她的只是幾條重新裂開了的閃電。她渴望能在這片絕望之地抓住一條誰的臂膀來作依托：這不是張彼得的，不是孫麻皮的，甚至也不是穎姿和穎怡的，他們都化作了那些閃爍着的綠光，躲藏到叢林深處去了。但哪又是誰的呢？她想：這應該是文宇的。

十二

文宇已經離開了她。事實上，文宇已離開了這個家。他在一年前通過律師辦妥了與莉雲的離婚手續，搬回上海來住了。隨着文宇病情的逐步好轉與受控，他的常人的思覺也恢復了功能。他仍在服藥；同時，每星期還需接受一次心理治療。當然，早已不是那位大鬍子的英國醫生了；既然已回來上海了，他因而也改在上海就醫了。還有就是那個作祟了他多年的怪夢，也離開他有好長一段時期了。他感覺心寬體輕，回想起那些夢魘般的日子和與那些日子相關聯的種種情節和式式人物，如今的他已成了個局外者。站在了河的彼岸，他望着盛載着這些可怕記憶的冰山如何漂浮着，遠離他而去。

深淵

但突然，有一個晚上，他又回到那個可怕的夢境之中去了。夢中的他又在重複那個艱苦的攀登動作，而高聳的峰頂一樣是隱沒在了重重瘴霧的黑暗中。但他駕輕就熟，很快就攀援到峰頂了。他感覺這是一條他熟悉不過了的地形路線圖，連哪一處地方有哪一塊形狀的岩石，他都瞭若指掌。他將自己的腦袋支撐着地從峰頂的那方小小的領地上探了出來。就發現，在那塊從來就是片無人的地帶上，出現了一個不是他的別人身影。而且，那身影已行走了那座危險的獨木橋上了！這令他驚奇無比。他望着身影朝獨木橋的中央走去，他的第一反應是想大聲地叫喊道：「別過去！快，快回來！！」但他發現他的聲帶振動不出任何音息來。他焦慮萬分，他艱難地登上了山頂，他渴望趕快跑過去。然而，他腿部的肌肉完全不聽使喚；每一步的拔腿、提起以及跨前，都需他使出渾身的能量來才能得以完成。只是現在，他已能看清那個身影了：這是個女人，一個身形削瘦而又單薄的老女人。從幽谷之中颳上來的陰風，將她那頭花白了的長髮都吹散開了去，讓她看上去像一朵臨空飛翔的魂魄。突然，他明白他見到誰了。

莉雲從惡夢中驚醒過來，她「騰」地從床上坐直了身，驚恐萬狀地環望着四周的牆壁。她感覺自己仍留在了那個夢裡。有一股柱形般的悔恨的巨煙從她的心中升了起來，然後彌漫開去：她不該讓自己醒來，她希望仍然回到那場夢境中去，回去，回去去幹完一件她一直渴望能幹完的事情。

莉雲披上睡袍，走下床來。她臉色蒼白，神情恍惚，而行動飄忽得像一顆游魂。她推房門走到了客廳中去。深夜二點。山坡之下幾百米處，港島以及九龍仍處在一派燈紅酒綠火樹銀花的不夜城的酣態中。莉雲站在了被幻變着的霓虹燈光打亮成了青一陣紅一陣紫一陣的偌大的客廳裡，惘然不知所措。穎姿還沒睡，她聽見了母親從她的房中走出來時的一切動靜——就像過去的那麼些年，她老會在這同一時刻聽到父親從他的房中走出來，然後走到客廳中去時的情形一模一樣。她打開房門來看了看，但她立即又龜縮了回去。她看清了母親的舉止和神情了；她認定：她對她的規勸一定不會奏效，弄不好還會遭她一頓訓斥。她的判斷或對或錯；事實上，這已沒有多大的意義了。反正，女兒對父母的慣性思維令她永久地錯失了一次可能還是機會的機會。

莉雲在大客廳中兜了個圈，便拉開落地趟門走到了露台上去。她扶着欄杆向下望去，距離她視平線近百米的盤山公路上，夜歸的車輛還很多，它們飛速地駛過，急旋的車胎摩擦在瀝青的路面上發出了一種類似於水流的潺潺聲。莉雲狂笑了，這是一種極樂與極恐怖兼而有之的笑。她突然明白了她渴望着要去幹的那件事是什麼了。她用她的雙手將自己的身體從露台的欄杆上支撐了起來，她將她的一條腿跨越欄杆而出了。在她的另一條腿也跨出去之前，她的絲質睡袍的高開叉下擺被扯開了一個角度很大的縫隙，山間的夜風很大，也很陰冷，陣陣吹來，將她睡袍的下擺吹得飛午了起來。而她兩支白皙的小腿的腿肚也全暴露了出來：一隻擱在了欄杆上；另一隻則因趾尖踮地的緣故，腿肌圓滑地拱了起來，拱出了一種美妙動人的曲線效果。這是她在離開生命的時空時，留在了這人世間的最後一個迷人而又性感的造形——儘管沒人看見。

與此同時，大女兒穎姿房中的燈光熄滅了。她將房門的暗掣「的」的按上，準備上床就寢。

上海的文宇仍滯留在他的夢境中。他已艱辛非常地跋涉到了懸崖的邊沿上。那個瞬間，他親眼目睹。先是那株承載着老女人全部體重的古代朽木，像一根裝有彈簧的平衡木似的上下振動，振動的頻率愈來愈高，振動的幅度也愈來愈大。然後，在那突然的一刻，木橋斷裂，老女人，連同她那一身寬大的睡袍以及一頭飄散了的花白的長髮一起掉進了深淵中去。而文宇的驚叫，則像一個還沒來得及打上最後一點墨點的驚嘆號，從聲帶傳遞到唇邊，然後便死寂在了那裡。然而，奇怪的是：他的目光卻變的異常得明亮，明亮如一柄利刀。他俯首向下望去，隨着老女人身體的不斷的下墜，淵底的情景竟然像科幻片中的特技攝影那般，由窄變寬、由遠及近、由小漸大，由模糊變清晰地呈現到他的眼前來了：這是一條盤山公路，橙黃色的高壓水銀燈將路面打得一片通明。時處深夜時分，但夜歸的車輛仍有不少，它們高速旋轉的車胎在與路面的摩擦中發出了一種類似於九泉流動於陰谷中的潺潺聲。老女人「啪！」地就趴倒在了一輛疾馳中的轎車的五六米的前方。文宇只聽得車輛「嗞——」的一聲長拖音的急剎車，畫面便急遽地收捲而去，他驚醒了過來。他發現，他還躺在自己上海家中的睡床上。

兩天後的上午九時。秋陽燦爛，整片大上海都躺臥在了金色的晨光中。文宇起身已有很長一段時間了，但他仍一個人坐在了沙發中發呆，他回想着兩天前的那個晚上的那場情節詭異的怪夢。唯有一點他可以自我告慰的，那就是：舊病並無復發的跡象。他感覺自己內心的深處並不存在任何驚恐的「硬塊」。有一種淺灰色的平靜，像一層薄薄的暮靄籠罩着他的心頭。他努力讓自己回憶起英國醫生的那圈溫暖的大鬍子和他那大西洋海藍般的眸子；他希望能用此方式來平衡他那又有點兒失衡了的心態。電話鈴就在此刻響了起來。他拎起了電話，他聽到了已有一年多沒聽到的大女兒穎姿的聲音。聲音說：爹哋，我打電話來是因為有一件事要告訴你。……

「有件事要告訴我？什麼事？」

電話那頭的聲音沉哦了一息，說道：「穎怡也從加拿大趕回來了，還是讓她來對你說吧。」

「不用說了。」

「為什麼？」

「因為我已經知道了。」

「知道了？」

「知道了。不就是你外婆墮樓身亡的那件事嗎？」

電話線的彼端突然就靜默了。「喂！喂！穎姿，你還線上上嗎？」

「在。」

「哪你為什麼不出聲了？——是這件事嗎？」

「是……」

「都過去那麼些年了，不提也罷，你說呢？」

「好吧。」穎姿將電話「咔！」地就擱斷了，讓聽筒裡只留了一段長長的「嘟，嘟，嘟」的盲音。文宇握着話筒發了一陣呆，終於將它擱了回去。

一切都結束了。文宇重新坐進沙發中去，他感覺全身乏力不堪，仿佛是個經歷了數十年沙場搏鬥後的回歸人。他坐在那兒，凝視着空中，空中什麼也沒有。但他分明能見到有一層看不見的神秘的面紗正在緩緩地拉攏，就像是演完了一台戲後的帷幕漸漸合攏時的那樣。

2007年10月15日

於上海寓所

W

刺背蝎的女人

刺背蝎的女人
WOMAN WITH A SCORPION TATTOOED ON HER BACK

WOMAN WITH A SCORPION TATTOOED ON HER BACK

M

直而不肆
曲而有韌
——作者

剩情男的女人

（中篇小说）

十、

陈方杭一直没有放弃过自己的看法，就按着向军已经说了的那句话作出了一致的小结说，只不过晚了，让大家久等，抱歉！抱歉！陈方杭先承认，说实在话，他爱上这种女人是有些身不由己的，以下这种身份的特殊，使人对陈方杭生出了一种“千呼万唤始出来”的感觉。方杭承认，除了上述原因外，至少还有以下两条：

1．表示他的外面的西装革履，衣冠楚楚，说到了一致，还没有走出来，只是有了一些，为了能够做到与情人女友们的照顾：这与多人不同一般啊，有什么来头没有？否则，他怎么会如此大胆地这么说？要知道，他只说了这么一句，而富贵，而方杭呢？他就怕女人不与他一起打拼他的背景。一个人的背景，往往就决定了一切；而那个人一人一份地传播出去，那才最有份量，最可信服的——陈方杭深信这道。

陈方杭背景确实有点来头：四十刚出头的他，是一家合资贸易公司驻中国分公司的市场部副主管。与他的

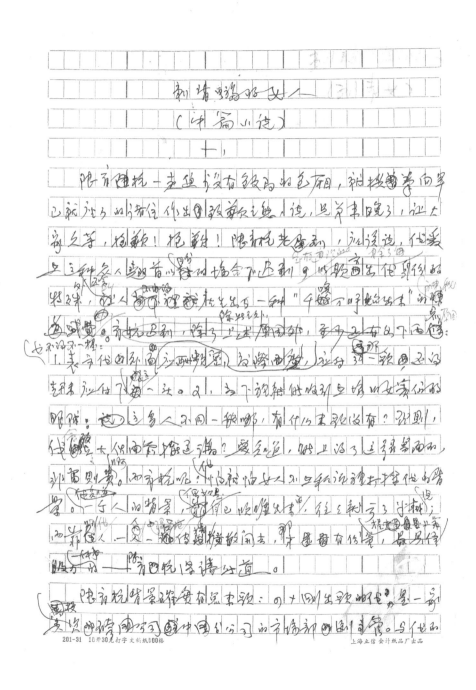

那位外籍主管一走，负责中国市场的营销业务。要处，与和稻要与人交际；与人交际，吃喝玩乐非但免不了，而且还是件最重要的事。经古种说，还得加上"女色"这两样。这是当下中国特色社会的通用规则。难说这规则外资企业与这方面打交道的员工都要严格遵守。但若要完全置身事外，一付"坐怀不乱"的正经样，恐怕难吃香。唯那位外国主管说"嫖"色戒，在中国这块地方，在上海这花花世界里，蛇洞蜿蜒洞洞，谁知道？万一伸伸手指但会被蛇咬了，让蛇缠了，如何是好？主管不敢碰，与和稻做了斗抗，他将他的那一份东西他也同那一份一并都给消受了。他将那些外国主管领进领出，在中国官员和企业人面前亮相。外国人不懂中文，而中国人中能说通英文者也寥寥。他凭他叽哩咕噜地这张能说的嘴传话，让各方面都赞赏，少了他还真不行。好比角色从中象和的斡旋能力！而从社会背景，他怕别人了解？他只怕别人不了解——尤其是女人们，年轻貌美的女人们。他在中国的女人们面前可得意了：他留学的出国不仅代表了一种知识与技能，更是一种社会优势。而这种优势，从某种角度上来说，是国内的那些干部们，即使有再高的官阶与官场斗争IQ的好手们都要给企及的。这样的人不来往谁，怎能说出？这些道，权、钱、地位、以知识与爱是同一样东西，它们已同流合污了，它们都被用同一杆标尺去量出来。当然，这些都是指男人的需要的东西，女人又以什么来量自己手段和能力和风姿呢？色——不是色即空空即色的"色"，而是"美色"的"色"——不就这一样了？

眼然别人女人都有了如此变通，我仍往上面固执情调一样那令了。这些年，跟许我接触过的女人不计其数。有时，某女让他给睡了，竟然连对方的姓名和脸蛋长相都给忘了。之后，又在某种交际场合上见着了，心道，这女人好眼熟：性感、有品味，我曾没舍得将她搞到手。但想不到那女人竟主动向他走了过来，一脸的笑容中还含了些羞涩，说道，肖杭啊，最近一定很忙了吧？还是又找了新的女朋友了么？怎么电话也不给我打呢？他这才惊然想起，原来他与她是有过一腿的。至于何时何地，他却已毫无记忆了。他便说，为什么一定要打电话联络呢，面谈不更好？我俩早就知道今晚上我们能见面，这不，我们又见着了？——今晚有空吗？我带你出去，如何？那女子嫣然一笑，道，像这个劲头，就知道你在撒谎——你倒把我的名字叫出来，还有电话号码？肖杭答，你姓黄，名文；电话号码是八位数：12345678——对吗？但黄文对他一点也不生气，

201-31　16开30克打字文稿纸500格　　上海立信会计纸品厂出品

也不計較。她翻身起來，握住了庚梭的手臂。惟有想起
想的動作是：她用右手摸撫了摸他的膝頭，說，你呀，你！
我們夫妻一十八個月才認住了哩！於是，就在當晚，他倆又
重溫了一回鴛鴦戲水的夢。
庚梭喜歡的就是這種"撿得起"的女人的。有時，他
想，他還不如在某個偏僻的山溝山莊裡當個村長之類的土
干部來得更有意思，就能令他在這個裡面出來的歡迎
這些地方去隨時隨地的滿足自己。若說實話，這是因為
他聽人說——當然也有一些是他從小說中讀來的情節再加
以聯想的——在那些天高皇帝遠的地方，村長就是那裡的
土皇帝。他想大家比，他要睡誰家的媳婦就睡誰家的。而
且，睡過之後，並沒有任何麻煩，沒有任何後顧之憂。要他
去發揮他們的：在他們那塊說一不二的領地上，不但女人
們都願意讓他睡，女人的男人們也都默許自己的老婆被
他睡——誰叫他是一村之長的！命運，又該有多美啊！其
實，那些山野的滋味。油炸的雞鴨，他們家就吃膩了，吃得用不
了。說白了，偷雞摸狗，都不是他去吃的，他是要撈錢
來花的。他對上桌子來的第一件事，就是用眼光把全場掃一遍，
但凡有點兒姿色有點兒風韻的青年女人，他都能在一瞬之間鎖
定目標，且過目而不忘。但女人呢，女子好，當然錦上

滚花；但，女人美如天仙又气质性感，有才有高贵又气质性了，（太大，较多，也伴着）问题，他也会在这个问题上陷入困惑。他想，还是他得好的好：好婆娘烂婆娘，像了打发一个样。我以为直到而今，当今中国的某个农村干部与古时宫廷里帝王的命运是甚同的。帝王还要为三宫六院的女人心牵肠挂肚，他们这些土村干部们好，鱼池管着的鱼都是跟他们的，平时有人替他管着喂着，想吃时，去捉一条来上口便是了。这不比他那个在外好听的跨国公司的老板都合理得多了？实惠多了吧？

当然，人是各有其命的。村干部有他的土福，他有了他的鲜福；而皇上与总裁有其一伙大把的也是林子样的鲜福。做人是不能多比的。你落上了哪一地，那往后自然是你的土壤，只有适应，不能多换。唯女人对于多人的或爱都是相同的。而在女人之中，你羡慕那种鲜的女人又太少了。他们村里每年都要调换好几个伴儿，在此过程中，有个他说要的例子，不是如何钓鱼上钩一边去，他自己的例子，经验与手段。难的是：如何将已尝过了新味的女人不留下羁绊？彼到哪有兴趣了，又能将她及时地打回来？道理也是明的：他们村里总不能挂着一大堆的女人，一个都不放吧？所谓吐故纳新，我的问题是如何从旧的肚子里抽身出来的。但作为是：我又能好的，借口喜新厌旧，这是男人这种动物的本性；而恋旧怀新，这又是女人这种动物的天性。所以说，男人是女人的[illegible]。在这方面，他除了好运遇到的麻烦不能解释：大吵大闹的有之，威胁要向他老婆去揭发的也有之；伤心了手，那是自杀于他跟前才肯罢休的有之，甚至说他犯了重婚罪，要将他告上法庭的也都有之。但他总能泰然，练就了一套金刚不坏身；他兵来将挡水来土掩，他不慌也不忙，有惊无险而渡过。这些年了，他在红尘翻滚着花天酒地，却还[illegible]，他还对那样的女人们[illegible]，久之成了核心。他[illegible]很有信心，直到那一次。

那一次他就是在[illegible]的那一次。那[illegible]是个[illegible]，在一家叫"[illegible]"的[illegible]。这是一家酒店名叫[illegible]，[illegible]的餐馆。他带领着伴男子从电梯那一边出来，就见到服务台的那位穿着黑西服[illegible]小姐接待一位女性顾客。女顾客的背朝着他俩，她穿一套紫黑丝绒的连衣裙，头发高高盘起，[illegible]衣裙的后领处露出了一个巨大的弧形开口，沿着领口，镶着一排晶亮的贝珠花边。在接待柜上方的那盏明亮水晶灯的照耀下，贝珠镶边与女人[illegible]的肉色的[illegible]相辉映，令那截[illegible]的脖子显得[illegible]了。

的此暗影，让方杭这位情场老手抓到了一个悍
和心动的挑逗戏。

女顾客在说出里面的房间号的时候，李德亚说，
她便由一位高挑的旗袍小姐引领，径直往里去了，让方杭
怀着猜测她离去的背影，竟呆住了。直到那位西服经
理问他话时才缓过神来。"请问这位先生要……？""噢，
328包房"他说，"李德定的。"但他的心中却在说，什
么328不348的，跟随那女人一起，去她的那个包房中才好
呢。但柜台经理一听说是328房和李德，便满脸堆起了笑
来。她说，是陈先生吧。李德让我在此恭候多时了。请
随我来吧。方杭和胖子便由经理亲自带领前往328包房。
记得？记得看了小说开始，陈方杭模拟你最初的那一幕了。
这情节却是在方杭西服表演的重头戏中才开始推进的。他满脸
春风的表情实在就像他自己那种，因为他发现：那位乌丝
秀女正坐在包房的对面。

这么些年来，这还是第一次。他大约做梦都没有想到
不久了：不是女人来打听他了，这回是轮到他来打听女
人了。他问邻座的朋友说，对面那女人是谁呀？怎么
以前没见过？朋友也不认识。但朋友是明白他心思的，
笑而反问道：陈先生又看上了？又想起谁了？让我来帮你问

服务员，给我们随便上一份东坡肉来，嘿，那位小姐真漂亮的啊！朋友的呼唤引起了一桌的食客都大为诧异。但那位宁愿去知道内里的，他转身就指了指对桌的那位女郎，说道："Attractive？（很有诱惑力，是吧？）""完了，你错过精彩的东西，""Very Beautiful，Indeed！（的确很漂亮！）"真的好，有人他有了一个最可爱的迷样的女郎。那女郎真是迷人：白皙的皮肤上透明亮的眼睛的美的微笑，有一种浮上来的淡淡的东西。还有她的笑容，甚至令人感到深沉神秘。她一直把那笑容保持在脸上，许久许久，眼不眨，一言不发，仿佛就会将你当一位很漂亮的独行者。但有时，她也会插个嘴，内容一般都与他人的若干不相干的观点别扭的谈吐和[illegible]。让人感觉，与这女郎一位笑容可掬的美人兜搭一堂，引起[illegible]的享受，[illegible]愉悦的境界。那女郎注意到我们，便不眨眼地望了她对桌的那位。有时，他俩的目光也有那一瞬而过的接触，但她却很自然地将目光转去了别处。似乎她根本就没留意到他和坐在了他身旁的那个"单身汉"。她的笑容依然如[illegible]开在脸上。这令到他哈哈不得，他对自己说，这家伙算了，这回，他输定遇上对手了。他给留了许么多么有关女人的记忆和经验，这令他感觉一片空

一

陸育杭一跨進設有飯局的包廂，就拱拳向早已就座的諸位作出致歉之態，說，兄弟來晚了，讓大家久等，抱歉！抱歉！陸育杭老遲到，應該說，他愛在這種眾人翹首以盼的場合下遲到，是有道理的。除了顯示出他身份的特殊外，還會叫人產生出一種「千呼萬喚始出來」的神秘感。除此之外，如下兩點原因也不得不一提：一、表示他外界交際面廣，應酬頻密；應付了那一頭，還得趕來應付這一頭。二、當下裡就能吸引在場的女賓們的眼球：這個人不同一般哪，有什麼來頭沒有？否則，他會在大伙面前擺這譜？要知道，能上的了這張枱面的，非富則貴啊。而育杭呢？他怕就怕女人不在私底裡打探他的背景。一個人的背景，假如是靠自己吹噓出來的，往往就虧了半截；而讓他人一人一口地傳播擴散開去，那才有份量，才是上策——陸育杭深諳此道。

陸育杭的背景確實有點來頭：四十剛出頭的他是一家美資跨國公司中國分公司的市場部副主管。與他的那位外籍主管一起，負責中國市場業務的拓展工作。要拓展業務，當然就要與人交際；與人交際，吃喝玩樂非但免不了，而且還是件最基本的事。往大裡說，其實還得加上「嫖賭」這兩樣。這是當下中國特色社會的通用規則。雖說正規的外資企業在這方面對屬下員工的要求相對會嚴格些，但是要完全置身於事外，總是一付「坐懷不亂」的正經樣，恐怕到頭來也會一事無成。唯那位外國主管談「娼」色變，在中國這塊地

刺背蠍的女人

方，在上海這座城市裡，蛇洞蟹洞的，誰知道？萬一伸隻手指進去被蛇咬了，讓蟹鉗了，如何是好？主管不敢碰，當然就益了育杭，他將他的，連同他上司的那一份一併都給消受了。他將那位外國主管領進領出，在中國官員和生意人面前頻頻亮相。外國人不懂中文，而中國人中能說通英文者也寥寥。任憑他嘰裡咕嚕地這頭接話那頭傳話，讓各方面都感覺少了他還真不行。他怕別人瞭解？他只怕別人不瞭解——尤其是女人們，年輕貌美的女人們。他太瞭解當今中國女人的心態了；他陸育杭的出現，不僅代表了一種知識技能，還是一種社會優勢。而這種優勢，從某種意義上來說，是國內的那些土幹部們，即使是具有再高的商場與官場鬥爭IQ的好手們都無法企及的。這樣的人不粘住他，粘住誰去？這世道，權、錢、地位以及知識其實是同一樣東西，它們已同流合污了，它們都能用同一杆尺規丈量出來。當然，這些都是指男人們而言的東西，女人又以什麼來與之平衡、對應和匹敵呢？色——不是色即空空即色的「色」，而是美色的「色」——不就這一樣了？

既然男人女人都有了如此意向，交易往往在眉目傳情之間一拍即合了。這些年，陸育杭玩過的女人不勝枚舉。有時，某女讓他給睡了，竟然連對方的姓名和臉蛋長相都給忘了。之後，又在某社交場合上見着了，心道，這女人好哇：性感、有品味，我得設法將她搞到手。但想不到那女人卻主動向他走了過來，一臉的笑容中還含了點羞澀，說，育杭啊，最近一定很忙了不是？還是又找了新的女朋友了？怎麼電話也不給我一隻？他這才恍然大悟說，原來他與她是有過一腿的。至於何時何地，他當然已毫無記憶了。但他說，為什麼一定要在電話裡說呢？面談不更好？我早就知道今晚上我們能見面，這不，我們又見着了？——今晚上有空嗎？我帶你出去，如何？對方嫣然一笑，道，儂這個壞蛋，就知道儂在撒謊——儂倒把我的名字叫出來，還有電話號碼？育杭笑道，你姓美，名女，叫美女。電話號碼是八位數：12345678——對哦？但美女對他一點也不生氣，也不計較。她翩然前來，挽住了育杭的手臂。唯有點兒出軌的動作是：她用手指戳了戳他的腦門，說，你呀，你！我叫菱菱——下回可記住了啊！於是，就在當晚，他倆又重溫了一回鴛鴦顛倒夢。

育杭喜歡的就是這種「拎得清」的女人。有時，他想，他還不如在某個偏僻山溝的小村莊裡當個村長之類的土幹部來得更有意思，更能令他那不斷會滋生出來的生理和心理欲望得以滿足。此話怎說？這是因為他聽人說——當然也有一些是他從小說中讀來的情節再加以聯想的——在那些天高皇帝遠的地方，村長就是那裡的土皇帝。他權大無比，要睡誰家的媳婦就睡誰家的。而且，睡過之後，還沒有任何麻煩，沒有任何後顧之憂要他去費神化解的。在他的那塊說一不二的領地上，不但女人們都願意讓他睡，女人的男人們也都默許自己的老婆被他睡——誰叫他是一村之長的？而這，又該有多爽啊！其實，那些山珍海味、油雞肥鴨什麼的，他早就吃膩，吃倒胃口了。說白了，每次赴宴他都不是去吃的，他是獵豔去的。他坐上桌來的第一件事，就是用眼光環桌掃一遍，任何有點姿色有點光彩的青年女人，他都能在一瞥之間鎖定目標，且過目不忘。女人美，當然好，當然錦上添花；但，女人美如天仙又怎樣啦，氣質高貴又怎樣啦？女人玩多了，他也經常會在這個問題上陷入了困惑。他想，還是俗話說得對：好婆娘爛婆娘，熄了燈火一個樣。就此意

刺背蠍的女人

義而言，當今中國的某個農村幹部，與古時宮廷裡帝王的享受是等同的。帝王還要為三宮六院裡的勾心鬥角傷腦筋、作裁決；土村長倒好，魚池養着的魚都是現成的，平時有人替他管着、餵着，想吃時，去捉一條來上口便是了。這不比他那個名堂好聽的跨國公司的部門經理強多了？實惠多了？

當然，人是各有其命的。村長有他的土福，他有他的洋福，而皇上，當然更有其一跺腳大地也要抖三抖的威福。故，人是不能互比的。你落在哪裡，那裡就有你生根開花結果的特定水土，只有適應，甭想互調。唯女人對於男人的感受都是一致的。而在女人之中，像菱菱那樣的女人又太少了。他陸育杭每年都要調換好幾打性伴侶，在此過程中，最令他費思量的倒不是如何釣魚上鈎——這方面他有足夠的自信，經驗以及手段。難題是：如何將已嘗過了滋味的女人不露聲色地甩掉？等到哪天有興致了，又能將她們及時再找回來。道理也是對的：他陸育杭總不能把持着一大堆的女人，一個都不放吧？所謂吐故納新，新歡的空間必須是由舊愛給騰出來的。但往往是：新歡好納除舊難。喜新厭舊，這是男人，這種動物的本性；而拒新粘舊，這又是女人這種動物的天性。所以說，甩，才是嫖女這門學問的真正精要所在。在這方面，他陸育杭遇到過的麻煩真還不能算少：大哭大鬧的有之，威脅要向他老婆去攤牌的也有之；說懷了身孕，非要他娶她才肯甘休的有之，甚至說他犯了重婚罪，要將他告進官府也都有。但他身經百戰，煉就了一尊金剛不壞身。他兵來將擋水來土掩，他不慌不忙，看準了機會擇路而遁。這麼些年了，他在外面日日花天酒地，夜夜鸞顛鳳倒，他還不照樣將在美國生活的太太蒙在了鼓裡？在這一點上，他從來是很有自信的，直到那一次。

那一次就是他拱拳致歉於諸位的一次。那次的飯局是設在滬西茂名路上的一家叫作「蘇浙滙」的飯店裡。陸育杭帶領着洋鬼子從電梯裡一踏出來，就見到服務台上的那位着黑西服的櫃枱經理，正在接待一位女性顧客。女顧客的背對着他倆，她穿一襲黑絲絨的連衣裙，髮髻高高盤起，連衣裙的後領處開了一個巨大的弧形彎口，有一截雪白的頸脖裸露在外。沿着領口，鑲着一排晶晶亮的貝珠花邊，在接待櫃上方的那盞水晶燈的照耀下，鑲邊的貝珠與女人耳垂上的閃亮的掛件互相輝映，遂令那截鵝白色的脖子更顯頎長更惹人注目了。

就此背影，當下裡便讓陸育杭這位情場老手抓到了一個怦然心動的緊迫感。

女顧客應該是在查詢包廂定客姓名的。待查明後，她便由一位高挑的旗袍小姐引路，徑直往裡去了，讓育杭怔怔地望着她離去的背影，竟然呆住了。直到那位西服經理向他說話時才緩過神來。

「請問這位先生是……？」

「噢噢，328包房」他說，「李總定的。」

但他的心中卻在說，什麼328不328的，能跟隨那女人一路來到她的包房中才好哩。但櫃面經理一聽說是328房和李總，便滿臉堆起了笑來。她說，是陸先生吧。李總讓我在此恭候您多時了。請隨我來吧。於是，育杭和洋鬼子便由經理親自帶路前往了328包房。之後？之後便有了小說的開頭，陸育杭拱拳作歉的那一幕了。但真正情節的產生卻是在陸育杭高調表演後才開始推進的。他滿臉春風的表情突然就僵化在

刺背蠍的女人

了那裡，因為他發現：那位烏絲絨女郎就坐在圓桌的對面。

這麼些年來，這還是第一回。他入座後就變得有些心不在焉了：不是女人來打聽他了，這回輪到他打聽女人了。他問鄰座上的朋友說，對面那女人是誰呀？怎麼以前沒見過？朋友也不認識。但朋友是明白他心思的，笑而反問道：陸兄又嘴饞了？又想吃肉了？繼爾更揮手招呼服務員道，快，快給我們陸兄先上一份東坡肉來，要肥要嫩要流油的才好啊！朋友的呼喚無疑讓一桌的食客都大感詫異。但那位洋鬼子是知道內裡的，他暗地裡指了指對桌的那位女郎，說道：「Attractive?（很有誘惑力，是吧？）」完了，仍感覺意猶未盡，「Very beautiful, indeed!（的確很漂亮！）」事實上，直至此時，育杭才有了一回能正面端詳她的機會。那女郎真是迷人：白皙潤澤的皮膚在這片明亮的光海裡顯示出一種玉質的反光，浮浮沉沉的，讓人產生出一種不確定感來。還有她的笑容，甜蜜裡帶着點兒神秘。她一直將那笑容保持在臉上，望望這，瞧瞧那，一言不發，仿佛始終在扮演一位低調的聆聽者。但有時，她也會插個嘴，內容一般都是對他人的某一機敏的觀點或詼諧的談吐表示贊同和讚賞之類。讓人感覺，與這樣一位笑意盎然的美人兒相處一堂，非但是一種視覺上的享受，還能為你空虛的情緒空間提供一種愉悅的填充。女郎望這望那的，唯不瞧一瞧坐在了她對桌的育杭。有時，他倆的目光也有一瞥而過的接觸，但她都很自然地將目光移去了別處。似乎她根本就沒留意到他和坐在了他身邊的那個洋人。她的笑容依然開放在臉上。這令育杭吃驚不淺，他對自己說，這麼些年了，這回，他算是遇上對手了。他積纍了許許多多關於女人的記憶和經驗，他竟然就感覺一片空白，哪一條都派不上用場了。他不加思索地作出了一項決定，決定將眼前的這個女郎一提，就提到了他那一長串女人名單的最前列。

而且，這一回，連那位從來就是不敢越雷池一步的老外，似乎也動了心。因為育杭注意到他也不停地將目光飄向桌對面去。「Are you interesting in her?（你對她感興趣？）」洋鬼子望了望他，沒有立即作答。一會兒的遲疑後，終於還是說了個「NO」字。他說：「She is your woman, isn't she? It is nothing to do with me……（她是你的女人，不是嗎？她與我無關……）」育杭望着他的老闆，笑了，他說：「OK……」，心道，你還是有賊心沒賊膽。哪，哪我就老實不客氣囉。

他正在那兒沉思呢，就聽得李總在那一頭放話了，說，你倆老在那裡「哈囉」「喔開」的嘰咕些什麼呀？已經來遲了，還沒問罪你呢，來來來，罰酒——先罰酒！

於是，一桌的人都加入了進來。罰酒！罰酒！罰酒！起哄之聲此起彼伏。大家都讓服務員給斟滿了酒，齊齊站起了身來，準備乾杯。那女郎也笑盈盈地站了起來。她像是一朵拔尖的荷蕾，高出她四下的女客們都有半個腦袋。現在，陸育杭瞧見的，除了臉蛋，還有她的身體的正面。半截子豐腴的胸脯裸露在她的那件大碗形的領口間，白嫩的膚質在黑絲絨與晶貝拷邊的襯托下，顯得十分搶眼。育杭突然就發現，在這片肉白色的皮膚上描有兩條纖細的墨黑色的弧線。弧線呈喇叭形，分別向左右上方捲伸了出去。他想，他會不會是看花眼了？定睛再看一看：還是。這兩條弧線既不是絲絨套衫的一個部分，也不像是項鍊的頸掛。

哪它們又是什麼呢？它們既像是畫上去的，更像是長出來的，因為它們的另一端是朝着這片胸脯的內裡深入進去的。在這一片白花花的燈光裡，育杭驀地感覺到自己墮入了五里霧中。

二

陸育杭從前的名字不叫陸育杭，而是叫陸杭育。他是浙江杭州人，生在杭州，長在杭州；父母親希望他不要忘了故鄉的養育之恩，所以就給他起了這麼個顯而見意的名字。陸杭育讀書很聰明，從小學起成績就名列前茅的他，後來以浙江全省考生的首名分數線跨進了上海復旦大學的校門。那是在上世紀八十年代初的事情了。他選擇了攻讀英國文學專業。如此選擇，並不意味着他真是如何喜愛文學這門行當，而是因為他預感到：在關閉了三十年後的國門現在剛打開，精通外語的人材必將會在今後相當的一段長時期內十分渴市。事實證明了他判斷的準確。在他求學的那個時期，從國內名牌大學培養出來的外語（尤其是英語）人材的職業出路都非常優佳：有在外交外貿部門工作的；有在電視或電台當外語主播的；有自己辦公司做進出口生意的。最差的也能招收他一二班學生作外語培訓。即便是這條最差的出路，收入其實也不菲，至少要比學其他專業的人強出許多倍來。然而，陸杭育更與眾不同，他認定：最佳的人生前途還是出國深造，「拉出去，打進來」，至於理由嚒，他如此解釋給他當年的女友，如今已成為了他太太的苗子聽：這是因為這個國家自上而下都是崇洋的。批判管批判，仇恨管仇恨，妒忌管妒忌，詛咒管詛咒，但中國人的這付奴性和德性是深入骨髓的，總認為外國的花兒更香外國的月亮更圓。這種心態，至少在幾百年裡甭想改變。批判、仇恨、妒忌、詛咒，這都是崇拜的另一個名稱。

想不到在這點上，又讓他陸杭育給看準了。他是在大二那個學年成功申請到了獎學金去美國的。十年後，當他學業有成，以一個跨國公司高級雇員的身份回國時，他的那些同學——無論地位有多高，待遇有多好，職業有多體面——也都只能用一種自下而上的目光來仰視他了。要知道，如今在他頭上戴着的不僅僅是美國某大學學位的博士帽，更有那家跨國公司商譽的光環！他當然不再是從前的陸杭育了，他於是便改名。他將名字顛了個倒：不是杭州養育了他，而是今後要看他如何來養育（活）杭州和杭州人民了！他從來就是個理想遠大、氣吞山河之人。生活之途這一路走來，他所嘗到的永遠是將人生目標訂高訂遠訂宏偉的好處。他想：今後，他還會沿襲着這條路子繼續走下去的。但有一點兒小小的誤差，那就是現公司的中國總部設在了上海，而他自然不能「育滬「或「育申」啦，上海這麼個國際大都會要靠他來「育」？他再氣盛也氣盛不到這個份上。好在上海離杭州也不遠，不是說杭州是上海人的後花園嚒？如此一想，育杭又感到了某種邏輯上的合理性。於是，他便決心一路「育杭」下去。

刺背蠍的女人

掐指算來，育杭回國來工作也有十來個年頭了。其間，中國社會經歷的是一場前所未有的深刻演變。育杭以及育杭這代人童年時代被灌輸的那套價值觀體系早已分崩離析。即使還有點兒記憶，也都變成了幾段倒映在了人生河塘裡的漂白了的虹帶，正等待着理想的夕陽完全落山後，將其徹底融入到夜的黝暗中去。但育杭卻暗自慶欣，他感覺自己生正逢時，遇上了這麼個中國歷史上千載難逢的大好年代。生活讓他享受到了連做夢也夢想不到的一切物質上的奢華。什麼都玩過了，什麼也都玩盡了，總結來總結去，只有一樣東西是永遠玩不厭也玩不膩的，那便是玩人——玩女人。原因很簡單：因為這是一場上帝應諾人的，而不是人應諾人的遊戲。再說了，對方也是一頭與自己一樣有思維，有情感，而且那思維那情感也是在千變萬化之中的動物。這樣的交鋒，這樣的互補，這樣的互動與互相撲殺，能不刺激？能不好玩？如此感受，上至皇上下至賤民，都一樣。當然，所謂「玩女人」的終極樂趣所在就是與其作愛，而男人，一旦陷入其中，一般都很難自拔。一個兩個三個，一打二打三打，這樣無限止地疊加上去，直到那一刻。那一刻，一條劇毒的眼鏡蛇突然就昂起了頭來，它吐出了可怕的蛇信子，說時遲那時快的，「唰！」地鑿了你一口。而你，知悔已晚矣！

陸育杭在「蘇浙匯」包房裡遇見的那位烏絲絨女郎姓姚，叫姚娜。後來，育杭終於將她搞上床了。當然，那是在幾個月後的事了。將她搞上床去的過程並不像想像中那麼複雜那麼費神思。姚娜也不年青了，都四十出頭了。弄不好，還可能大出育杭一二歲呢。事實上，姚娜自見到育杭的第一眼起，也同樣產生了要將對方搞到手的盼求。這樣的相向而行，彼此間的距離自然就感覺縮短了。起初，此事的成功着實讓育杭喜出望外了好長一段日子，他再一次對自己征服女人的能力表示了自許和確認。但後來就有了些變化，他也不清楚是在哪裡卡的軸，反正他感覺他與她那隻關係的輪子，並不依據他一貫熟悉的那套思維慣性來轉動的。

還有便是有關姚娜胸前的那二條描跡的謎底。這是在育杭第一次與她上床時才揭開的。在這之前，他倆當然也經歷過燭光晚餐，暗處擁吻那一類的男歡女愛的前奏。育杭多次提出了他的疑問，他甚至還用手指觸摸過那兩條描跡：它們給他的觸感是光滑平整中略帶一種精緻的凹凸感。然而，姚娜告訴他說，她遲早會讓他知道的，但不是現在。那晚，在錦滄文華二十五樓的雙人套間裡，育杭坐在床沿邊上，帶點兒顫慄地經歷了謎底被揭開的那一幕。姚娜是個很善於控制氣氛與辦事節奏的女人。她站在了他的面前，像個老練的脫衣舞孃，一件件的，充滿了懸念的，脫她的衣裙。在她的背後是一扇巨型的落地牆窗。窗口俯瞰着整條南京西路。南京西路從靜安寺方向一直通過來，繞出了一個巨大的弧彎形。華燈初上，不一會，整條馬路便變成了一條燈光的巨龍：路燈、車燈、霓虹燈交織成一片，而緩緩流動的車流，就像巨龍背上閃閃的鱗片。

脫剩一件胸圍了，她向他招招手，說，最後那一步，她想讓他親自來跨出。他欣喜若狂地趨向前去，然而，在那種氣氛下，在面對姚娜這麼一個女人時，他突然感到他慣擁的那種自信在流失：那種見獵心起，尤其是當女人們準備毫無遮掩地暴露到自己的眼皮底下來時的那種野性的本能和衝動在急劇的減弱中。他像一個被心理師催眠了的就診者，按照姚娜的吩咐，一點點地向前移動過去。他任由她摟緊了他的頸脖，熱烈地吻他，然後命令他替她解開胸罩的紐扣。胸罩解開了，他倆都由它自動地滑落，掉到了酒店的地毯上去，卻毫無動作。育杭感覺對方的摟力在漸漸地鬆弛下來，她將他稍稍朝前推開了一個距離，說道：

「現在，你可以看了。」

此一刻的育杭簡直就不敢相信自己的眼睛：一隻五彩的，比真品還要大出若干倍的蝴蝶刺青在那個女人雪白的胸乳間。纖細的蝶身埋藏在了她的乳溝裡，兩瓣蝶翼展開，一左一右，各自覆蓋了她的大半個乳球。而蝶翅前端的那兩支小小的翼柄恰到好處地點觸到她的乳頭上，便嘎然而止了。蝴蝶的刺工是如此地逼真、精美，畢毫分明，栩栩如生。仿佛真是有一隻大蝴蝶停歇在了她的胸脯上，在你一伸手的觸摸間，它便會撲朔朔地飛走了似的。

蝴蝶的前額上刺有一對觸鬚。觸鬚的彎度與長度顯然都被誇張了，它們對稱地從女人的胸溝間出發，自兩個不同的方向上伸展開去。在經過了一次高不可攀的遠征後，直達她的兩塊凹凸的鎖骨處。當姚娜穿低胸裝時，這對外露的觸鬚便構成了一個美妙的懸念。

育杭一下子傻在那裡了。他想吻那對乳房，但又害怕那隻蝴蝶——害怕它飛走，還是害怕被它咬一口？連他自己也答不上來。

此頭暫按下不表，再來說一說姚娜這個女人的身世與經歷。因為這既與那隻蝴蝶有關，更與這部小說有關。

姚娜出生在被上海人稱作為「正宗下只角」的地區：楊浦區許昌路那一帶。那裡的棚戶房東倒西歪，擁擠不堪。酷似於大腸、小腸、盲腸般的道路彎彎曲曲，而蟻螻般的人群蠕動其中，就像無數蠕動在腸胃道中的寄生蟲類。這都是這個城市中最貧困的族群：蹬三輪的，收破爛的，賣燒餅的，扛大包的。當然還有那些專供男人們泄慾的，最廉價的妓女們。這是一塊「城中之鎮」，在這塊特定的地區版圖中，上海方言變得不再流通，人們都「這塊」「那塊」地說着流利的蘇北話，仿佛這是一塊從長江北岸某處突然起飛，然後降落到了大上海版圖中來的「飛地」。上海人普遍瞧不起蘇北人，這往往是與他們所從事的職業和生活境遇有關。而這塊「飛地」中的人們，當他們生活在其中時，他們感覺很自在，很如魚得水。但是當他們一旦離開他們的「故鄉」，企圖融入上海其他地區的生活時，他們便會有了一種明顯的壓迫和壓抑感。上海人以「江北人」將他們統而稱之，含着一種明顯的卑夷口吻與神態。讓他們心生憤懣，但又無可奈何。為了生存，他們不得不將這口惡氣吞咽下肚去。

但事情的演變結局往往是走向了反面的：這種持續了百多年的上海市民文化所製造的並不是一個被徹底壓跨了的部族，而是從這個部族中不斷冒升出來的一顆又一顆閃亮的明星級人物：有成功的企業家、學者、藝術家；有歌星、明星和娛樂圈中的大哥大大姐大人物。還有，還有就是姚娜。至於姚娜究竟算是哪門子的成功人士？我想，就連小說作者的我也說不清。反正，她不同於一般女人——一般的上海女人。或者可以這麼說，她最終達到了，甚至還是超額達到了，她悲苦童年時代立志要達到的最遠端的人生目標。

姚娜從小便沒有父親。在她遙遠的記憶裡，她便已同她母親兩個在一起過活了。她母親便是幹那種廉價活的女人。姚娜漸漸地長大，她每天見到的情景都是那些蹬完了一天三輪車的漢子們，一身臭汗的沖進屋來。他們掀開了通往內屋去的門簾，徑直往裡去了。不一會兒，他們便提着褲子又出來了，換另一個已在門口等候的男人再進去。他們將幾張皺巴巴的鈔票朝着姚娜坐着的桌面上扔了過來，臉上還殘留着些許淫笑的餘波。每日的這個時段，母親很少起身，她一直都呆在了內屋裡。而姚娜是從不敢進內屋去看一看的，仿佛裡邊躲藏着一頭可怕的惡魔。有一次，她剛巧站在了門口，在門簾一掀的工夫，她瞥見母親正直挺挺地躺在了一張木板床上，有一幅白色的床單覆蓋着她的全身，只有一顆腦袋露在了外面。其模樣就像是一具等待殮葬的死屍。她嚇壞了，從此之後，她連站都不敢再在那門口邊上站一站了。母親就是用這樣換來的錢養活了她的女兒，也養活了她自己。讀小學的時候，姚娜的綽號很難聽，叫「婊子啦吾子（「吾子」在上海方言裡作「兒子」或「女兒」解）。那些調皮搗蛋的男同學們一見她從操場上走來，便齊聲協力地朝着她叫喊了起來。這自然對處於成長期的姚娜造成了巨大的，且永生都難以癒合的心理創口。惟對「婊子」這個字眼，她所懷的感受卻是複雜而奇特的。她當然知道這是指什麼，她也害怕聽到它，但她又想去親近它。她也說不清，究竟這個字眼中還蘊含了它顯性詞義之外的隱性的什麼？至少，就某種意義上來說，它是她母親的化身。她愛她的母親，無論她母親幹了些什麼，她都不恨她，不怨她，更不可能看不起她。她明白母親的痛楚和艱辛。但她也有恨，強烈的恨。她將她的仇恨轉移去了別處：她恨那些男人，也恨那個社會，那個將她們娘倆踩在了底層且無情地加以糟蹋、蹂躪的社會！她發誓有一天她要改變她的人生，她的決心之中含有了相當大的復仇的成份。

她後來真的如願以償了。她是一隻從那片「江北窩」裡飛出來的金鳳凰。十五六歲的她已出落成了一朵粉嫩的白雪蓮。在她居住的那個環境中，那些粗黑的男人們幾乎沒有一個不渴望能染指於她的。他們說，他們願意出一倍、二倍、三倍、五倍乃至十倍的價錢來成功這筆交易。但她的母親只要一聽到有人有如此暗示時，便立馬翻臉。她的雙眼睜得彪圓，把壓在她身上的男人一把就推倒在了木板床的下面去。她罵道：「你這個殺千刀的！怎麼不去撒泡尿照照自己的模樣，滾！你給我滾！我不做你的生意！」那個大雪紛飛的寒冬夜，母親將她藏壓在了米缸下面的一疊鈔票全取了出來，她將錢塞到了女兒的手中，叫她離開——離得愈遠愈好。而且，她說，永遠也別再回來了！這鬼地方，這不是個能讓人活下去的地方！

姚娜後來真的再沒回去過。甚至到了多少年之後，當她打算去把她的母親從那裡接出來與她同住時，她也是叫了她手下的人，開了她的那輛紅色的寶馬車去辦的。那時的棚戶區已被一家港資的地產商收購，正面臨着全片夷平的命運。再過十年後，這裡將矗立起一片鳥語花香、廣廈千萬間的人間天堂——這是豎立在那片地塊的看板上說的。但那裡的居民們都已等不及那一天了，他們各自拿了各自的賠償金，流散到了

刺背蠍的女人

大上海的各個角落裡去了。這是一片佔地面積很廣闊的拆遷區：南起平涼路，北及楊樹浦路；東臨雙陽路，西至許昌路。拆遷工程已近尾聲，區內一片殘牆敗瓦。到了夜晚，更是一片黑漆漆的狼藉，只留下幾盞暗淡的殘燈，閃爍其中，像墳地裡的點點鬼火。姚娜的母親就是少數堅持不肯離開那片土地的人。人的記憶與情感有時會背道而馳，愈是有太深太痛記憶沉澱的地方，有時愈讓人在回眸時不忍離去。姚娜用手提電話指揮她的司機先開着車繞荒蕪的地塊兜了一圈，然後再沿着通往其腹地去的一條羊腸泥道駛了進去。見那輛車一路開來的架勢，大家還以為是香港老闆前來視察地盤了呢。待紅寶馬在姚家門口停下，姚娜的母親被人接出屋來時，人們才明白了是怎麼回事。但傳說又循着另一條途徑不脛而走了。說，那地塊的收購者不是別人，正是當年從這裡出去的那個叫作姚娜的小娘們的香港老公。

其實人們的猜想，從某種意義來講，距離事實相差也不太遠。要說有差距，只有過之而無不及。此話怎說？這段情節構成的是本小說的另一個故事切面，現在不提也罷。此刻，我們見到的小說場景只是育杭在錦滄文華25層樓的雙人房中，面對着姚娜胸乳間的那隻彩蝶，傻了——他對眼前這個女人的背景一無所知，正如眼下的小說讀者們對她毫不知情一樣。但女人望着他的那付傻樣，卻「咯咯咯」地笑開了，那笑聲之失態彷佛是誰撓了她的癢癢一般。她說，怎麼啦？怕啊？他說，不是怕，而是覺得有點……有點……。她於是便收斂起了她的那種放肆的大笑，而讓臉上掛起了一種神秘而又甜蜜的微笑。她的一隻手向下遊動着，一扯，就將他的那條BYFORD的鬆緊三角褲給扯了下來。在解除了束縛後，育杭感覺自己的那只不文之物突然就彈入了一個自由的空間。它直愣愣的挺立在那裡，正以四十五度的角度，斜刺裡對準了房間天花板上的某個目標，像是一枚安裝上了發射架的「愛國者」導彈。

不知怎麼的，面對女人，育杭第一次感到了自己男性裸體的醜陋與尷尬。他站立在了那兒，有點不知所措。但女人卻說，狀態不錯嚒。她用指尖輕輕地點住了導彈的彈頭，向下按去。力量不大不小，恰到好處。那情那景倒有點像文革時期，勒令批鬥台上的地富反壞右份子低頭認罪時的情形相仿。壓夠了，她一鬆手，那活兒便猛地反彈了上來，像一杆裝上了彈簧的秤砣，上上下下來回擺動，剛準備停下，她指尖的壓力又上來了。此招令育杭慾火中燒，身不由己。他一把抱住了眼前的這個刺有胸蝶的尤物，雙雙滾到了酒店的地毯上去。他瘋狂了，不可救藥地瘋狂了。

三

在後來多少年的回想中，育杭明白了：他被她征服就發生在他倆第一回的交手間。他不得不承認她是個非同凡響的女人，還不單是指外貌——漂亮的女人他育杭見多了，而是指一種奇特的魅力與能量，當你與

刺背蠍的女人

她短兵相接時，你便被那種能量重重圍困了。她那一身本領究竟是何時何地煉就的？竟然能在第一時間就將陸育杭，這個情場老手像丟進了太上老君的煉丹爐中一般給熔化了？但仔細一想，其實，她也沒幹什麼特別之事。那些挑逗性的動作是大膽了些，放蕩了些，也出格了些，但又怎麼呢？在男女幹此事時，什麼樣的話什麼樣的動作可謂「出格」？這是沒有的。她的那股子帶妖術般的魅力是在她一舉手一投足之間散發出來的，它們無所不在，它們彌滿了整張床整間房整段時空。還有，還有就是那隻彩蝶，刺青在她身體的那個部位上，讓第一次見識她胴體的異性既興奮又新奇，還帶上了一點兒毛骨悚然的驚恐。這一切都可能刺激男人的性慾：一種既渴望得到又害怕得到的性慾；一種不是征服者的，而是自甘淪落為被征服者的性慾。而那兩條纖細的蝶鬚則像兩支高靈敏度的天線，外露在它們該外露的身體部位上，時刻在對她感興趣的異性發射或接受着某種生理與心理的資訊。在多少年後的回想中，育杭弄明白了，所有這一切原都是刻意為之的。

還有一些事情，也令第一次與姚娜做愛的育杭感覺困惑不解：首先是那女人在進入狀態前，先要去把酒店落地大玻璃窗前的遮光窗簾全拉上了，從而讓整間房都變成了漆黑一片。之後，她再摸索着地走過去，把那盞位於牆角處的夜燈打開。夜燈幽暗的光線自下而上地照射過來，將酒店房間中的櫃、枱、床架以及自助酒吧上的各式擺件，都投影在了房間白色的天花和牆壁上，顯示出一種意蘊曖昧的神秘感。

她是當他倆在地毯上滾作一團時，將他一把推開，起身去幹這些事的。完了，她向育杭說道，上床來吧，地毯太髒。對此，育杭沒有異議。但不一會兒異議又來了。在這幽暗的光線裡，育杭望着她的那張標緻的臉蛋，那片雪白的胸脯以及刺青在了那片胸脯上的彩蝶，他那雄性的征服力又上來了。他騎在了她的身上，打算讓她見識一回西班牙鬥牛士的勇猛。他自信她一定會在他的胯下欲死欲仙的。但事與願違。正當他激情勃發，企圖用雙手去樓住她的脖子時，她拒絕了——而且拒絕的相當冷靜。她將他的兩隻手一左一右地分別從她的頸底處抽了出來，說道，你可以將手掌按在床單上來幹，別摟我脖子，因為我怕癢癢。說完，便兀自咯咯咯地笑了起來，似乎一說到個「癢」字，她便真感覺癢了一般。在這種時候，說這話，做這事，顯現這麼一種表情，讓育杭感覺十分沮喪也很洩氣。還說要他把手撐在床單上將「革命進行到底」，這又該如何是好？他的一雙手一會兒撐在床單上，一會兒又撐到枕頭上，但感覺都不是個地方。而假如撐到她的肩胛上去，又覺得不妥。就算她不說癢癢，他也擔心自己會用力過猛而整痛甚至整傷了她。他便這樣東蹭蹭西蹭蹭的將事情幹完了，滾到了床的一邊去。他長長地吁出一口氣來，心想，還西班牙鬥牛士呢，這不快成放牛娃了？

但剛當育杭準備休生養息，恢復一下疲憊的體力時，他見到姚娜一頭就靠了過來，她將她的頭顱埋在了他赤裸的胸膛上，撒嬌道，你怎麼只顧你自己啊？我呢？我還沒過夠癮呢。育杭俯下臉來親吻她，他見她那對烏瞳在黝暗的光線裡一閃一爍的，一付楚楚可憐的動人相。視覺上的刺激效果令他剛平伏了下去的欲潮又高漲了上來。他正準備再度爬上她的身體時，她阻止了他。她用目光與下巴向他示意，要他吻她和舔她：並自上而下地一路吻下去舔下去。他照着她的意思去幹了。應該說，幹得還挺不錯，挺能叫她滿意的。因為，他聽到了她粗細不迭的呻吟聲。

他移動着的嘴唇與鼻泡，終於抵達了她的那片水草茂密的丘原地帶。他抬起了臉來，意思是說，怎麼樣？該收工了吧。但他見到她的眼神中閃耀着一種堅定的光芒。這是一種炯炬樣的目光，像兩道含有高能量的射線，刺破了那昏暗光線的屏障，直達育杭靈魂的深處。他感覺他無法也無力抗拒。第一次，他在面對一個女人時，產生了一種卑微感。他明白姚娜的意圖是什麼了。

他於是重新埋下頭去，繼續幹他沒幹完的活兒。他與她口交，他令她亢奮非常。她的兩支雪白的大腿將他的頭顱夾緊了又鬆開，鬆開了又夾緊，她令他呼吸困難。這還不夠，後來，她的手也加入了戰圍：她用一隻手掌按住了他的腦袋，她要他完全按照她的節奏來行事，決不允許他有一點兒鬆懈和怠工。她要讓一場海嘯在這家五星級酒店的這張雙人床上掀起。而他呢？他只感覺眼前一片漆黑，他的鼻腔中充滿了一股臊腥味，這是她體液的氣味，還有就是他自己的。就在這股氣息的重圍中，他不明白自己是在享受呢，還是在受罪？但他再度興奮，且很快失控。最後竟然泉湧雙股梅開兩度了。這是一件育杭與其他女人的性愛遊戲中從未經歷和發生過的事情。

一切都完成了。風暴過後，情緒的葱鬱的林木被吹摧成了一片狼藉。而他整個人像一部散了架的機器，趴伏在她大腿的根部，呼哧呼哧地直喘牛氣，連動彈都不能，也不想，動彈一下了。她也停止了扭曲和折騰，兩支大腿叉開，擱在了床單上；還有兩條肩膀，散落在身體的兩側，一動也不動。她變成了一條擱淺在了沙灘上的江白豚。

她伸出手去，扭亮了床頭櫃上的枱燈，她只是想為這幽暗的房間增添一道明亮的光彩。而他也從她的身體上抬起了頭來，他不知道此時此刻他該對她說些什麼才好才合時宜？因為他覺得，以他男人的身份與位置，他是應該說點兒什麼的。突然，他望着他眼底下的呈現物，「啊！」地驚呼了一聲出來。這驚呼來得如此突兀，如此尖利，尖利到了將那片籠罩着房間的靜寂都給劃破了一道流血的口子。但姚娜並未對此突如其來的驚呼產生太大的反應。她依舊平躺着，唇角帶着微笑的望着房間天花板的某一處，一付「且聽下回分解」的神態。

這回，育杭真是給嚇着了。因為他見到女人下體的毛叢中探出頭來的是一條昂首吐舌的眼鏡蛇！蛇頭呈三角狀，蛇眼與蛇鱗都被刻劃得極其精細與逼真。在這適度明亮的光線裡，閃爍着一種冷冷的寒光，一付冷眼旁觀的模樣。而女人的雙腿張開時，蛇頭也由中線一劈成了兩瓣。還包括它的那條又長又細的蛇舌，也一半平分在了各一邊。

「這……這……這……？」跨國公司市場部的經理對這眼前的一切簡直難以置信。

但這女人說話了。她說，這又有什麼大驚小怪的？蛇不躲在草叢裡，又躲到哪兒去？還有一句話，她沒有說出來：對於一個好色的男人而言，女人身體的那個部位意味着什麼？而那個部位又與自然界裡的哪種動物最能對上號？蛇，毒蛇！

育杭一下子便愣在那裡了。他終於癱軟在了床上。

四

表面上，姚娜和她的那位叫「強疤」的老公在黃河路的美食街上開一家「小娜燉品」的食肆店，故，姚娜的社會身份是一個個體飯店的老闆娘。但實際上，她隱性的生意網路十分龐大；非但龐大，而且一旦運作起來，其效率與效益也都十分驚人。「小娜燉品」只是她的門面活。她說了，假如你想在上海灘做成樁像模像樣生意的話，不擁有一個可以自己擺佈的吃喝玩樂的據點是不行的。「小娜燉品店」就是基於這麼樣一種思路的產物。

別瞧燉品店的門面不大，內裡乾坤卻深不可測。這可以從每個週末停在燉品店外的車輛的款式、型號和車牌的號碼上看出個端倪來。本來，去到像黃河路這種地段的飯店裡來的客人一般都不怎麼樣，上海灘上有點兒檔次的階層是不恥與其為伍的。而反過來也可以這樣來理解：黃河路之所以能有今日的這番氣象，這與「小娜燉品店」的存在不無關係。每遇這樣的場合，當地的公安和治安部門都大為緊張，他們出動了大量的警力以保障領導們的安全。帶標誌與不帶標誌的公安人員站在了人行道的兩旁，他們的手臂劇烈地揮動着，指揮着市府或市委零零多少號車牌的「奧迪」應該泊到哪個泊位上去。間中，還會出現「領」字型大小的黑牌照車，這表示：某國駐滬的總領事也將在「小娜燉品店」中現身。他們是應邀來與市府領導們共進晚餐的。如此情景，那已不是公安與治保的問題了，連市政府的外事部門也得派員臨場了。

但在這些車輛之中，最姍姍來遲的總是姚娜的那輛紅色「寶馬」。她將車在路中央一停，管它阻不阻塞交通，就婷婷嫋嫋的從車中走了出來。她隨手將車匙丟給了迎上前來的交管人員，便自顧自的往店中去了。她的身後拖着一長串駐足觀望的路人們的驚羨的目光。

這個漂亮女人呼風喚雨的能量由此可見一斑。

很少有人瞭解姚娜真實的出身背景。而她對此事也有點兒諱莫如深的意思。如此姿態，讓人產生的錯覺是：她不是從徐匯區那幢花園洋房裡出來的名門閨秀，便是來自於北京中央高層的某位知名首長的千金。

但你猜管你猜，她管她不予置評。

當然，她也不是一蹴而就便達到這麼個社會地位的。從許昌路棚戶區「出道」以來，她也經歷過一段相當漫長的人生征途。但總的來說，她的前半生還是很順當的。她的文化程度算高不高，算低不低：勉強混了個高中畢業文憑後便成功地一步踏入了大學的門檻。惟這所「大學」誰都能進，也誰都必須進；然而

刺背蠍的女人

要以優異成績自其中畢業的人卻為數甚少。這所大學叫「社會大學」。這所大學的冠名權不歸作者，也不歸姚娜。它的發明者是偉大的蘇俄作家高爾基。他的人生三部曲中的最後一卷便是用「社會」這個標題來命名的，叫「我的大學」。後來高爾基舉世聞名，就是在這所大學裡千錘百煉的結果。當然，姚娜不同於高爾基，姚娜有姚娜的特質，這便是她的美貌。十六七歲，正處於花季年歲上的她，身材婀娜，膚質白皙，渾身上下都流溢着一股子淮揚美女的冶豔。再佐以其表情與動作的誘惑力，一舉一動一顰一笑都已經蘊含了一個成熟女人的全部磁性。而女人的這種天生麗質，恰恰又是能在社會這所大學裡培養成材的一項必要條件。就像文科學生要對老莊哲學和文心雕龍有悟性，數理學生要對愛因斯坦和霍金理論有特別的敏感度的道理相般若。

切不可低估「小娜燉品店」的原因：除了上述那些因素外，這家店還是姚娜人生第一桶金的挖掘和纍積之地。那時的姚娜剛從學校畢業出來不久，但骨子裡就有了一個三十歲女人的那種見慣市面經夠風雨的「老吃老做」相了。應該說，每個女人都有過少女的純情期，但姚娜似乎沒有。或者說是太短促了，短促得幾乎可以忽略不計。姚娜結婚很早，不到二十就嫁人了。她當年的丈夫並不是那個叫「強疤」的人。她的前夫姓郭名正義。別瞧名字這般動聽，惟此人的作為恰好是與其名背道而馳的。郭也是個出生於雙陽許昌路一帶的道上人物。青年時代，便十分「兜得轉」，「吃得開」，更以其「帥哥」之貌聞名於江湖。我在此提及這個人和這個名字，這是因為在我們的小說裡，也就是說在姚娜往後的歲月裡；還有他作為一個特定角色的出現與參與。儘管此刻，也就是當姚娜正在「小娜燉品店」的飯桌上張羅着她的社交應酬，專注於編織一張商業關係的巨網時，他不在上海。他正在東瀛國的某地從事另一種人生。郭姚的婚姻關係持續了五年，當他倆在燉品店裡掘到了第一桶金時，他們便分道揚鑣了。他倆的分手分得相當理智，相當友好，因而也具有了相當的經典含量。他們甚至還互相對對方說了這樣的話：來日方長嚒，假如今後還有什麼機會的話——包括重建婚姻關係在內——咱們還是可以從頭來過，合作一把。所以說，他們從黃河路那家小店裡掘到的應該有二桶金：一桶分給了郭正義，他帶着它去了日本。另一桶則留給了姚娜，留下的還包括了這家燉品店本身。

姚娜的這段人生經歷，育杭後來都是在與她的交往之中從她自己的口中或他人的口中，東一點西一點地積囊成液聽來的。包括了姚娜讓手下人駕車去到那片荒蕪之地，將母親接出來的一幕。是的，就是那同一輛紅色的「寶馬」房車。當時的姚娜剛啟動她的那樁「世紀工程」：蘇州河北沿岸的那一大片俗稱為「東六」的地塊。市府的拆遷批文已經搞到手，銀貸方面，門路也都已疏通好；甚至連香港的房產合作商也已敲定。萬事具備，只欠她姚娜在起跑線上的一聲槍響了。就在這時，姚娜決定讓她的寶馬車開去了楊浦區許昌路。姚娜這個女人，縱然有一百個不是，有一點仍是值得肯定的。那便是她對她母親的孝順和感情。她很明白，母親以她一生的忍辱受屈才換來了今日的一個光鮮耀眼的她。她感激她的母親，更可憐她。都走到今天這一步了，她決定將自己的身世公佈於眾，公佈的方式不是用語言而是用行動：開車到那片棚戶區去將母親接出來與她同住。唯一切已為時過晚了。五十來歲的母親如今已滿頭白髮，滿臉皺痕，蒼老的像個八十高齡的老嫗了。而她年青時代因職業緣故而落下的腎盂腎炎，如今也已惡化成了腎功能衰竭症。每星期不做二回透析是活不成命的。母親已病入膏肓了。再後來，母親便去世了。姚娜站在了母親咽氣的床榻前，她很想問她一件事：她的生父是誰？誰又在那裡？她不明白究竟自己是想去復仇呢，還是要與他父女相認，抱頭痛哭一場？但她終究還是沒將問題問出口來。她見到母親臨終前的痛苦樣，她實在不想讓這麼個殘酷的提問再在母親的心頭扎多一刀了。於是，母親便帶着這麼個秘密，永久地離開了她。而她呢？她則將這筆欠賬平攤到了這世間的所有的男人的頭上——尤其是好色的男人。比如說：育杭。

育杭當然不可能會瞭解她的那種隱密的心態的。打錦滄文華那回後，他就一直沒敢給她打電話。而她呢？她也沒來電話。這種情形於育杭，以前是很少發生的。一般都是女人們與他有了第一次之後，便不斷地給他去電話，生怕她們會被他忘了。而育杭那一頭，他又總是在嘗過了第一口之後，便失去了新鮮感。他瞭解這些女人們的心思，她們不想吃虧：她們不已讓他給睡了嗎？但她們還沒從他那裡撈到些什麼實質性的好處呢。他對那些女人感到厭煩，所以他便會喜歡像菱菱這樣的女人，隨叫隨到，又不纏人。假如他真有什麼「好處」可以提供的話，他寧願給後者。

但這一次有點不太對頭，情勢似乎顛倒了過來。在他的眼前老幻現那件碗口形的低胸衫和那兩條蝶鬚。低胸衫慢慢地卸去了，露出了一對胸罩；胸罩又慢慢地除下了，一隻油彩逼真的蝴蝶出現在了他的眼前！

張翅的彩蝶就那麼悠悠然地停歇在那片雪白的乳胸上，帶着一股子邪氣。但這是一種引人入勝的邪氣，它讓所有見到過它的男人，過目不忘，深陷而不能自拔。就像一方紅泥古印，一旦它在誰的記憶裡打上印記後，你就休想再將它抹去了。

然而，最要命的還是對於那麼個非常時刻的性幻想。如此幻想常常發生在他失眠的夜間。那一團漆黑的眩暈，那股濃鬱的腥臊味，讓育杭莫名其妙地便性亢奮了起來。他拼命地回想着和玩味着那股氣味。究竟，這是股什麼樣的氣味？他只是愈回味愈糊塗，而愈糊塗又愈想去回味。就是這麼個美妙無比的漩渦，將他愈拉愈深，愈深愈不可自拔。後來，他將氣味的組成成份界定在了麝香與乾乳酪的混合層面上。這種漫無邊際的性幻想甚至還讓他付出了多回手淫的代價。

他終於忍不住了，主動給她打電話。一開始，他還裝出了一付若無其事的口吻。他說：「聽不出我是誰了吧？——」

「又想了，是嗎？」

「想？想什麼？」

「你心知肚明。」

育杭握着話筒愣了愣，決定還是回過神來。「想你了，想和你……嘻嘻。」但他極力回避着，儘量讓自己的思路與話題不去涉及那個最黑暗的核心部分。

「不怕那條蛇了？」

「……」

但無論如何，她還是約他見了面。只是這回不在錦滄文華，改去了靜安希爾頓。他說，我來定房吧。但她說，不用了，我定。

當他按時按地赴約時，他向着希爾頓酒店的 Coceinge 櫃枱走了過去，他說，請問姚娜小姐住那間房？接待小姐收索了一會兒電腦：「姚娜小姐？能講一講姚小姐的英文名嗎？」

答曰：「不知道。」

「哪國籍呢？」

「國籍？我想應該是中國人吧。不過……」

「我們這兒登記的只有 Linda Yao（姚），澳洲來的。剛入住。不知道她是否就是您要找的那位姚小姐呢？只是……」接待員面露難色，「您必須先與她通一通話，才能上去。」

他說：「行」。

電話接通了。不錯，正是姚娜。她說，上來吧，815 房。在此候你多時了。

這次與育杭幽會的已不是「姚娜」了，而是 Linda Yao 了（多美多能令人產生遐想的名字啊！）而且還是澳洲籍的 Linda Yao。這不是與他自己總感覺高人一等的美籍華人也半斤八兩了？但，育杭的內心反倒因此而感覺踏實了許多，他覺得自己「拜倒在這麼個女人的石榴裙下」也沒什麼不可。

在靜安希爾頓815房間的雙人床邊，兩人很快便進入了正題。就好比寫一篇文章：甚少鋪墊，直奔主題。在這點上，姚娜倒是很有點當年遮白被單睡在內房床上的她媽的風格。只是兩人的目標大相徑庭：一個為了賺取生存權，而另一個呢？另一個為了什麼，誰也說不清——可能包括她自己。

姚娜海嘯般的翻騰與呼喊結束了，一切沉入寂靜。育杭從她的蛇窩裡抬起了臉來，他抹了一把還粘在了鬍鬚上的亮晶晶的體液，就想往她的身上爬。他嬉笑着，說，Darling，我這頭的事還沒幹完呢。但姚娜卻側過了身去，他見不着她的表情，他只聽到她面對着大床裡側的衣帽櫃在說話。她說，你自己的事，你就自個兒去解決吧。我想睡覺了，我很累。育杭半撐着身子望着她，沒有動靜。待了一會兒，他不得不睡到了自己的床位上去。那付悻悻然的模樣，就像是一隻染上了瘟疫的大公雞。沒法，他只能想像着剛才發生的那一幕幕的真情實景，自慰了一次。這種古怪的作愛方式一直延續着，在陸育杭與姚娜之間延續着：每回都遵循那同一套的程式，採用同一種配方，自然也就有了同一個結局。漸漸的，育杭連找其他女人也興趣索然了。他隔三差五地給姚娜去電話，約她幽會。他像是中了魔咒般的，幹那事幹得勤快而努力，儘管在他內心的某一點上是遭受了傷害的，而且，這種傷害還一次嚴重過一次。但他還是不肯放棄，他變成了兩個自己：那個理性的自己總拗不過那個病態的自己，他不明白這是何故？

刺背蠍的女人

五

姚娜的那一身美妙而又神奇的紋身圖案是在香港做的。事實上，在這世界上，能擁有人體肌膚最高級紋身加工藝術的地方也就數香港莫屬了。那是她第三回去香港。她發現自己太喜歡那地方了，氣候溫潤，（這能讓她少着衣衫，盡情的展露其迷人的胴體），滿目蔥翠（這又令她賞心悅目）不說，城市裡的各種各樣，花花綠綠的商品以及廣告有若一片浩濤無垠的海面，讓她的那隻酷愛虛弱的小舟在其中載浮載沉的，其樂無窮。她很享受這種沉浸於物質世界中的樂趣。她決不是一個不聰明的女人，但她從來都拒絕去理解那些空對空的有關精神哲學的理論。她記得有過這麼一句話，好像是某個西方哲人或詩人說的。唯有這句話，她最聽得入耳：假如靈魂不算是一種物質的話，那靈魂又是什麼？是啊，那靈魂又是什麼呢？這個世界，除了物質還是物質，除了錢還是錢。

她在九龍尖沙咀一帶的彎腸小道上獨自躑躅。上世紀六十年代建築的老式的鴿子籠式的低密度住宅群，佔據了街道兩旁大部分的地盤。在這片寸土尺金的商業黃金地段，偶爾也能見到一兩幢錚亮嶄新的玻璃幕牆身的新型建築矗立其間，就像是一兩隻身材頎瘦的鶴禽類動物，單腿獨立於一大片雞鴨鵝群中。鴿籠住宅如今也都被粉刷一新，開成了各種商鋪。底層通常是食肆，人流量少一點的商戶，諸如美容院、髮廊、歌舞廳什麼的，一般都開樓上。有五顏六色的招牌店牌和看板，從窗框窗架和窗台上燒焊出街中央來，大小不一，形狀各異，色彩繽紛，讓人一眼看去，彷彿是置身於一片商業的原始叢林中。

她途經一幢叫作「重慶大廈」的商場。那時，她正從一條她也叫不出街名來的邊道上穿行而出。來到了一條人熙人攘的大馬路上。她見到有一方黑漆邊框的街牌，幾個繁體中文字寫着：「彌敦道」。有幾個皮膚棕褐色的巴基斯坦籍的大漢，用半隻屁股墊坐在人行道邊的白鐵欄杆上喝可樂。他們的身後是如流的車輛，他們的面前是如鯽的行人。在這亞熱帶的熾陽之下，姚娜裸露在外的皮膚顯得格外地白皙耀眼。他們一個個都凝視着自人流之中走過的她，微笑；笑意中包藏着幾分淫蕩和猥瑣。但奇怪的是：這種可能令其他女性避之而無不及的表情並不令她覺得反感；她的目光勇敢地，饒有興趣地向他們迎去，之後更停留在了那些巴人的棕栗色的肩肌塊上。她抬起頭來，也望着他們，笑了。

她在「重慶大廈」的進口處駐足，朝裡張望了起來。這幢位於尖沙咀傍海段的舊式大樓的大堂，其實早已不成其為大堂了。它的每個角落都讓大小不一的商鋪給佔據了，各種色彩與內容的中英文看板此長彼短，橫七豎八，夾雜着大堂裡原有的慘白色的日光照明燈，以及在這光線之中進進出出的黃白棕黑各種膚色的人流，形成的是一幅畸形都市的畸形繁榮圖。她猛然記起來她在上海看過的一出由香港導演王家衛執導的，叫做「重慶森林」的影片。女星林青霞扮演的那個女毒梟沒完沒了地神出鬼沒在那片色彩與人群的污泥濁水間，幹着她的那些罪惡勾當。她當時便生納悶：如此人物和情節又與「重慶」這個地名，以及「森林」這個地貌有什麼關係？此刻，她茅塞頓開：她喜歡香港、喜歡尖沙咀，喜歡「重慶

刺背蠍的女人

森林」、喜歡林青霞扮演的那個角色！她信步朝大廈裡走了進去，在招牌與招牌、人群與人群的隙縫間東張西望。她發現了一塊小小的，刻有英文字母「TATTOO」的黑白橙邊的燈光招牌，不知什麼緣故，她感覺心頭一震！

事後證明，她的直覺是有道理的，她的直覺從來也沒有欺騙過她。她不認識那個英文單字，但她能敏感到：這個英文單字與她靈魂深處隱藏着的某種生命基因是相吻合的。

就當她在那家「TATTOO」的店堂裡站定，她便見到那個原先坐在街道白鐵杆上喝可樂的巴人也尾隨她而入了。原來，他是這家刺青店其中的一名技師。他始終望着她笑，一排雪白的牙齒鑲在了他的那張棕膚色的臉龐上，顯得分外醒目。他向她說英語，她聽不懂；但她向他說國語，而他反倒能聽懂個大概。非但能聽懂，有時還能說上一兩個中文字。他告訴她說，他是專門跟人學過的——儘管中文十分難學——目的是為了能做台灣、新加坡，以及這些年來越來越多了的大陸遊客們的生意。他又取來了一份樣品冊，讓她過目和挑選。而她，當下便選中了那幅胸蝶照。巴人技師再次向她露出了一排貝齒，笑了。他向她翹起了拇指，稱讚她有眼光：這是在我們那個地區的土著部落裡流行的某種男女間的關係的巫術，他結結巴巴的用手勢來配合他的語音。他說，難道你，也明白？

她當然是不明白的。她只知道，她喜愛那隻大胸蝶，它合她的意。

接着，她便做了紋身手術。在一個光線半明半晦的單人間裡，她赤裸着上半身，躺臥在那張皮質陰冷的靠椅上。一隻「嗡嗡」叫喚的手提刺青機在她那白嫩的皮膚上一刺一扎地運行着。她感覺有點痛，但很刺激，也很舒服。漸漸的，這種持續的，帶點兒發麻的刺痛感，令她產生出了一種無法抑制的生理上的欲望，尤其是當那纖細的刺針在她乳房的四周移動時。她記起了她的第一次：那種快活與痛苦兼而有之的混合感，讓人感覺像是徘徊在天堂與地獄之間。她迷迷濛濛地睜開了眼來。她見到那枝肌塊壘壘的棕色手臂貼得她很近，她聞到了一股從男人軀體上散發出來的脂腥味。她將眼縫再睜大了一些，這回她看清楚了那張棕膚色的臉蛋和那排雪白的牙齒了，它們之間有着一種各就各位的和諧，它們正俯視着她。而那種浮蕩在男人眉宇間的淫笑，在此刻的她的眼中，竟顯得如此的不可抗拒。那人說話了。他說，他知道她現在在想什麼？他於是便關閉了刺青機的馬達，將整個兒身體都俯趴了下來。

他幹了她。在陌生的香港，在一座陌生的「重慶森林」裡，在一間半明半晦的屋子中，在一張皮質陰冷的手術椅上，她讓他給幹了。

後來，待刺青活兒全部完成時，那漢子說，就改收你半價吧。但她堅持說，這是她自願的，再說了，他也令她十分享受啊。她非但不打算省錢，還出手闊綽地給了對方雙倍的報酬，這自然令那男人喜出望外。

幾個月後，她又回去了，回到那座「重慶森林」裡去了——她硬還是擺脫不了那次性經歷給她造成的一種牽夢縈魂的想像力。她忍不住就訂了張機票，又飛回去找他了。誰知那人一見到她就笑，說，他知道她一定會再來的。這回，他替她做了下身。待工序完成後，他與她口交了：這是她的第一次。事實上，對她而言，口交的全部啟蒙經驗與快感都是從那男人處獲取的。

後來，她第三次再去。這是因為那位棕膚色的巴漢曾告誡過她：如此一道中東巫術的全過程是必須分開三個步驟來完成的。你已完成了其中的二項，還缺少最後那一步，而那最後的一步才是最關鍵的一步，才是此術的點睛之作。這是一道絕活，一招殺手鐗，與其相比，之前的二道步驟充其量也只能算是一種鋪墊。就好比吃飯，要吃三碗才能飽的，單吃兩碗夠嗎？只有當第三碗也下了肚，一切才踏實了。

那回，當她完成了手術，從「重慶森林」裡走出來的時候，她頓時感覺彌敦道上陽光特別耀眼特別燦爛也特別明亮。與那棕膚色的男人幹不幹，以及幹了幾回都已不再重要。重要的是：此刻的她終於修成正果啦！

不知怎麼的，這麼件玄事兒，她居然相信。這是因為後來那男人同她講了幾句半夾中文半夾英文還半夾了些當地土語的話。意思是說：心誠則靈。他說：這是一種靈，靈能助人也能殺人；靈能助你也能殺你——因為你，也是人。但，是嗎？她想，她不是人，是妖。

六

姚娜的老公叫「強疤」。之所以起了這麼個難聽的綽號，這是因為在他的前額上確確實實留有一道明顯的肉疤。但他的妻子卻從不如此來稱呼他。她叫他「阿強」或「強哥」。她甚至聽到別人在喚他綽號時，會皺起眉頭來，她說：

「你們懂得尊重點人，好不？他是有名字的。」

阿強是個沉默寡言之人。他沉默的有些怪癖，經常低垂着眼眸，不愛正面瞅人。他的兩瓣厚厚的嘴唇時不時地在那裡嘟嘟囔囔着，仿佛是憋了一肚子的委屈一般。

儘管在名義上，他是她的丈夫；但人們見到他倆同宿共棲的日子少之又少。原因是她總是在外應酬，總是在忙。而忙乎了一整天的她，又總喜歡選擇在某家五星酒店的房中過夜，說，這樣方便些，明天一早，不又有一大堆繁忙的公務事要等着她去處理嗎？

但有過兩次例外——而且還都是兩次驚天動地的例外。

第一回是在「小娜燉品店」三樓的一間專用的豪華包廂裡。那晚，姚娜沒去五星級酒店，她留在了那間包廂裡，與一位市領導作一次私密性很強的「懇談」。那包廂，除了可以用餐外，其實還作了很大的功能上的擴張改造工程：它擁有獨立的廁所、浴室、紅酒儲藏櫃不說，冰箱、電視、保險櫃、卡拉 OK 音響系統，一應俱全。房內的裝潢也極盡奢華之能事，除了餐枱、吊燈、沙發和天鵝絨的幔簾外，還配備有一張六尺半寬的電動按摩水床，水床是從日本進口的，功效神奇。人在上面一躺，再按下電鈕，便能讓你享受到一種沉浮在波濤湧動的海面上的幻覺。添置此等設備的目的，據說是為了給在飯店裡吃飽喝足了的達官貴人們提供一種能讓身心徹底放鬆一番之可能性的。

那天已經很晚了，還不見老闆娘和那位市府要員自房中露面。近半夜時分，飯店的服務員說要不要給他們送些夜宵和果盤進去？談工作談了這麼久，也該談餓談渴了吧？強哥先是阻擋了一下，說再等一等吧，說不定也就快完了呢？但過多一會兒後，坐在大堂裡百無聊賴的阿強也變得愈來愈焦躁不安了起來。他在店堂裡這一頭到那一頭的來回不停地走。後來，他停下腳步，吩咐廚子煮出了兩大碗菜餛飩來，又讓吧台裡切出了一大盤西瓜，打算親自送上樓去。當他決定這樣做時，大伙兒都見到他的臉色開始變得蒼白，厚厚的上下唇也顫抖個不停，他有點兒精渙神散的意思了。

他端着東西上樓去。兩個侍應小姐走上前來，說，老闆，還是讓我們去送吧。但他悃然若失地搖了搖頭，一級級的踏着梯板上去了。那兩位服務小姐總感覺有點兒不放心，便緊隨其後，也跟上了樓去。在二樓的轉拐處，他轉過了臉來，他揮停了她們的腳步，讓她們雙雙站在了二層踏往三層去的扶梯平台上，望着她們的老闆顫顫巍巍地托着一隻盛有餛飩和水果的盤子獨自往樓梯上去。他站停在了那扇包廂的房門前。

但他並沒有按鐘或敲門，而是俯下身來，隔着門縫，貼耳傾聽了一會兒。繼爾，他又站直了身，原封不動地端着那托盤，往樓下走了回來。在梯廊間並不太亮的照明條件下，女服務生見到他步履不穩，整個人都有了一種向前的沖勢。而他手中的托盤則更是先於他的身體向前滑去。還沒等那兩位姑娘喊出聲來，燉品店的老闆已連人帶盤的從梯級上翻滾了下來。滾燙的餛飩湯與蔥花末撒了他一臉一身。然而最要命還是那把擱放在托盤一邊的，本來是準備着為了讓客人能叉西瓜瓤出來享用的，尖銳的不銹鋼的鋼叉，此刻已深深地扎進了強哥的前額中去，他血流滿面，其樣嚇人。

立即，整個飯店就像炸開了鍋，人們七手八腳地將鋼叉自阿強的額頭上拔了出來，草草包紮了包紮，便撥通電話喚來了救護車，準備送他上醫院去。本來，外面這麼大的動靜，包廂裡的人是不可能聽不到的。但包廂的房門始終沒打開過。有人建議說，去敲敲門吧，興許老闆娘睡着了？但正被人扶着走出店門去的阿強卻轉回身來制止了。他說：

「別……別去打擾她……打擾他們……」

包廂的房門是在第二天早晨九點過後才打開的。身着睡衣的姚娜與那位政府大員齊齊現身在店堂裡。大員很快便讓「奧迪」車給接走了。送客後返回店裡來的老闆娘一臉無所謂的模樣。她的臉上甚至還浮着一種曖昧的笑意。員工們都圍了上去，向她敘述了昨夜發生在這店裡的驚險的一幕。她說，其實在朦朧間她也聽到了些什麼。「但這沒啥大不了的事，打一針破傷風針，吊幾天鹽水，不就完事了？」但她說了：

「待會兒，我會去醫院看望強哥的，慰問他一下。」

刺背蠍的女人

她一邊說，一邊又笑了。只是誰也不清楚，後來她究竟是否真去醫院看望過他？反正，阿強額頭上的那道肉疤從此便生成了，他變成了「強疤」。

還有一回更驚心動魄，更撲朔迷離，且疑團重重。

那晚，姚娜忽然吩咐手下人去幹一件事。她要他們去她陸家嘴「濱江花園」的家中把她的寢具都取到店裡來，然後再在那間廂房的那張大床上鋪設齊備。她說，今晚她打算與強哥共渡良宵，過一個溫馨而又浪漫的夜晚。她還說，這些年來，因為太專注於工作的緣故而忽視了對丈夫的關愛，這事一想到，便叫她心生內疚。她決定在今晚上給予他一個補償，給予他一個意外的驚喜，云云。她叫廚子今晚要獻出他們最拿手的廚藝來，為他倆燒一桌豐盛的晚餐，好讓他倆享用後，再一同快快活活地上床去就寢。

事情的一切都按老闆娘的囑咐去完成了。時過半夜，當時的店裡還未打烊，還有幾桌過夜生活的男男女女在那裡啜酒吸煙，打情罵俏。突然，就有一聲恐怖的尖叫從飯店頂層的那間豪華包廂中傳了出來。叫聲來的如此突然如此驚恐，以至於那些個啜酒的男男女女也都一個個不由自主地站起了身來。立刻，便有兩位侍堂小姐跑上了樓去。人們只聽到包廂的門打開了，慌亂的腳步聲和嘈雜的人聲交響成一片。

斜歪着腦袋的阿強捲縮在床上，渾身上下一絲不掛。兩個姑娘見狀就退了出來。她們重新跑回樓下去喚了兩位男生上來。他們合力將老闆翻過身來，只見他臉色蒼白，氣若遊絲。老闆娘站在了一邊，她基本已經穿戴完畢，她在給自己披上一件絲質的睡袍的同時吩咐道：

「快，快送醫院！」

阿強在醫院裡住了三日，最後還是死了。他死時，姚娜是站在他病床邊上的。站在他床邊的還有小娜燉品店的全體員工。員工們雖然感覺他們的這位老闆性格有點內向有點窩囊，但都承認他是個好人。他的陰鬱與寡言中自有他無法言達的苦衷。

他七孔流血，臉部肌肉因強烈抽搐的緣故，也都僵固成了一坨坨奇特的丘陵與峽谷的地形分佈圖。其死狀相當的恐怖。

姚娜朝着廚師們問話了。她說

「你們做的那條味道鮮美的河豚魚，可把毒肝去除乾淨了？否則，阿強怎麼會這樣了呢？昨晚上，他最愛吃的便是那條魚，他邊吃邊讚許說，好吃！好吃！我見他如此貪吃，便全讓給他吃了。想不到……唉，那條該死的河豚魚該死的河豚魚啊！——」

她說着便抹淚了。她俯下身來，趴在她老公的身上嚎啕了一番。此情此景與一個中年喪夫的女人的哀痛也沒有什麼兩樣。

後來，阿強的死因報告便以「食物中毒」給處理了——也只能作出如此處理。事實上，院方在阿強的血液中驗出的不是河豚魚毒，而是一種類似於蠍子毒的毒素。但這是一種罕見的毒蠍，別說中國找不到，就是在這地球上的總存量也相當稀少。它們僅生活在非洲一帶的沙漠裡。但，它們的毒素又是如何進入阿強體內的呢？沒人能為這個疑問作出個合理的解釋來。再以後，再以後也就誰都不提這事了，好像這件頗不合乎邏輯的怪事壓根兒就不曾發生過那般。

七

郭正義是在阿強死了一個月後的某一天才從日本回來上海的。

姚娜親自去浦東機場接的機。紅色寶馬將老郭接了，便直接從機場駛來了「小娜燉品店」。在這之前，老闆娘已作了預先的安排。她說，怎麼樣他都是你們的前老闆。她讓飯店的員工們兩排一溜地站立在店門前，以示歡迎。車抵時，員工們都親眼見證了他們的郭老闆如何神采飛揚地從車門間拱身而出時的情景。還是那張棱角分明的海派小白臉。烏黑溜光的髮際剃得老高。他穿一件Boss的黑色緊身T恤，富有彈性的面料，將他肩膀和臂上的肌塊都很誇張地凸顯了出來。一雙美國「福來生」牌的尖頭拷花紳士鞋，擦得一塵不沾，其優質的皮革面閃着一種富有內涵與厚度的光澤。當它們從「寶馬」車打開了的車門間率先跨出來，踩到地面上去的時候，讓那些站立在店門口的，如花似玉的女侍應生們都不由分說地看出了一陣陣的心跳來。

身材高大臉龐英俊的郭正義就這樣挽着他前妻的玉臂從兩排歡迎的人群中穿過，進入燉品店裡去。如此場面，連姚娜的那位司機似乎也沾了光，感覺高人一等起來。他昂頸抬頭，拖着那隻拉杆行李箱，一步一趨的跟隨在他的兩位主人的身後，走進了店門。

他們曾經是夫妻。現在一個喪夫，另一個未娶，當然毋庸置疑還是夫妻。這事之存在名正言順，合理合法。既然社會都這麼認為了，還有誰會去質疑呢？一直到了多少年的後來，姚娜在香港出了事，遭逮捕，法庭要她出示她與郭正義夫妻關係的那份官方檔時，她才自我辯解說：其實，郭所做的一切與她都無關。他倆除了那份最後的離婚協議書外，並不存在另一份再婚類的證明。社會上的許多說法，因而都是出於誤解。因此，她的財產是她的，而郭正義的是郭正義的，債務也一樣。他倆的權利義務，法律責任都是分開的。她的話一度令香港法庭對她奈何不得。

然而在那些最風光的日子裡，郭正義完全是以她合法丈夫的身份，入住到黃河路燉品店的那間豪華包廂中去的（事實上，他在上海也無另址可住）。他倆在包廂中重溫舊夢，「長相廝守」了兩週的時間。其後，姚娜還是姚娜，她又開始夜夜不歸，過起了她的那種不是在希爾頓就是在波特曼的顛鳳倒龍的夜生活來。但郭正義不是「強疤」，對此，他毫不示弱。他說，她不在場不更好？應該來作如是觀：她是故意讓出了時間和空間來讓我有所作為的。年富力壯的郭老闆沒讓任何一個「獨守空房」的夜晚白白浪費掉。每次，只要他來了興趣，他都會在店裡挑一個女服務員來陪他過夜：能忽視他老闆身份的，抵擋不了他的那股成熟的男性魅力；能抵禦其魅力的，又無法不屈就於他那老闆的權威。他是恩威並施，軟硬兩手都出招，此事又哪有不成之理？而且還不需要他掏一個子，什麼都是現成的：對象，場景，甚至宵夜食品。出東洋出了這些年頭，老郭已今非昔比，從來就善於察言觀色的他，其精明之程度與手段的腕力如今都已更上一層樓了。

有一天，那位市委大領導突然思念起姚娜來了。他一整天都坐在他的那張大班枱前批閱文件，在一片黑字與紅字的汪洋大海裡，浮現出來的老是她的那張面孔和那具刺青着胸蝶的軀體，還有就是軀體如何在床上翻騰扭曲時的誘態。這種性想像令那位領導同志魂不守舍，神遊天外。他幾次三番地從大班椅上站起身來，在房中焦躁地踱步：他擁有不少個情婦，但為什麼當他的思路一旦觸電到姚娜這個名字和她的那隻神秘兮兮的胸蝶時，他便無法自控？他想不通個中的玄妙。他轉過身去，在他的身後豎立着一杆國旗。他用拇指與食指揑住了旗的一角，將它張揚了開來。但，如此狀態只停留了很短的一會兒，他便鬆了手，讓旗角又恢復了原先的下垂狀態。他對它沒有興趣。他抓住它，然後展開它，只是他在思考某個問題時的一種慣性動作。

那天，他提前離開了市府辦公大樓。他不叫司機也不帶秘書，聯手機也都關了。他討厭那些個一刻都不會有停斷的打進來的電話：奉承，拍馬，假正經。還有那些「呵呵呵」的假笑聲以及大段大段對他的讚美之辭。之辭後面，他知道，必有事相求。他獨自打了輛的士（幸好的士司機沒認出他來），告訴司機說：去黃河路，黃河路的小娜燉品店。

當他在燉品店的餐桌前坐下來時，侍應小姐們都驚訝了，心想，這麼個大人物，怎麼不帶任何隨從，就一個人闖到店裡來了呢？還說，只要給他一碗蔥油拌麵就可以了。這不成了這些天來每晚都在播放的電視連續劇「康熙微服私訪記」裡的情節了？但市領導說，他就喜歡這裡的麵，喜歡一個人出來清靜清靜。他將食指封在了嘴唇的中央，作出了一個「噓！」的動作。他要那些女招待們千萬別張聲。

他於是便一個人細嚼慢嚥起那盤蔥油麵條來，還時不時地啜上一口大麥紅棗茶，潤潤口。他想着他的心事。後來，他瞅準了一個沒人注意的檔口，起身離座，做出了一付要上洗手間去方便一下的模樣。他當然不是去洗手間，而是三步併作兩步地登上三樓，站到了那間豪華包廂的門前。他輕輕地叩門，尋思道，這會兒的姚娜該正躺在房內休息吧？見是他一個人的突然造訪，說不定能有多麼意外多麼高興呢。於是他，不，不單是他，應該是他們——他們便可以……他聽見他自己向自己發出了兩聲「嘿嘿」的笑聲

然而，一切出乎意料。來應門並不是睡態慵慵媚姿撩人的姚娜，而是上身打赤膊，下身着了一條比基尼三角內褲的郭正義，郭老闆。再望進去，床上還躺着一個年青姑娘。姑娘的雙手緊抓毛毯，把自己的身子裹得嚴嚴實實的。她只露了張臉在外邊。她的一對惶恐的眼睛正朝門口這邊張望過來。領導呆住了，他說：「我，我沒事兒。你們……你們慢慢幹吧。」想想不妥，又說：「你們好好睡吧。」仍不妥，再說，「你們——

你們再多休息一會吧……」好家伙，兩個從楊浦區許昌路棚戶段出道來的「小江北」竟然能在某一天，令從來就習慣高居臨下來看人察物的書記大人也都結結巴巴了起來，這不是改革開放的成果又是什麼？單憑此點，這對江北籍的凡胎俗類便應該感到心滿意足了。即使日後他們遭受大的挫折和不測，哪又怎麼呢？他們也算是沒在這人世間白活一遭，如此「功德圓滿」的境界全上海二千萬人口之中能有幾個可以達到？

然而，當郭正義認清房門口站着的是誰的時候，他立馬便慌了手腳。他本想發作罵娘，說哪個混蛋偏偏在這個時候來攪了老子的好事！他的那付兇巴巴的姿勢與表情當下裡便崩塌、酥軟了下來，它們化作了一副討好的嘴臉，說，「啊喲喂，是大書記哪！——我這就穿衣，穿衣！」但書記說：「別啦，別啦，我也是隨便走上樓來瞧瞧的。我還有會要開，我……」「不不不！您既然來了，怎麼可以不坐一會兒就走呢？」郭老闆再一次地重複了他的決心：

「我這就穿衣，穿衣！」

但如此態勢，你叫對方怎麼個「坐」法，而你郭老闆又怎麼個「穿」法，如今是一條比基尼對壘着一位大書記！郭老闆向着樓下高聲喊道：「服務員！服務員！」

立刻，就有兩位小姐跑上了樓來。他說：「快！快去沏壺茶出來——要用我從日本帶回來的最好的靜岡新茶——再請大書記到包廂裡去坐一會。我，我這就來！」

他飛快地跑進房去，糊亂地套上褲子、襯衣和外套，連領帶也沒繫一繫。他將還躺在床上發呆的女服務員哄回了店堂裡去，就趕緊跑了出來。但他發現：大書記還是走人了。

郭正義懊惱萬分。他不正想要找他嗎？應該說，姚娜不正要找他嗎？或者說，他和姚娜不都想要找他嗎？就怕不好找或找不到時，他倒自動現身了。然而，事情竟然讓那個外地妹給攪黃了！他不怨自己，反倒恨起那個女孩來，罵道：這個掃把星！他在店裡走進走出，老向那女服務員吹鬍子瞪眼的。有時還故意找岔子發洩一通。直搞得那個可憐的女孩做什麼都戰戰兢兢魂不守舍的。取啤酒杯時，竟然抖抖瑟瑟的將酒杯都掉到了瓷磚地上給打碎了。

但這一切都沒用，都改變不了大書記已經走了的現實。

其實這事要怪，誰都怪不了。那外地妹不說，就是大書記，就是郭老闆，也都不應該是被責怪的對象。那姚娜呢？姚娜又有什麼做錯了的？姚娜知道書記的荷爾蒙何時會分泌蓬勃？事實上，誰也不會料到書記會在這麼個時候光臨敝店的。他只是想先給她個驚喜，將她的情緒調動起來；然後再讓她情不自禁地回報他以更大的床笫間的刺激。想不到的是：她為他準備好的竟然是一個莫大的尷尬局面。

無論如何，姚娜後來還是將事情作了彌補——她在這方面技巧的嫺熟度從來就是毋庸置疑的。她找到了那位書記，她對他說，你說怪也不怪？其實就是在那當兒，在他想她的那個當兒，她也正想着他。

他想，也對，這時候他的手提不是關了機的？他是怕那些煩人的電話打進來。假如知道她要來找他的話，他當然就不至於……他說：

刺背蠍的女人

「你也在想我——想我什麼啦？」

「想您的那個寶貝疙瘩呀！」她纖細的手指朝着他的褲襠裡戳了戳。於是書記便「哈哈哈」地釋懷了。

實際的情形當然不是這樣的。那一回，她約會的還是她的老情人陸育杭。是她主動約的他，她約他是因為她有事要托他辦。

這次的約會地點她安排在了四季酒店，這家位於茂名路威海路拐彎角上的，剛落成不久的超五星酒店裡。酒店大堂裡人造棕櫚高聳，溪流汩汩。大彎位的吧櫃內外都充滿了濃濃的歐陸情調。他倆就打斜坐在了那排吧櫃位上，互相望着對方。她望着他的眼睛以及隱藏在眼睛背後的眼神。而他則怔怔地望着她胸前的那兩條蝶鬚，一付深陷其中不可自拔的表情。她笑了，說，她知道他現在在想些什麼？但且慢，這一次她約他出來是有正事要談。

她要同他談的正事是：她擁有一家目前已在上海證券交易所上市的公司，公司打算擴展海外業務。除了會在香港聯交所掛牌（此舉已完成）外，還準備去紐約上市。而她相信，育杭目前任職的那家跨國投資公司在這件事上是能幫上她忙的。

育杭聽罷，望着眼前的這個女人驚呆了（此刻的他再也無法去留意她的那對胸蝶的觸鬚了）。他從來便知道她有些背景和來頭，但就絕不可能想到，到頭來，故事的情節發展竟然會是這麼樣的。聯交所？紐交所？這還了得？你這不是與李嘉誠和比爾蓋茨坐到同一張桌子上來了？

「公司是由我的丈夫郭正義當法人代表的。」

「噢——是嗎?」他不明白她在此刻說此話的用意,他對法人代表一事興趣不大。

「這種出頭露面的事,我從來就是喜歡讓位給你們男人去做的。不是有句話嗎?每一個成功的男人的背後都站着一個成功的女人——我就願意做那個站在背後的女人。」

「還有一句話:每一個成功的女人的身上都壓着一個成功的男人。你願做那個女人嗎?」

但她並不接他的話茬,對他嘻嘻的壞笑也罔若無視。她說了,一旦跨出國門,就是市長市委書記也都作用有限了。而她呢?她儘管擁有一個發音美妙的 Linda 的英文名,但這又有何用?當你面對那些密密麻麻的英文專業文件時,別說英文名字,就是她的那張成績單甲優等的社會大學的畢業文憑也一樣不管用。但,她說,她並不擔心,她不是還有他嗎?

育杭笑了,道:敝人願效犬馬之力!

後來,他們終於回房去了。整套程式都走得差不多了。就當育杭嘴臉朝下,趴在那堆黑草叢中,呼吸着那股饜令他亢奮不已的甜絲絲腥烘烘的氣息時,大書記也正聞到了一股撲鼻的蔥香味,這是從那盤服務員剛端到他面前來的蔥油拌麵上散發出來的。

刺背蠍的女人

八

姚娜與郭正義合股的那家地產公司取名「上海置地」。從前有家名氣響噹噹的「香港置地」公司，這是一家從屬於英資怡和集團的老牌上市公司。上世紀七、八十年代，曾是香港地產界叱吒風雲的龍頭大哥，香港房地產業的綜合指數隨其股價的漲而漲落而落。後來，不知出於何種原因，公司私有化了，她從香港聯交所的掛牌榜上除了名。這是上世紀八十年代末的事了，想不到二十多年後，這隻舊皮囊又被人撿了起來，灌入了一種叫「上海」牌的新酒。灌酒者在這個已報廢了的舊皮囊袋上貼了一幅全新的標籤。標籤下方印有三行小字，製造商：小娜燉品店。廠址：上海黃河路 XXX 號，電話多少多少，而 E—mail 又是如此這般等等。看上去一切都像模像樣的像回事。

此事能成氣候至少證明了兩點：一是策劃者的商業智慧、眼力和嗅覺的超常超前和超人；二是「上海」這個地域名稱的含金量在此二十年間的迅增猛長。姚郭兩人只是巧妙地玩弄了一場「上海」牌的概念遊戲。他倆從這個概念的階梯上一級級地攀登上來，他們站到了香港這塊跳板的最前沿了，然後便縱身躍入了波濤浩淼的國際商海中去，他倆玩大了。

兩個四十年前從楊浦棚戶段出道的「小江北」要玩大，玩到國際舞台上去，單憑某些個人的「智商」和「手法」當然是無法成事的。就像演話劇，在他倆的背後豎立着的除了抽象的上海概念外，還有具體的上海實質——在那期間，整個上海市政府都做了他們模糊的背襯。在這個模模糊糊的舞台背景之上，此局長那局長此秘書那秘書此書記那書記，像一個個星閃星爍的亮點，此起彼伏，一閃而滅，叫人始終無法定睛。

人間正道非滄桑，而只是利害與共的同路之行：有人願意站到台前的聚光燈下來舞槍弄棒地表演一番，也有人只能藏身在幕後的某個角落裡控制燈光的亮度，提供道服具。所得的票房收入是三七是四六還是五五分賬？外人自然不得而知。反正各在其位，各施其法，各盡其職，也就各得其所了。坐在觀眾席間的廣大的看戲人見到的只是打扮光鮮的演員郭男和姚女，他們假戲真做，他們有恃無恐，他們是「冒險家樂園」裡新一代的探險家。

這一段時期正是姚娜最春風得意的日子。第一筆注入「上海置地」的有形資產到位，那便是北蘇州河畔的「東六」地塊。於是，概念不再抽象，置地置地，如今可真有「地」可「置」啦。公司的腰杆子硬了，姚娜的腰杆子也就硬了。她頻頻地往來於上海北京香港紐約和悉尼。她鑽出了「勞斯萊斯」又鑽入了「林肯」，鑽出了「林肯」又鑽入了「賓士」，鑽出了「賓士」又鑽入了四個圈的「奧迪」。只有當她回到上海時，在浦東機場門口等候她的，總還是那輛紅色的寶馬車和那位拖拉杆箱時昂頭挺胸的小伙子司機。她在寶馬後座的皮椅位上整個人都鬆垮了下來。她終於有了到家的感覺了，她說：

「累啊——真累！」

刺背蠍的女人

即使是在這樣的疲頓與勞累中，她都不忘忙中偷閒地約下育杭出來幽會，做些放鬆身心的「充氣運動」。當然，要育杭主動約她，如今已變得很困難了。她滿世界的飛，他到哪裡抓她去？所以他只有等她來電。好在育杭要在這方面解決問題還是容易的。他的「存貨」不少，饑渴了，隨便扯上一聽易開罐，再泡上一盒速食麵，拿來喝了吃了便能完事。完事之後，繼續再等。

育杭還是中午晚上地帶着他的那位外國主管到處轉悠，出席各種場合與人物的宴會、飯局。還是「蘇浙滙」、「美林閣」和「小南國」；還是故意遲到半個一個時辰；還是企圖吸引異性的眼球；還是踏進包廂時作抱拳狀，說：「兄弟來晚了，讓諸位久等」之類。然而，在他的一個男人的心靈深處已於不知不覺中沉澱了些什麼——算是記憶呢還是情結？連他自己也說不清。或者，這兩樣東西本來就是同一回事？

那一次，當他的手機歌唱起「獻給愛麗絲」的來電提示時，是中午時分，他正在「新天地」的一家飯館裡與人應酬。他握着手提，跑出包廂，站到了走廊裡來接聽。他聽見耳機裡一片「嘶嘶」的太空音，但卻聽不到有人的說話聲。他說：

「是你嗎？——我知道是你。你現在在哪裡？」

「香港，」她說道，「這不，我又想你啦。……」

「該不是又要讓我去看那些該死的英文文件吧？」一聽到果然是她時，他又變得嘻皮賴臉起來了，「想你想多了，連那些英文單詞也給想忘了許多。」

「這不就妥了？難道這不正是我所希望你能保持的那種狀態嗎？快去訂張下午的機票，晚上，我在這兒等你吃飯。」

傍晚時分，載育杭的的士從赤鱲角機場出來，一路飛奔，最後停在了位於香港金鐘區的那座由著名美籍華裔建築師貝聿銘設計的，舉世聞名的中銀大廈的門前。他手提一件簡便行李，急吼吼地便從古銅色的大門間旋轉進了大堂裡。他放眼望去，就見到姚娜與一位中年男人正坐在一張沙發上邊談話邊等他。見他來到，便雙雙站起了身來。姚娜着一身烏黑閃光面料的晚禮服，雪白的頸脖被襯托得更加雪白。之上，掛了一串珍珠項鍊，項鍊的蚌珠在中銀大廳明亮的燈光裡閃爍着一種潤澤的光華，將她那兩條最易引人注目的蝶鬚也給遮蔽了去。她向中年男人介紹的是育杭的英文名。

「Charles.」她說，「美國 XX 投資公司中國區的副總裁。」

立刻，育杭的臉上便有些麻辣感了。這 Linda 也真是的，他想，待會兒交換名片時，你又叫我如何是好？但他發現 Linda 神態自若，語速流利。於是，他也跟着自然了起來。他想，既然有 Linda 擋駕在前，又要我緊張尷尬個啥？

臉蛋有些烈辣，雙睛便有了些眼花；而雙睛有了些眼花，當然也就沒去注意那位中年男人的長相以及他可能是誰了。但他分明聽到 Linda 在那裡介紹該位男子：

「Billy Chao，香港中銀的仇行長……」

他一下子便呆在那兒了。他細細地打量起眼前的這張油髮粉面的臉來：不就是育杭前兩天在香港鳳凰台的電視光屏上見到的那同一張嗎？當時的他正主持召開香港銀行公會的例行月會。會後，由他代表公會向着伸上前來的各式各款的話筒，宣佈說：本港利率維持不變。

不錯，就是這張面孔！他記得當時的他還很感到驕傲。他朝着坐在他邊上的那位外國主管說：「Look! 如今在香港的金融界，咱們中國人也佔有半壁江山了！」仿佛仇行長的出鏡也能為他這麼個在外企打工的中國人帶來點什麼似的。

正發呆呢，就見對方向他闊步走了過來。育杭慌忙將雙手一齊伸了出來說：「您好！您好！——Nice to meet you!」

仇行長很大方的掛着一張和藹可親的笑臉，他說：

「Linda 的朋友也是我的！」

這話頗令育杭感動，他握着仇行長的那雙大手，感覺又軟又暖。恍惚之間，他像是握着了某位中央首長的手一般。

再見回這張面孔和這雙大手是在五年之後了。不在鳳凰台也不在任何香港電視台的光屏上，而是在央視一套案件聚焦的節目時段裡。仇行長站在了犯人欄裡（與他並立而站的還有另外幾顆光頭），那雙白皙而又壯實的大手緊緊地握住了欄柵前方的木檔。這令育杭不由自主地記起了第一次握着它們時的那種暖而軟的質感。但奇怪的是：此刻的育杭不再感到它們像是一雙中央首長的溫暖的大手了，而是一雙十足的罪犯之手，冰涼而顫抖。而且，那種冰涼感似乎還能透過電視的光屏傳遞出來！當然，那張曾是掛着大方而自信的笑臉現刻也已變得扭曲而惶恐：它正注視着高坐在主審台上的法官的臉。育杭聽見法官在那裡宣讀判決辭：仇 XX 在擔任香港中銀行長的職務期間，唆使其下屬集體貪污，私分公款五千餘萬元。另，違規貸款十五億港元於一家內地公司（另案處理），造成國家外匯的嚴重流失和巨大虧損。根據中華人民共和國憲法第 X 條第 X 項的有關規定，本法庭現宣判如下：仇犯 XX 一審判處死刑，緩期兩年執行……

然而，就在此一刻的燈光輝煌的中銀大廳裡，仇行長笑意燦爛。他那寬厚多肉的手掌被握在了育杭的雙手之間，感覺十分良好。他並不知道命運之途的前方將會有些什麼正在等着他——他當然不會知道的，他甚至連想都沒有去想過這個問題。也正因為這樣，此刻的他還能如此投入地扮演着他的那個人生舞台上的特定的角色。這算是上帝對人類的慈仁呢還是殘酷？這是一道任何哲學家都無法解答清楚的難題。

仇行長在笑。不單是仇行長在笑，Linda 也在笑。不單是仇行長、Linda 在笑，育杭一樣在笑。他們彼此互望着，露齒而笑。似乎在這人生中，再也沒比現在更快樂更幸福的一刻了。除了笑，他們還都互相說着對方，或對對方，或對對對方的恭維話：Linda 是如此的漂亮、迷人，就像登台領獎的某位好萊塢明星；Charles 則是學識淵博，青年有為；仇行長更是福大命大——這點僅憑其長相便能判斷出來——將來不當總理，也至少可以弄他個財政部長來當當，諸如此類。

後來，仇行長又請他倆去了他的那間位於中銀大廈頂層的宴會廳用餐。偌大的餐廳中只坐着他們三位賓客，服務小姐與着黑西服的領班倒站了一長排。落地排窗外是壯麗的維多利亞港的夜景。正是暮靄降臨的時分，湛藍的海水也變得黝黯了起來，而港島及九龍半島的摩天大廈的森林裡，朵朵燈花醒來，一閃一爍地預示着一個新的繁華都市之夜的開始。站在這世界的峰頂向外眺望，氣勢壯觀，懾人心魂。育杭想：一座銀行大廈不建成這樣又應該建成啥樣？這樣的俯瞰，這樣的高居臨下，再財富再繁華再顯赫再五光十色，不都一樣匍伏在了它的腳下？這餐飯局中的一切細節，當然不是什麼「蘇浙滙」和「美林閣」所能比擬的。這種富豪級的宴會只有在香港，這座世界最奢華的國際都會裡的最奢華的一個階層才能享用到。如此場面，叫平日裡老喜歡抱拳作拱的「海派老江湖」陸育杭也不得不正襟危坐，目不斜視了。

仇行長請他們吃的是最上等的神戶牛排，還開了二支珍藏的，出產於上世紀六十年代初的法國古堡紅酒來招待他們。育杭與行長隔着長長的宴會桌面對面地坐着，抽着煙味醇厚芳香的哈瓦那雪茄，他倆聊着，笑着，彷彿是一對已經相識了多年的老友。後來，仇行長酒喝多了，起身上洗手間時的步履都有些不穩了。育杭忙起身去扶他，但行長笑着擺了擺手，說：沒醉！沒醉！離醉還遠呢。他說，如此應酬場面他幾乎天天都有，天天有也就產生耐酒力了，產生耐酒力也就慢慢地習慣了。別的倒是不怕，怕就怕日長月久的這麼下去，對肝臟和心臟會有什麼影響沒有？……

晚飯結束之後，仇行長便用他的車子將他倆一同送去了萬豪酒店。萬豪酒店離中銀大廈不遠，就座落在金鐘的後半山上，而酒店的套房也是行長一早叫人替 Linda 預定好了的。進入酒店房間後，稍事休息和排洗，兩人便又開始玩起了那套慣常的遊戲來。此回喝足了紅酒，育杭感覺自己充滿的是法蘭西古堡式的激情。但姚娜說，慢。她不要激情，要浪漫。於是，育杭只好先剋制止住了自己。他放了一支施特勞斯的圓舞曲，摟着她的脖子跳了一圈舞。一圈舞後，姚娜又發話了，她說她現在又要激情不要浪漫了。育杭於是馬上調整情緒，讓自己再度進入狀態。唯這一次，當他從那片蛇窩裡抬起頭來時，姚娜並沒有立即轉過身去睡她的覺。她向他說了一件正事。她說，那份讓他轉交給紐交所預托上市的文件中，有相當一批資料是存在着誤差的，這是因為大陸上的會計計算方法與西方的不盡相同的緣故。她問育杭：

「你有看出來沒有？」

育杭答：他倒是沒有。但他們公司美國方面的財務顧問看出來了。他們已打了好多個電話來，也電傳了一批文本過來。他們要他趕快把事情詢問清楚，之後再作處理。

詢問清楚？要詢問清楚，哪還要你幹嗎？

但，面露難色的育杭如此說道，美國和香港的證監部門可不比大陸上的，他們厲害得很，精明得很，嚴格得很，他們都是些訓練有素的的專業人材。萬一……

「不會有萬一的，Darling。我出手這麼多回了，都有過哪次萬一？」接着，她便問育杭道，難道你就沒有注意到這兩天香港聯交所的「上海置地」的股價天天都在暴漲的形勢嗎？這是她通過多家經紀行在市場上不間斷地，大規模地吸納收購自己公司的股票的效應所致。買我股票的股民如今都賺到錢了，他們口口相傳，他們召回了更多的股民來投資我們公司的股票。都有錢賺了，你說，還有誰會不高興？所以說，冒漲的股價有時是能掩蓋很多麻煩和漏洞的。這條經驗不也值得你們美國的經紀行拿去借鑒借鑒嘛？

這倒也是……但？

但什麼？

但如果總是以高於市場價來回購你們自己發行的股票的話，這筆賬又如何能算得過來？育杭仍然是一付惑雲密佈不得其解的模樣。

買入的最終目的是為了賣出。買少賣多，低買高賣。這就叫「炒」——股票這樣東西，不靠炒是不行的。

炒股票這件事我倒是明白……

你又明白什麼了？

明白……他真還是不明白。但他說，炒來炒去，資產仍然是這些，盈利也就是那點，如此這般，還不得個「空」字？再說了，假如真要按照你們的意願去炒熱炒熟一隻股票的話，需要動用的資金量可不是個小數目啊。

「所以說啦，認識仇行長難道是白認識的？」她這才展開了一臉舒心的笑容，唯這笑容第一次讓育杭望而生畏望而生寒。「仇行長能做到很多人做不到的事，而我在上海政府方面的背景又能做到很多仇行長做不到的事——懂嗎？」

育杭只能說：「懂。」

九

郭正義和姚娜要找書記談的也是這同一樁事。

表面上看來，那時郭正義夫婦正處於事業的巔峰期。法人代表郭正義拿日本護照，其妻（？）姚娜則是澳洲籍的 Linda Yao 女士。如此婚姻搭配組成的社會亮相，對於這個被崇洋情節作祟了百多年的國度與民族來說，再薄也算是塗了一層保護色。大書記早在許多年之前已經指出：目前本市經濟工作的中心任務就是利用好外資。此話怎講？就是說：凡從國外來的投資者的利益，理應得到政府方面的特殊照看和保護。外來的和尚好唸經哪，連大書記都曾經作出過類似的感慨。其實，姚娜就是在書記大人的暗示和直接關懷下，去搞了本澳籍護照兼取了個 Linda 的洋名的。當然，郭正義不是。他當年跟隨了大批的上海移民前往東瀛國去的目的純粹是為了淘金，想不到這事在多少年後倒歪打正着了。一年前，他收到了前妻的一封寄自於上海的來信。信中說到了那項所謂的「世紀工程」，她要他回國來與她配合作戰。她說，這檔子買賣，一不要資金，二不要學歷，要的就是他與她的兩個外籍身份。而一切，她都已安排停當。她與他可以再做回夫妻（真假當然無所謂），然後一同沖出上海沖出中國沖向世界去！郭正義在讀信之時都有些夢境感了，但有一點他是絕對信賴的：那便是他前妻的折騰能力。知妻莫若夫嚒，他知道，不到有把握之時，她是不會給他去那封信的。其實，當時的老郭正在東京的新宿區推一輛小車，沿街叫賣人家的壓庫貨。生活饑一頓飽一頓的，租也租的是新宿夜場所看更伕們住的一蓆「榻榻米」。想不到竟然有洪福自天而降，他邊讀信邊掩着嘴偷笑了好幾回，他還往自己的臉上狠狠地擰了一把，證實自己不會是在夢中吧？後來，他終於釋懷地笑出聲來了，他用江北粗話罵了一句：「勒死你媽媽，這個小娘姚×！」他立馬動工，自己替自己取了一個叫「福庫達」（即福田赴夫）的日本名字，再去日本出境廳辦了本日籍護照。掉過頭來，他提刀鞭馬，重新殺回了上海去。

是的，就那一回，在強哥死後的一個月。他與姚娜在那間「小娜燉品店」的包房裡，除了重溫夫妻生活外（當時，他還問了姚娜一個問題。他說，人家都說「小別勝新婚」。但我們這是「闊別」，又是「重婚」，你可知道這句成語又是如何說的嗎？姚娜說，這……這……她不知道），還舉行了一系列有關專案的談判工作。姚娜說：

「再不會有第二人了，在這件事上，我倆永遠是最佳拍檔！」

她要他出任公司的法人代表。他很爽快地便答應了：他知道她一早已為自己留好了退路。但點子是她的，策劃是她的，關係也都是她的；假如他不為她站到台前來擋一擋冷箭，又有誰來擋？姚娜聞言便笑了，說，就知道郭哥「拎得清」，也只有他才會有這份俠骨。而這點，正是這麼多年來老叫她忘懷不了他的地方。那個夜晚，他倆又十分投入地做了次愛。姚娜讓他見識了那隻胸蝶，這自然令他驚訝不已，也興奮莫名。但她卻沒讓他見到那條蛇，因為蛇，是她專門為育杭而留着的。而即使是對育杭，她也還保留了一些更隱秘的什麼。這是多少年前在香港，在那片「重慶森林」裡，巴籍刺青師教咐給她的第三道巫咒，只有在某個特定的場合，為了應付某種特定的形勢，針對某個特定的物件她才可以偶爾為之，一試牛刀。之後便立馬鳴金收兵，教人摸不清頭腦。比如說那一晚，在那間包廂裡，那個枉死的強哥。這是她的生存魔術，也是她之所以能邁向成功人生的一件重要的秘密武器。而她對個中分寸感的把握必須十分精準，才行。

後來，郭正義果真為她擋了冷箭。當冷箭一支接連一支射過來時，他就一個人站在了舞台的聚光燈下。他扒開了衣衫，露出了一塊毛茸茸的裸胸。他拍一拍自己的胸脯，說，來吧！都朝我這裡射過來吧！我是法人，我一人做事一人當！

他非但為她，還為許許多多躲藏在了她身後陰影裡的面目模糊的背景人物們，都一一阻擋了明槍暗箭，他包攬了全責。

他的俠骨，他的大義凜然，他的說話算話，同樣也從有關人等處獲得了應有的報答。那時的書記大人還在台上，他仍然端坐在他的那張背後豎立着一杆五星國旗的大辦公桌前，批閱文件。他在有關文件上批示說，「上海置地」是滬上公司走向國際商界的第一家，是上海這些年來改革開放所取得的可喜成果之一，意義重大。這樣的企業理應支援、鼓勵和好好地加以扶助。當然，在他審閱了有關部門轉呈給他的一些其他文件時，他也作了另類批示：該公司有違境外證券操作法規一事必須嚴肅處理。其法人代表負有不可推卸的責任。至於公司本身則應另當別論。云云。

郭正義便是在這條批示的背景之下才遭拘捕的。那一次，他由外地返滬。當他走出艙門，正準備沿着舷梯下機時，他突然就望見了那輛遠遠地停在了機坪邊上的印有藍白色檢察院標誌的警車。他臨危不懼，就像電影裡拍出來的地下工作者那般，十分鎮定地將手機掏了出來。他與遠在香港萬豪酒店裡的姚娜通了話。他在電話線的這一頭告訴她說，他已飛抵上海，但他病了。這一回看來病的還不輕。他要她好好保重自己。

後來，郭正義被判刑三年，關進了上海提籃橋監獄的一間單人房。但沒過多久，他又被押送去了另一處。那是一間配置有沙發、冰箱、空調和液晶電視機的「特供牢房」。除了沒有出入的自由外，平日裡看看電視、喝喝飲料，與獄警搓搓麻將打打牌，生活過得悠閒愜意，頗有點兒離休幹部養尊處優的待遇了。但物質條件是滿足了，精神以及生理的呢？於是，他又想起了那個打碎啤酒杯的女服務員來了——他儘管罵她掃把星，但她嬌好的面容和身材，還是讓她成為了燉品店裡這麼多服務員小姐中最叫他心生嚮往的一個——他通過典獄長將那姑娘弄進監獄中來住了一晚。就在那張六尺寬的大床上，他摟着姑娘折騰了一宿，狠狠地過了把癮。臨走時，他往姑娘手中塞了一疊鈔票。此舉除了能保障那女孩今後可以隨叫隨到外，還有另一層基於人道主義的理由：怎麼來說，每次「入獄」都會對一個無辜女孩造成身心上的傷害，郭老闆畢竟是留過洋（「東洋」也算是「洋」）的，他明白，雙重的勞動理應獲得雙重報酬。

說到底，凡此種種姚娜都是可以通過關係想到辦法的。事實上，這一切也都是她在暗中操作的緣故。這對真假夫妻，真作假時假亦真。從某種意義上來說，他倆間的這種關係既傳統又現代；而且，該現代時現代，該傳統時傳統；比現代更現代，比傳統更傳統。姚娜認為：自己在五星酒店裡夜夜笙歌天天花天酒地的，她總不能讓她的替身在那個暗無天日的囚牢裡過得太不像話吧？這些道上的規矩姚娜是很清楚的。非但清楚，而且實行起來也步步到位。而郭正義呢？他對目下的安排還是很滿意的。雖然失去了自由，但如果待在日本，他又會是個啥模樣？他不還一樣是在東京的街頭叫賣人家的倉底貨？當然，自由是有的，而且還很充分。但沒錢。對於錢與自由間的關係問題，持有不同人生觀的人會作出截然相反的詮釋。有人說錢才是最重要的，錢能買到一切，包括自由。但有人的認定卻恰好相反。只是老郭他是屬於持第一種看法之人。他想，不也就是三年的工夫嗎？怎麼樣，也總能熬出個頭來。要知道，時辰一到，跨出了監獄的大門，陽光燦爛的日子還不是可以讓你一直享受到老死？人生在世，哪一種選擇更合算，這不是件明擺着的事嗎？

刺背蠍的女人

但他忽視了一點：人算不如天算。

這次「上海置地」事件緣起於香港，但究其根由還是在上海。雖然一個時期以來，「上海置地」的股價在香港股市上漲勢頭兇猛，但想不到的是所有這一切都在一日之間，被一股突如其來的颶風給颳得枝折葉飛，剎時凋零了。

某日，香港《蘋果日報》的國內新聞版報道了一起事件：「上海置地」的主要資產，該市北蘇州河路的「東六」地塊的地權起爭執——「上海置地」未必就是這塊土地資源的最終擁有者。報道續稱，世代居住於該地塊上的原居民，由於不滿征地賠償額的不足起而鬧事，進而更上訪京城，要求討回公道。而更令上海市政府頭痛的是：就在個火急火燎的當口，還冒出了一位姓鄭的「維權」律師，聲稱：願為受害群眾打一場免費官司，以能維護法律的公正，云云。真是屋漏偏逢連夜雨，此事一經披露，輿論譁然。而政府的「救火」措施，則是雞手鴨腳，愈搞愈亂。火沒救熄，反倒還引發了多處意想不到的火頭，火勢愈燒愈旺了。

此事後來在大書記的直接干預下，終得以平息，那個搞是搞非的鄭律師也以擾亂社會正常秩序，破壞安定團結罪，判刑三年（竟然也是三年！莫非他們將郭正義案的宗卷調了來，作為參考？）。但無論如何，事件已經被曝光，香港聯交所管委會宣佈：「上海置地」公司股價大起大落，已導致投資人經濟蒙受損失。

本會決定對其進行獨立的司法審核。結論是過了半個月後才予以公佈的：內幕交易，操縱股價，業已構成對於有關證券條例法規的觸犯。勒令該公司停牌整頓兩週，交待事件原委。這事後經滬港兩地政府方面的高層洽商，有所緩解，但有一條共識仍是達成了：替罪羊或不可缺。郭正義正是這種情勢之下，才被推了出來，推上祭台，充當了那頭獻羔的。

十

當姚娜約育杭再度去「萬豪酒店」會面時，事件其實早已平息。老郭早已開始了他的服刑生涯，而且連女服務生也已替他送進去好幾回了。然而，就在此時，姚娜接到了來自於上海方面育杭的消息：他們委託的那家美國證券行，已決定中止為「上海置地」在紐交所上市所作的包銷申請。究其因，固然與《蘋果日報》的報道有關；但更與該公司申請上市時的會計附表上的巨額資料出入有關。總之，肉想吃錢想賺，但帶腥之肉有時硬吃比不吃更糟。在美式法制制度的模具裡，澆鑄出來的商業機構的價值觀，有時，固執得來連一點兒迴旋的餘地都沒有。儘管育杭苦口婆心地向對方做了不少解說工作，也反復地強調了所謂的

「中國國情」，但對方仍不領情，還說這是董事會的一致決定，不存在任何商榷之可能。育杭沒法，只得硬着頭皮向姚娜作了解釋。他說：

「沒能幫上你的忙，你可千萬別責怪我噢！」

想不到姚娜在電話線的那一頭卻輕鬆地笑了，她說：

「沒關係——沒關係的！生意不在人情在嘛。」又說，她正想給他打電話呢，不為生意不為什麼。因為——因為她又想他了。她約他兩天之後仍在金鐘萬豪酒店的吧廊裡見面。臨掛機前，她還對着話筒的那一端「嘖嘖嘖」地親吻了好幾下，弄得育杭心神恍惚，一整天的工作都無法集中精神。

好不容易熬過了兩天。那晚，他又來到了金鐘半山萬豪酒店的那間面海的大房裡。大房俯瞰着整幅維多利亞海港的夜景，而他與她再度面面相對。其實，在這場遊戲中，他倆是老搭檔了。但不知何故，這一回，育杭望着那個面對自己站着的叫姚娜或者是 Linda Yao 的女人，心中突然就升起了一種陌生感。他有點怯場了，甚至還有點兒心悸。他無緣無故地記起了他倆的第一回：那是在上海，上海南京西路的一家叫錦滄文華的酒店裡。他倆也是這樣面對面地站着，一樣是背對着一幅巨型的落地玻璃窗。所不同的只是窗外的景色：一個是水光掩映的海面，一個是車水馬龍的路面。育杭不明白，在這兩幅不同的場景間，究竟有些什麼相似的因素令他神經過敏了？多少年後，他才明白。他將它們比擬成了一篇情慾的悼文，一篇首尾呼應的情慾悼文。

像以往一樣，育杭遵循的還是那套相同的遊戲規則，他完成了他那頭應該完成的一切程式與勞作。但這一次有點兒不同了。完事之後，他見姚娜仍然全身赤裸的平躺在那兒，微笑。她頷首示意，要他騎上來。但育杭反應不過來，他呆呆地望着她，意思是說，你……你這是怎麼啦？

上來呀。

上來？上到哪裡來？他還以為自己這次的服務未能達標，她要他舐吮她上半身的某個部位。

上我身上來幹啊——難道這不是你一直最想要做的那件事嗎？

這下，他總算聽明白了。他的兩眼都放出光芒來了。瞬刻之間，他那西班牙鬥牛士的血液又在他的血管裡湧動、澎湃了起來。他已忘了他已有多久沒有過這種感覺了——即使是在其他女人身上，他也沒有。

他一臉壞笑的跨了上去。而她呢？她就一直躺在那兒，保鮮着一種勾魂的媚笑。但立即，他再一次的犯愁了：他的雙手應該按放在何處才好呢？按放在何處才能令他使出勁來，使出渾身的解數來呢？後來，他還是選擇按在了白色的床單上，他有過這方面的記憶，他絕不敢越雷池半步。

「你這頭蠢驢！哪有男人這樣來幹事的？」

她用她的手拉起了他的，她將他的雙手雙臂一左一右地自她的肩胛處塞入，環抱住了她的身體。她叮囑他一定要摟實她的頸脖，因為她喜歡他這樣做。他問她：你不怕癢癢了？她說：不了。哈！這回才算是真正到位了呢。他口中不說，心裡直叫喚。他很快便進入了狀態，而她的身子也扭動了起來，開始配合。

一秒二秒三秒。一分二分三分。他血脈賁奮，他幻想着被他壓在了身子底下的應該是楊貴妃呢還是瑪麗蓮夢露？其間，有過那麼一回，他希望將兩隻手從她的身背後抽出來。他渴望能像個真正的西部牛仔般的，雙手脫離了韁繩的，顛簸在一匹烈性野馬的馬背上。就像從前的他與許許多多其他女人在幹事時所採用的那種姿勢。但她不願意，她還是要他摟緊她，非但摟緊她，還要他整個人都俯下身來。她將舌尖探入到他的口中，並在其中大刀闊斧地攪動。漸漸的，他的口腔和鼻腔中都彌漫了一股牛乳與野花的混合氣息。氣息愈變愈烈，愈變愈稠。富有性經驗的育杭明白：這是一種性腺的分泌物，是某些女性在高潮來臨時的特殊的生理反應。

如此察覺令他變得一發不可收拾。他一下子便抓到了那個再熟悉不過的感覺了。他決定鬆手，他要讓自己自由落體般地墜下，墜入到那個瘋狂的漩渦中去，然後在其中幸福地沉沒，淹死！

但就在這千鈞一髮的時刻，他突然「啊！」地慘叫了一聲，那聲慘叫的恐怖與響亮度，絕不下於當年「強疤」在燉品店三樓包廂裡所發出的那一聲。他猛然清醒了過來。他趕緊去抓牢那條他差點沒鬆開了手的生命的纜繩。他感覺那股岩漿般的液體開始倒流，它們又重新縮回去了他的體內的某一處。

與此同時，他見到有一隻全身赤火通紅的蠍子從姚娜躺着的枕頭底下現身，一個停頓之後，隨即竄行而過，它消失在了白色的床單之下。他「啊啊啊」的，驚恐得連話都說不出來了。但他還是斷斷續續將他所見到的景象一一告訴了姚娜。她說，是嗎？他說，是。她說，有嗎？他說，有。她又說，真有嗎？他吞吞吐吐了一會，還是說，應該……可能……好像……有。她再說，你能肯定嗎？這回，他不言語了。他不敢肯定。他覺得是他看花了眼——而他愈想，愈感覺是自己看花了眼。五星級酒店雪白的、香噴噴的床單上，連螞蟻都不可能找到一隻的地方，哪來什麼全身赤紅的蠍子？但他右手的食指與中指間有一種劇烈的、火辣辣的疼痛感，他明顯地感覺到它們正在迅速地腫脹起來。

他翻身跳下床，全身一絲不掛。他不顧一切地飛跑進盥洗間，開啟了水龍頭，他讓嘩嘩的涼水沖洗着那兩根已開始在變色的手指。後來，他又取了一條洗面巾來，在手指根的部位上繞了幾個圈，完了，他一邊用左手，另一邊則用齒尖，將毛巾紮了個死結。

作了這番初步處理後，他才返身回到房中去打電話。他直接打去了大堂的經理處。他說：

「我這是 ××× 號房間。這裡出了點危急情況，請你們趕快派人來。要快！愈快愈好！……」

育杭不愧是個在美國唸過博士學位的人，在處理同樣的危急事件時，他與強哥採取的是絕然不同的方式。在往後的日子裡，早已脫離了險境的育杭，碰不碰就會向人總結起他的所謂「人生經驗」來。他說他這一生人有兩樁事，是做得最得體最智慧最果斷也是最成功的。第一樁是他在中國改革開放之初選擇了英語專業，並去了國外。第二樁就是這一樁。其實，這兩樁事是決不能相提並論的；第二樁遠比第一樁要來得事關重大。一個最多是活得好不好的問題，而另一個則是能不能活下去的問題。

育杭放下話筒，見到姚娜就站在他的邊上。她已穿戴整齊，望着只裹了一條下身浴巾，狼狽之相畢露的陸育杭，笑了。說道：

「何必呢？如此緊張，如此興師動眾的——事情真有哪麼嚴重嗎？」

「……」

此刻的育杭還能向她說些什麼呢？楊貴妃瑪麗蓮夢露，她們不早死了嗎？他覺得站在他身邊站着的會不會是她們的幽靈？他身不由主的從內到外打了個深度的寒顫。

酒店人員馬上便趕到了。他們見事態嚴重，一分鐘都不敢有耽擱，就將育杭送去了位於香港舊山頂道的嘉勒撒醫院的急症室。那晚之後的記憶，育杭感覺都是斷斷續續的。他只記得望着他的醫生和護士們個個神色凝重。他們一言不發地進進出出，行色匆匆。驗血報告出來了。他們告訴他說：你感染的是一種蠍子毒。這種毒蠍十分稀少，除了在北非的沙漠裡，地球上的別處都很難覓其蹤跡。至於治療的方案則更簡捷、果斷，且毫無商榷餘地：立即切除受感染的那個肢體部分，以免毒素擴散全身，危及生命。育杭聞言先是發了發楞，但隨即就堅決地點了頭。只是鑒於簽字的困難，平生第一次，他在醫院的那份手術同意書上按下了一個紅色的拇指印。

十一

大書記遭中紀委「雙規」的真實過程根本就沒人見到，但坊間的傳聞版本卻有多款。一說是中央通知他去北京出席一個重要的核心層會議，怕他生疑，還專門安排了若干副職人員與之同行，他任團長。甫一下機，他就單個兒被「請」進了一輛「奥迪」車裡，從此再沒露面。二說是他的寶貝兒子先在國外惹的禍（兒子出國留學和定居的種種事宜，都是由姚娜替大書記一手包辦了的）。兒子有個陋習，就喜歡賭錢，而且，要麼不賭，一賭便是大手筆的豪賭。此事雖經書記夫婦多次的嚴厲訓斥和好言規勸，均未能奏效。以前還好，不是去拉斯維加斯就是去大西洋城。因為是在美國，中國有關部門的線眼力夠不着，所以還沒鬧出什麼亂子來。這次不同了。他因聽說今日的澳門賭業已實行公開招標制，澳城因而也一躍成為了一座全新的國際級的賭娛中心。他按耐不住心中的癢癢，遂帶了女友一同前往，一試賭運。但結果是兵敗澳城，帶去的幾十萬美金全都輸了個精光。輸了精光不說，還讓國安部的人給盯上了。說，這個國產青年是誰的誰呀？出手如此闊綽，肯定有來頭。一查二查，當然就將大書記給牽連了出來。第三種說法就更富於小說色彩了。說是有一日，大書記在國旗辦公室裡工作累了，很想放鬆放鬆，於是便在下班時直接去了他的那個家住閔行區的情人的家中。正幹着呢，國安部人員便登門入室，逮個正着。當然，假如事情真是這樣的話，人家其實是一早作了準備的。斧子是現成的，只欠按個木柄上去罷了。

刺背蠍的女人

只是在這麼許多的傳聞之中，暫時還沒聽說有一樁是與姚娜以及她的那家燉品店有瓜葛的。

按理說，如此情形姚娜應該感到寬心才對。但不是，在江湖上摸爬滾打了這麼多年的她，這回也真正感覺到了西伯利亞強寒流，在到來前的那股陰冷之氣的逼近。從來做事鎮定自若、深淺莫測的她，也有些沉不住氣了。那天，她一個人坐在店堂臨窗的一個座位上，手指間夾着一枝纖長的Virginia淡煙，邊吸邊吐，邊朝着窗外凝望。窗外黃河路上人熙人攘，比肩擦踵，各式人等，男的女的老的少的窮的富的，都從那扇窗的窗邊流動而過。她突然就感到了一種徹骨的孤獨和無助。她多麼希望自己只是他們之中的隨便哪一個啊。從前追求財富追求名利追求顯赫，現在渴望平凡，因為平凡意味着安全。然而，顯赫者希望重獲平凡，就如平凡者指望能在哪一天發達出名一樣的困難，一樣的遙不可及啊。她把煙頭在煙灰缸裡掐滅了，騰出了那根右手的食指來。她用指尖觸摸到了位於她鎖骨一側的那條蝶鬚的鬚端。她的指尖沿着鬚跡慢慢地朝下滑去，這是她生平第一次用自己的觸覺器官，去感覺它的存在以及它那種奇特的質感：肉麻凹凸卻又平整光滑。在她漆黑一片的思想的空間，她還在努力地追尋着一個問題的答案。究竟，它是什麼？是蝶？是人？是靈？還是一句帶能量的咒語？但她回答不了自己的提問。還有就是多少年前的那個陽光燦爛的下午，那條繁華的彌敦道，那位神秘的巴人技師；以及在「重慶森林」裡經歷的那一幕幕的情景。她一樣樣地回想着，不禁長長地嘆出了一口氣來。

一位身着黑西服的馬仔——就是她叫他駕駛着她的那輛「寶馬」去到許昌路棚戶區，將她母親接出來的那一個——匆匆走進店裡來。他徑直朝她坐着的那個窗邊座位走去，然後俯下身來。他在她的耳根邊嘀咕了些什麼。那天，凡留在店堂裡當班的服務生和領班們，都親眼見到了他們的那位漂亮的老闆娘的臉色驟然轉成了煞白。她「嚯！」地站起了身來，剛才還在吞雲吐霧的嘴唇都顯得有點顫抖了。她一言不發地離座而去，她的身後追隨着那位黑西服的馬仔。

自從那次離店後，她的下屬中便再也沒人見過她了——直到永遠。

事實上，她當晚就搭機離開了上海。隨身帶了一隻 LV 拷花圖案的旅行箱，和她的那份印有 Linda Yao 的澳籍護照。她去了香港。

這事距離育杭在她的床上遭蠍螯已過去一年多了。那時的育杭已完全與她斷絕了往來：她不給他打電話，他也不給她打。

育杭在此事件發生後不久回過一趟美國——他總是要回去的。太太苗子見他好端端的十根手指中突然就短缺了兩根，大為驚恐。她說，這麼嚴重的事情，這麼大的手術，你怎麼也不叫我一聲去中國陪你呢？至少，我也能為你去端個湯水，簽個手術同意書什麼的，我，畢竟是你的妻子啊！育杭的答覆是他一早就已經在返美的航機上想好了的。他說，事出突然，再說了，當時他也不在上海，他是到雲貴高原的某處偏僻的山區辦事去了。他被當地的一種不知名的含劇毒的蠍子給螯了。如不當機立馬壯士斷指的話，可能連性命都難保！他哪還有時間通知她來簽字？苗子聞言，當然無話可說。但她還是憂心忡忡，她告誡他說，以後這種地方，這種長毒蠍的地方，可千萬別去了！寧願丟了工作，寧願少了收入，也別去了！——她還想同他白頭偕老呢。她說着說着便抱着她的丈夫哭了。她說，你為這個家付出太多了！我只要你，其他什麼都不在乎！你聽到了嗎？你聽明白了嗎？育杭的嘴巴正好貼在了她的耳根邊上，他輕聲地對她說：我聽到了，我聽明白了。

苗子是說者無心，育杭卻是聽者有心。這事之後，他與姚娜斷絕聯繫的決心便愈發堅定了。其實，在他倆之間，壓根兒就沒發生過任何足以令他們斷交的不愉快事。即使是在那一次，育杭全身麻醉截指後醒來見到的第一張面孔仍然是她的。她正站在他的病床邊上，俯身望着他。朦朦朧朧之間，他聽到她在喊：「醒了！醒了！醫生他醒了！——」那叫喊聲遙遠得就像是一道空谷迴音。她望着他的那張醒過來的臉，快活地笑了。她問道：

「你感覺怎樣？還疼嗎？」

他疲乏不堪地搖了搖頭，其意曖昧：是「不痛」呢？還是「感覺沒怎麼樣」呢？還是索性暗示說，請你別問了，我不想說話。甚至，你，最好還是先回去吧！

或者，這三層意思都有。

終於，姚娜走了。她走時對他說，因為見到他醒了，沒大礙了，所以她也安心了，安心了，也就可以離開了。育杭朝着一臉柔笑，正向他道「再見」的她眨了兩眨眼，就算是代他揮手作別了。一則是因為虛弱，再則右手讓綳紗布紮着，也不方便動彈。

這是他倆的最後一次見面——儘管在當時，可能誰也不會想到事情會發展成這樣。

一年之後——也就是姚娜提着旅行箱最後一次從上海機場出發後了的沒幾天——她又坐在萬豪酒店房間的大窗台前了。一份當天出版的《蘋果日報》攤開在她大床的床罩上。報紙的首版上印有一條一號黑體字的大標題，寫道：「上海置地」董事會主席郭正義加刑十二年。之下一行小字：上海XX書記事件餘波未了。房中沒有一絲聲息，時間又漸近黃昏了。隔着雙層消音玻璃窗，姚娜望着正在她腳下靜靜地燃燒着的維港夜景，她不由得想念起了育杭來——那種真正意義上的想念。甚至還有過要給他打一個手提的衝動，只是她很快便將這念頭掐滅了。又過多了一年，還是在這同一間房中。當香港廉署行動處的人員破門而入時，她正著着一襲深紫色天鵝絨的連衣裙，打橫端坐在酒店大床的床沿邊上，她已整裝待發。唯此一刻，第一個閃入她腦中的念頭不是恐懼，也不是為她自己將要去面對一種怎麼樣的人生前景的擔憂，而是他——育杭。她喃喃自語道：你知道嗎？我真正愛過的男人其實只有你一個。

被廉署帶走後，她很快便被起訴了。儘管控方無法找到證人和文件，來證明她與郭正義間的合法的夫妻身份，但起訴她的司法程式絲毫沒受影響：她是因操控股價，違反港地的證券管理條例而被定罪的。這與她是郭的合法妻子的量刑輕重也只是半斤八兩之別。所以說，假如一個政府要定罪某人，不管繞多少個彎，她都能做到。反之也一樣：她也一樣可以找出一百條理由來為一個有罪之人開脫，洗刷去他（或她）

的所有罪名。這條理論適用於任何專制或者民主社會。現在，法庭一錘定音後的判決辭是：Linda Yao（中文名姚娜）哄抬股價、欺騙公眾罪名成立，被判入獄四年零六個月。即時執行。

從此，姚娜便像其他犯人一樣穿上了條形的囚衣。她日出而起日落而息，過着那種最刻板、最規範、最死氣沉沉的監獄生活。她很快便老去了，髮間都開始顯露出絲絲縷縷的花白來了。但她沉默寡言，很少與其他女囚們作交流。人們不理解她心中在想些什麼？見到她的那副老將自己束之高閣的模樣，都起了反感，說，進了這地方，誰還是誰？想擺譜？等到哪天，跨出了這道門檻，看你還有沒有那份造化！

但過了不久，姚娜果真讓自己從那道門檻中跨了出去，而且再沒回來。那天晚上，她先是躺在床上哼哼唧唧的，然後便大聲叫喊了起來。管教的女警跑來一看，發現她臉色蒼白，豆粒大的汗珠直往下淌。她說她腹痛，她們便症斷她得了急性腹膜炎。經有關獄方人員商量後，決定將她送往瑪麗醫院，住進了該院的羈留病房。

之後的兩天中，她的病情稍趨穩定。躺在醫院鋪墊鬆軟的病床上，她的臉色都有些泛紅的意思了。然而就在第三天晚上的九點一刻左右，那時病房裡剛熄燈不久，病人都已睡了，周圍一片寂靜。坐在醫院走廊條凳上的兩位看守女警突然就聽到了一聲慘叫，慘叫聲是從姚娜的房中傳出來的。叫聲如此恐怖，即使令受過專業訓練的女警們聽了也都有了一種汗毛倒豎的感覺。唯在這件事上，作為讀者的我們或者還有些聽覺上的免疫力：因為它與三年前香港萬豪酒店的一間面海房中以及五年前上海黃河路「小娜燉品店」包廂裡傳出來的那兩聲慘叫相類似。

女警們迅速跑入房中，她們見到女犯人姚娜的腦袋已側向了枕頭的一邊。她的口角有白沫流出；鼻孔耳孔甚至眼瞼處，都有些紫紅色的分泌物滲出來：女警們判斷說，這應該是屬於淤血無疑。

搶救工作展開得很及時，但間隔卻十分短暫。當驗血報告送抵時，犯人已經身亡。十多分鐘之後，一位皮膚白淨，架着一副金屬細腿鏡的年青值班醫生在他的那張寫字枱前，就着一盞慘白色的枱燈的燈光，填寫病人的死亡報告。在死因欄裡，他寫道：蛇蠍類動物毒素中毒。這是一個很奇特的死亡結論。當白臉醫生寫完之後，連他自己都有點兒不太相信。他將所寫的內容唸多了一遍，再與驗血報告上的參考指數一一核對了，然後才猶猶豫豫地簽上了他的大名。他記起了多少年前在TVB影視頻道上看過的一出好萊塢拍攝的，片名叫作「埃及妖后」的古裝大片。妖后在得知其敵人兼情人的凱撒大帝被害的消息後，遂命令其手下人去到埃及的大沙漠中，捉了幾十條毒蛇來。她將它們都盤放在一罐裝繪精美的陶瓷盛器裡。盛器被端到了她的面前，她平靜地打開罐蓋，將一雙手伸了進去。至此，電影的攝影手法開始虛擬，彩色的畫面轉成了黑白；而「埃后」的那張豔麗的臉蛋也越變越模糊了起來。最後，她，連同她的那些精美的五官都一起融入了一片灰白色的背景裡。打字機聲響起，兩行黑體字幕顯現了出來：

一、羅馬大帝愷撒於西元前某年某月某日戰死於沙場；

二、埃及皇后則於同年同月同日因中蛇毒猝死於宮中。

刺背蠍的女人

青年醫生覺得有一鞭寒冷的戰慄感自他的脊樑上掠過。

由於姚娜是個服刑期的犯人，其死因又撲朔迷離，故報送懲教總署核準，須對其屍體進行屍檢，以便進一步確定死因。一絲不掛的姚娜又躺在了雪白的布單上了，不過這一回不是在五星級酒店的大床上，而是在瑪麗醫院的屍檢台上。穿着藍大褂戴着藍口罩的屍檢醫師們圍在了她的周圍。他們當然都為她身上那隻胸蝶和那條陰蛇動了容。但當他們將她的軀體翻過來，準備檢驗其背部時，他們驚訝得連呼吸都快憋息了。在她右肩胛骨上分明刺青着一隻栩栩如生的北非毒蠍，毒蠍全身赤火通紅，它的尾部高高翹起：這正是當它在遭受攻擊，準備噴射毒汁時的那個瞬間動作！屍檢師們一個個的，不約而同地都將口罩摘了下來。他們面面相覷：莫非，這就是他們要尋找的謎底和答案？當然，沒人可以來解答這個問題。

同一天晚上九點一刻，在上海。育杭剛好在那一刻步出電梯：也是那家位於茂名路上的「蘇浙滙」，也是去出席一次朋友的宴請。

就那一次，育杭又見到姚娜了。

他一下子便呆住了。步出電梯時，抓住他目光的第一個場景，就是在飯店接待大廳明亮的水晶燈光下，站着一位身材婀娜多姿的女郎。女郎着一件深紫色的天鵝絨連衣裙，一樣是用背對着他。她只讓他看見她的那一截長長的雪白的脖子。那白色在水晶燈的光照下，顯得十分耀眼。她似乎也是在向那位着黑西服的女領班，詢問宴請人的姓名以及包廂的方位。

在育杭身邊站着的仍然是那位老外主管。這麼些年了，主管其實早已升職，他已升任為總公司中國部的副總裁了。儘管如此，平時的娛樂與應酬活動，他還是喜歡與他的那個華人的舊下屬為伍。在很多方面，他與他已拍檔拍慣了。此刻，外國佬看了看育杭，並還用手扯了扯育杭的衣袖——他一定覺得此情此景與他記憶之中的某一回很相似。

育杭突然便有了一種衝動——一種帶顫慄的衝動。他很想走到她的正面去看一看，看一看她那外露的胸脖處，是否有兩條類似於項掛的蝶鬢存在？

但他剋制住了自己。他故意將自己的腳步放緩，他只是領着他的那位外國老闆，遠遠地追隨着那位女郎的背影，背影與帶位小姐的背影並排在一起，走進了包廂的走廊裡。她們在走廊的盡端拐了個彎，便不見了蹤影。

而育杭他們終於也找到了他們要去的包廂。他走進屋去，目光迅速地繞桌兜了一個圈，他發現，那女郎並不在場，不知何故，他暗暗地鬆下了一口氣來。

蝶鬢女郎沒見着，倒見到另有一美女，繞過桌面，向他曼步走來。他定睛一看：是菱菱。菱菱說，怎麼啦，育杭？又有些年頭了吧，你那 12345678 的電話號碼還是沒給我打過一次。育杭笑了。他說，你可別問我你叫啥名字了，好嗎？我可以告訴你：你叫菱菱。菱菱很高興，竟然當着大家的面，賞了他一個飛吻。

女人的如此動作立即引來了一桌人的起哄。在嘈雜的起哄聲中，育杭聽到她飛快地說道：「今晚上有安排嗎？」但育杭卻一反常態了。他說，我大病初愈……他伸出右手來，讓她檢驗。菱菱見狀大驚。連忙說，喔，我明白了！喔，我明白了！她要他好好保重自己。

奇怪的是：如今不但是他人，就連育杭自己都感覺自己變成另外一個人了：從前的他的那種老喜歡用目光去發現，去挑逗，去獵取美麗女人的習慣已有了根本上的改變。他也不想夜夜在外面泡妞了。對女人——尤其是對漂亮得來有點不知根不知底的女人——他懷着的是一種隱性的恐懼。唯這一回，他還是忍不住地抱起了拳來，他向着一桌賓客輪番作揖了一圈。說道：「兄弟來遲了，讓諸位久等，抱歉！抱歉！」然後他微笑着，點着頭，拖位入座。神態友愛而中性，仿佛那桌男女都是他的兄弟姐妹一般。在他抱攏了的拳頭中，大家發現似乎缺少了點什麼？這是他右手的中指和食指。

十二

最後的交代：

▶郭正義目前在上海青浦縣的某勞改農場服刑。他已完成了三年零七個月的刑期；仍剩下九年零五個月。

▶大書記據說被囚於北京的秦城獄中，唯詳情與近況均不甚明瞭。

▶仇行長是被關押在遠離香港的某北方監獄中。兩年的時間早已過去，死緩也已成了一紙空文。老仇因而心情也稍微放鬆了些。再說，獄中生活慣了，也就慣了。以前中銀大廈裡的那種種浮華生活的細節，偶爾想起，影影綽綽的都成了一種隔世記憶了。如今，對他的看管也放鬆了許多，他可以隨意的與囚友們說說笑笑，聊聊家常，曬曬太陽。甚至還可以打打乒乓球，活動活動筋骨之類。但他有時也會感慨。感慨起來時，他老說的一句口頭禪很簡單，就五個字外加一個逗號和另一個感嘆號的標點：「人生哪，人生！」

▶姚娜死後被葬在了香港柴灣區的華人永久墳場。每逢清明，香港的上墳季節，家家的墓塚前都有孝子賢孫們在那裡磕頭跪拜，香燭鼎盛，煙霧嫋繞。唯她的墳前冷冷清清，不見一個掃墓人。倒是等過了清明，天氣漸漸轉熱，墓地間已呈現一片寂靜時，才會見到有一位衣着普通，年齡約莫三十出頭的青年男子，手捧一束白色馬蹄花前來拜祭。他對着墓碑以及墓碑上的姚娜的相片凝視了一會兒，便開始說話了。他說：

「娜姐，我知道您不願在此安息。不過您放心，哪天等到弟弟有錢也有機會了，我一定會將您的骨灰遷往上海，遷到您母親的身邊去。您雖然無言，但我明白，這才是您最大的心願……」

這人是誰？不知道。有人說他是姚娜同父異母的弟弟。姚父後來也來了香港，因找不到正職，短工短打的，只能長期居住在九龍調景嶺一帶的木屋裡，窮困度日。他姘居了個廣東女人，後來便生下了這麼個弟弟。據說，他們都是於姚娜多次赴港居港期內托人給找回來的。但姚娜本人對此卻一直保持沉默：她不願，她也不願任何其他人，說及此事。

這事的真實度究竟有多大？真還無法肯定。因為這麼個小說人物，直到在柴灣墳場裡露面之前，誰也未曾見過他——包括作者本人。

2008 年 11 月 30 日

完稿於滬寓

FROM POETRY TO PROSE AND BACK TO POETRY AGAIN

從詩到隨筆再到詩

從詩到隨筆再到詩

隨筆在90年代的中國興起，除了有小說家更有詩人的加盟，而優秀的小說家說到底也應是個詩人——詩與隨筆的母臍暗聯，就在這兩種文學載體誕生的一刻起已經命定。

詩，作為一種特定的文學形式，簡練、密質、濃稠得幾乎不是人人個個的心靈都可以具備味覺承受力的；然而詩，作為一種在廣義上的感覺飄逸與思想聚焦，卻是在每個人的人性空間，或近或遠或多或少或深或淺或濃或淡地都會有那麼一二次被捕捉到的機會。因為人，畢竟是人，人不會有上帝一般連綿的清醒與無邊的智慧，卻也不可能淪落為動物那樣永恆在「嗷嗷」叫喚聲中的求食與交配。詩之於人，從這點意義上而言的重要性，並不下於食物和水。因此，只要有人類社會，有藍天白雲，有森林雲雀，就會有詩人的自然生長，不需要播耕，也不需要施肥，再大的環境擠慭與人為高壓，只會使他曲折求存，不會令他被消滅。而有一天，當詩自大青石板的另一端又鑽縫破土而出時，它發現，原來它被人們喚作為了「隨筆」。又因為真正的詩人必然同時是個銳利的思想者，於是隨筆便在這種理念的地基上，自純詩作品的雛形中更羽豐毛滿起來了。

所謂「隨筆」，那是作家思路隨筆而行的一種簡稱，少許包裝，少許調料，少許口語化了的溶劑便將詩均匀進了一篇連綿的文字之中。隨筆又是一門更思辨化了的散文的近親：一枝輕鬆的筆一雙思索的眼一派出口成章的大家風度，一顆極易被傷害但更易被感動的詩人的心——隨筆是在一副主題的大框架之中的不嚴謹也不用嚴謹，不拘束也不用拘束，不太切題也不用太切題，不太認真也不用太認真的，摸摸捏捏搓搓切切方方圓圓扁扁長長地盡可能做成漫不經心，卻始終於暗中保持着高度嗅覺警戒的胸有成竹。優秀的隨筆是一種散文與詩之界線的人為模糊，文藝與家常的模稜兩可，卻上下左右東西南北字裡行間地閃爍着那種對於讀者心結的機智體諒和總會不期而至地被搔到癢點上的恰到好處。其實，這就是一種詩的深刻、敏銳與洗煉性的體現，當詩人將其詩筆由於某種時代與社會原因轉向隨筆創作時，他完成的應該是一品種色香味質俱全的「蘋果梨」或者是「梨蘋果」的文學嫁接。

然而，這種新品種的培植可能並不難，要長久保持其獨特優質的口味卻絕非易事了。米丘林學說認為：蘋果與梨嫁接的第一代，可能會是所有蘋果與梨之長處的加法和短處的減法，而其後呢？其後的退化效應恰好相反。隨筆便是這麼一種文體：素色的外表，豐腴的內涵；信手插柳的隨意性和有心栽花的深藏不露，使得九十年代的中國隨筆雜交、進化、適時度勢地演化，成了一種活蹦鮮躍在鹹淡水域迴旋處的特殊的文學生命形態：情思並茂，雅俗共賞；風雷激蕩在平心靜氣間，蓄水深潭於潺潺溪流時；且前可面對浩洋後能溯源回歸。這些都是它的好處，是一切詩、散文、小說、雜感文體之長相加後的總和。然而，其靈魂卻永遠也離不開詩：詩的感覺、詩的思考、詩的語路、詩的韻味、詩的定格。所有的文體都一樣，而優秀的隨筆則更是：其價值有否的終極句號只能落在「詩」字上。缺乏了詩境的隨筆是僵硬了靈性的隨筆，而排斥了詩人在外的隨筆家行列，充其量，也是全體「向前看！向右轉！一二！一二！」地朝着一個方向操行的軍事化了的文化連隊而已。要使隨筆這枚奇果不致退化所能開出的處方，因而，也就留剩下了一味：不間斷地朝其中輸入詩的精神。有位作家說得妙，人有很多種分類法：男人女人好人壞人家人外人，還有詩人與非詩人。這裡的詩

從詩到隨筆再到詩

人不是其他，而是泛指一種天生易於引起詩共鳴的人類。從這點出發，某些正在出版着詩集的「詩人」，某些正在埋頭着文章的作家，某些正在塗描着作品的畫家，未必就是個職業意義之外的真詩人，反之，混雜於芸芸人海中的，衣着臃腫的你我他倒反而可能是。無奈的是我們寫不了隨筆，寫了也沒處發，發了也沒人讀，而當那些「非詩型」的隨筆家們卻不斷地寫不停地發，且將那一塊塊出版園地翻耕折騰霸佔成了養份單一的脊土。

當然，有些話題是作家間談論的永久禁區，正如上述之種種，拗破引起感染還不如在癢處四周來來回回繞個圈，若有若無地過過殺癢癮來得更安全些。作家，作家，那個「作」究竟是一種從什麼片語搭配中的提取？「寫作」的作？「作坊」的作？還是「做作」的作？只是真正的詩可做作不起來，這是一種與生俱來，一種從人性之底處流出來的泊泊，動不動人或動人有幾分，那要看鮮甜甜地剛自思想峽谷流出來的她，還帶有多少暖烘烘的體溫？

就是這種詩的秉性締造了優美的隨筆，使她變得不乾吧吧不苦燥燥不酸溜溜不酥軟軟不鬆垮垮。米丘林的蘋果梨已經培育成功，然而要讓它成為一種天長地久的文種，則必須一刻不怠一刻不能有怠一刻也不許有怠地醒神着那種朝着詩源方向的永久回歸。

96年4月1日
於上海

LITERATURE TO BE AND
LITERATURE BEING
文學生命和生命文學

文學生命與生命文學

一

無一字之差，僅是一組文字排列上的顛倒，傳達出的卻是兩個迥然不同的表述概念，可見文字的智慧使用有時非但有趣而且還很神奇。再加多兩行短詩，以資佐證：它之從屬於火／就如一類烈望從屬於／我。《煤》。聚寶盆和陷阱的差別在於／手還是腳的／首先／進入。《財運》。還有那句如今社會上人人都言之不疲的流行語：錢不是萬能的，但沒錢是萬萬不能的——民間的知性有時很直接，但又言簡意駭。

再說回我的那行篇題：因為文學作品是有生命的，故而就有了文學生命與生命文學的差別。前者表示「誕生」，後者強調「延續」；誕生在當下，延續則可以連綿為永恆。我們作家創作了一件文學產品，小到一行詩句，大到一部多卷式的長篇巨著，之於作家母親，它們作為一個作品孩子的地位都是平等的。我們讓我們的精神受精，孕育，臨盆，然後——然後我們便完成了一位母親最原始，最基本也是最神聖的使命：誕下了一個有生命的文學法人。

當然，對於許多生活在現世的、物質化的母親而言，在完成了陣痛折磨的「誕生」過程後，她還會主動地去承擔去操心她那孩子日後生活的一切細節：成長，教育，戀愛，結婚，傳宗接代。甚至細微到連他們的嫁妝、婚宴以及新房的佈置如何才算得體等等，她都不得不讓自己不去理會。在此漫長的過程中，一位執着的母親與她所鍾愛的孩子之間，出於代溝和價值觀的差異，磕磕碰碰，爭爭吵吵，甚至鬧到「勢不兩立」的個案斷然不會少。有人說，這叫「自討苦吃」；有人說，這叫「愛子心切」；也有人說，這不正體現了母愛的偉大？唯這些發生在物質世界中的一切，並不適用於精神領域。作家，作為一位精神生命的誕生者，只有生產的權利與義務，因為誕生後的作品已完全脫離母體，成為了一位獨立的文學法人，唯有她的閱賞者才有權說出她的好歹，決定她的命運和壽數。母親即便再「愛子心切」，再折騰，再奔走遊說，短期或有幾年、十幾年，乃至幾十年的影響力，但終究歸於徒勞。作品在誕生那刻起，其實，她的生命將延續多久，或永恆與否的結論早已錘定。就如人之生死，有一種宗教理論告訴我們：死辰定於未生時。

二

別說是本身就處在不同精神生活層面上的作家了，就是同一個作家在創作同一類背景和題材的作品時，由於心態、環境、專注度，以及對於某種特定素材認識程度之深淺，有些作品可能流傳千載，有些過不上

文學生命與生命文學

幾年就會夭折——其生命甚至還短於作者本人之肉體的。

文學作品，作為一塊精神受孕體，說它物質也物質，但終究還是一種精神存在。物質是因為有人要將它出版，將它影視化，將它推向市場謀利，它，便有了一種貌似物化了的價值替身。假如本末倒置，即為了謀利而去創作，這不與將本供排泄的器官顛倒為品味佳餚美食的口舌一樣荒唐可笑？從深裡講，這既是對作家人格的一種自我貶值，也是對美學的褻瀆。害人害己，更毀了作家最鍾愛的作品孩子的前程。

但沒法。在這個高度物質化，價值觀道德觀都嚴重扭曲了的當今社會，作家作為一個肉體生活者，他擺脫不了這股生存離心力的強大牽引。漸漸地，他習慣了，也適應了，他已經能做到自己說服自己了：人不是為了能活下去，能活得更好嗎？他誤以為，他見到的那個他所生活的色相世界中的他作品的命運如何，它便將永遠如何下去。他因而從根本上放棄了能成為一個真正的優秀作家的理念與夢想了。他氣質中的藝術成分開始急劇退潮，他感覺要維持這種藝術家基本精神元素的運作太艱難了，而且還吃力不討好。再有天分，再有潛質，再怎麼怎麼樣的作家在這一動因的驅使下，也都可能自甘墮落，無可救藥。而如此作家寫出的如此作品怎能期盼成為一部永恆之作？孤獨。孤獨。孤獨是一位有希望成就的藝術家必須面對的精神現實。讓你孤獨，迫使你孤獨，將你趕入孤獨之窮巷，絕不是上蒼對你的懲罰，而是恩賜。是打磨你的那些永恆之作必須歷經的程式。紅塵滾滾的功利路只能讓你目不暇接一隻又一隻的彩色肥皂泡，破滅，到頭來空夢一場。

不錯，有些作家很有名望（這可能是他未名前，曾經的優秀帶給他的果報），有些作家很有權勢（這又是他作家之外另一種人格長袖善舞的結果），有些作家很有手腕（段）（怎麼說呢？凡能被稱之為作家者，藝術天分撇開不談，一般都有較高的生存智商），有些作家善於交際，四面來風，八方玲瓏（原因與第三類相似），還有些作家……但這些，都無助於能讓你寫出跨越時空的生命作品來。這是不同的兩碼事，非但「不同」，而且還「相沖相克」。印度詩人泰戈爾的詩品之所以能風靡全球，流傳千載，就因為他詩中蘊含了最樸質的「童性」。記住，唯童性永恆，而成人化了的老於世故消滅的恰恰是童性。

只有中國的佛學相對全面地闡述了「靈魂永恆」的原理，而作家任何一篇（部）作品不就是他靈魂運作的一次成果？希望其作品具有恆久生命力的作家，要做的就是盡可能將其靈魂保持在一種永恆的存在狀態中，這種狀態稱作為「清淨」。

太多執着，太多顧慮，太多欲望，太多盤算，太多的太多，這些就是佛學裡所謂的「業障」，而負累着這些沉重的「業障」包袱，來到這世間的作品生命能活得瀟灑，活得輕鬆，活得長壽，活得不磨難重重嗎？

文學生命與生命文學

只有心地清淨，換而言之，只有「童心未泯」的作品，才能活得無憂無慮，活得「童言無忌」，活得延年益壽。哪怕最後看破紅塵，遁入了空門，又如何？再不過問世間任何價值需求，最終，它還能得以虹化，獲得生命永恆的通行證。

《聖經》、《華嚴經》、《論語》，這些初衷只是「述而不著」的著作反倒千古流傳了下來，且還擁有了眾多「如恒河沙粒」般的讀者和膜拜者，如此現象說明了什麼？再擴大一圈，是李白吟詩為稿費呢，還是曹雪芹寫《紅樓夢》為報酬？還有蕭邦、莫札特；還有梵高、卡夫卡，生時可能窮困潦倒、失意、鬱鬱不得志；死了，反倒愈來愈光輝奪目了起來。物質的揚棄與精神的富足永遠是互補的，這些作品的永恆性，自某種意義而言，就是以消解了其物質索求而換取的。

扯遠了，再說回作家及其作品上來。作家偉大，就偉大在她無私的母性。對其作品孩子毫無保留，絲毫不求回報的精神呵護與奉獻（注意：絕非是物質的，物質是榨取，是向她孩子的一種即炒即食的榨取！），只有將這種品質發揮到淋漓盡致的母親，才有可能於某一日寫出一部靈性深邃，乃至無限的傳世之作來。反之，世俗的功利觀，將導致作品精神的冷漠、愚昧、遲鈍及其靈性的風化與沙解。這也算是另類心理疾病：一個整天忙着搽胭脂塗口紅、交際應酬、打麻將，而將她的孩子棄之於不顧的母親，你又如何期待她的那個長大成人後的孩子，能真誠而又深情地來擁抱他周圍的社會與人群呢？他的那種經情節化處理後的所謂「可讀性」粉飾着一種叵測，隱匿了虛偽以及欺騙。而這，正是他的那位作家母親在誕生他時的基因遺傳。於是，他也只會從他的讀者那裡收獲到一份價值同等的虛情假意。當下熱烈，隨即忘卻，而作品生命的尾聲也隨之來臨了。

三

「每個靈魂都有她自己不同的夢囈語言」。可見，所謂文學作品，其實都是某種意義上的夢囈語。太清醒、太理性、太功利化的創作，因而，無法傳達真實的靈魂語也就不難理解了。這是一種語境，更是一種靈境。創作者的表述之所以無法達致某個心靈核點，正是因為他還沒能讓自己真正「睡過去」，沒能讓自己進入一種狀態，一種能將隱藏於心靈最深處的意識語言發露，流淌出來的狀態。有一種密宗理論告訴我們：人的意識分為三種存在狀態：（淺表）意識，潛意識和本識（即本性）。一生中，人之本識醒來的時刻只有兩次：生之剎那與死之瞬間，這是一種靠造物主的能量才能被喚醒的東西。而前兩種靈魂語——無論是色彩的（繪畫），聲音的（音樂），還是語構的（文學）——則不同，它們基本上還是屬於人類本身。它們蘇醒在色相世界的紛紛塵埃漸漸落定後。而優秀作家的優秀作品，就是這類靈魂語言的發掘者和表達通道。唯這種鑽頭直搗靈魂深部的挖掘作業非但艱苦卓絕，還須數十年如一日地堅持。功利主義的盤算者不可能成就之，這是因為他缺乏那種勇氣、信心和能力來做到這一點，同時也不可能覺得有此必要去承受這種無謂的刻骨銘心之痛。由此，他那精神產品的含金量會高嗎？

但，還是有人會說，功利寫作，「迎合」寫作又有啥不對的？它們真會嚴重到扼殺一個有心靈鑽探能力的作家才華的發揮？先這麼說吧。「迎合」分兩種：迎合當權者的口味是一種，迎合讀者（即迎合市場需求）是另一種。第一種，不言自明。因為「權力」就是這世間最大的無常，尤其在中國，在東方。今天，你在位上，明天下了台，甚至成為階下囚的幾率都很大，能善始善終者反倒渺若晨星。而迎合舊當權者的作品又如何能被打倒他的，或趕他下台的人所認同，接納？當他成為階下囚時，你就能保證說，你這位「儒」也不會連帶着的被（或變相被）「坑」了？

第二種。寫作品不就是為了讓人讀，讓人愛讀，喜歡讀？既然如此，去迎合讀者口味的寫作又錯在甚處？這是個偽命題，對於這個乍一聽頗有道理的結論，我的答覆是：錯——至少不準確。錯就錯在那個「去」的動詞上。是讀者走進作家的心靈，而不是相反。愛讀，這種情緒分兩種走向：愈讀愈愛讀，愈讀愈想讀；

以及讀讀就感覺虎頭蛇尾起來，感覺趣味索然起來，感覺不讀也罷，不讀反倒心緒寧靜。這樣的作品怎可能持久？作品是作家心聲和心像的廻響與倒映。作家與任何藝術家一樣，只需顧及自我感受。事實上，能充分、及時、準確、深刻地將你真切感受到的，語構於紙上已是件極其了不起的事了。任何一絲分心都可能令你功虧一簣。聚焦你的精神能量點燃一根靈感火柴頭的努力，是很艱巨但又樂趣無窮。一旦當你能成功地將當年的你的語言表達，重新立體化、形象化、色彩化、旋律化於歷代（哪怕還不包括當代）讀者的想像中，並能與之產生強烈共鳴時，你作品的恒久生命力便自然而然地獲得了。這是一種選擇，且涇渭分明：你是選擇永恆呢還是權宜？真理呢還是功利？精神呢還是物質？不同的價值觀導致不同的選途。

這還是一種佛學的修煉理論，不妨借來一用。愈清淨、愈透徹、愈紋絲不動的心，愈能照見你本性的投影。而愈是能投影到你心底（其實也是一切他人心底）的影像，則愈具其文學、哲理和宗教的價值和功能，因而也愈接近真理和真相的本質。被功利蒙垢後的意識其實已完全，或至少說，部分喪失了它的語言表述功能。這也就是為什麼保持「童性未泯」狀態的藝術家，很可能是所有藝術家群體中最優秀者的道理。因為他（或她）離上帝創造人的初衷最接近。對問題自這種意義上的觀照，就不難理解為什麼愈童性就愈人性，而愈人性也就愈佛性。佛不在西天，佛在你心中——其實，西天的佛也是你心變現出來的。

而如能長久保持在這種心緒狀態上創作出來的文學作品，能不打上相對恒久的生命印記？人的肉體生命是一個卵子和一個精子結合後的產物，作家的作品也一樣。功利卵子與功利精子的結合物能不發育成一個功利的生命體？而功利化的文學是一個先天畸形的文學生命：伴它同時來到的不是先天性心臟病就是後天的癌症。如此一個先天不足的文學生命，決不是鍾愛他的作家母親所能拯救得了的，即使她再愛他，再捨不得他，再為他奔走呼號，為他砸鍋賣鐵，也無濟於事。

這個道理說深奧也深奧，說淺顯也淺顯。任何一位稍有靈性的藝術家都會有對類似問題的，一閃而過的思考、感悟和體會。看是看你留不留得住，留住了又能不能堅持長久？有一行短詩如此寫道：（人類的）靈感是上帝連綿思索進程中的一截橫斷面，光耀閃爍，一瞬即逝。

什麼是靈感？這個看似抽象得來帶點兒玄虛的概念，在二三十年前的中國非挨批不可。但在今天，我們知道，靈感這東西非但存在，且還是會讓作家、藝術家們精神受孕的唯一，也是最佳機遇。錯不錯過是一回事，即使被你抓住了，還有一個能不能與「上帝連綿的思索」接上線、對上號的問題。世俗功利，還有「迎合」，這種帶點兒「厚顏無恥」的取態，上帝他老人家能接受嗎？他會願意將你的靈感融入他思維的大海中去，成其一滴水麼？而任何沒經神性觸摸過文學（藝術）作品都不會具備久遠的生命力。靈感，靈感，靈屬神，感屬凡，抽去了靈的凡，還能有什麼作為？就假如在當時，上帝從沒曾朝那具泥土捏成的軀殼的鼻孔中吹上那麼一口氣的話，人類，這種生物，能在這顆蔚藍而美麗的星球上喜怒哀樂的繁衍至今嗎？

說宗教化了點。而一宗教也就玄了。入世的表達應該是這樣的：在功利主義和實用主義壓力鍋裡煮熟了的作品，最多也是件藝術品，經不起閱讀者思索力的敲打。要知道，生命文學不來自於當權者的指派，不來自於權勢的顯赫，背景的炫耀；不來自於金錢的萬能和名利的熱鬧，不來自於圈子人群間的相互吹捧或世俗傳媒的裙帶炒作；不來自於這，不來自於那，它們恒久的生命力，紮根在與創造者有着相似氣質與基因的歷代讀者群的精神土壤中。而作家與他讀者間真正的長久的思想與情緒互動，才讓作品的經久不衰的生命力有了保障。無它，因為你已將你，作品的精魂融化進了他人的思維空間，成了他們精神生命的一部分。人傳一人，代傳一代，這根作品的接力棒在接受了歷代讀者評頭論足檢驗的同時，也對他們思想的成熟起了催化劑作用，這樣的作品會有滅度的一天嗎？

是的，這樣的作品，作為作家的我們中的每個人都渴望能擁有，但單有願望是不行的。偉大的精神產品的生產者，也必須是一位偉大的精神修行者。

四

同樣是完成了一部作品，每一位作家在落筆與收筆時的心態與情緒各異。由此，便透露出了那部未來作品的巨量的生命信息。

當然，大可將之詮釋為創作者本人對其作品所虛構出來的那片氛圍，那種情景，那些人物，那段故事的投入度到底有多深？作品從虛構到成形，從物化到心化；或相反，從心化到物化的可逆性，可行性和可能性是否存在？諸如此類的一些形而上的課題，一旦談及，便很可能鑽入學究式的牛角尖。這樣說吧，主題先行，預設目標的文學作品之所以無生命力可言，這是因為其生命的延續能力，當作家在書桌前坐下，旋開筆筒，執筆構思時已被扼殺。這永遠是一具沒被上帝吹氣入鼻孔的泥捏的軀體，缺乏靈性。而當作家為其作品圈上最後一個句號時，他的心情又是另一種迴光返照：且截然相反，但又準確無比——或茫然空洞，可有可無；或興奮難抑，充滿預感。母親愛孩子也最瞭解她的孩子。作家，惟作家本人才是能對其孩子前程作出判斷的第一人。

當然，還有些其他的什麼。比如說作家智庫的囤積量：（中西）文化和語言的，哲學的、社會的、宗教的、政治的、心理學的、天文地理的、科學科技的、財經金融的，等等，等等。愈複雜愈好，愈可能在有需要時，隨手便能從你的知聞之倉中尋找到一件意想不到的，停產已久的智慧配件，恰到好處地鑲嵌到你的文篇中去，讓你暗暗欣喜一番的同時，也叫文章擁有了一種別致的復古風情。根據這一理論，哪怕是最黑暗年代裡的，最荒唐歲月裡的語言殘渣也不例外，不應排斥，不妨做些留存，為了能在某個上下文中，演出一回閃亮登場。所謂「不垢不淨」，凡屬人類文明史上留痕過的思想以及語言（諸如「打着紅旗反紅旗」，「練好鐵腳板，打擊帝修反」，還有什麼「摸着石頭過河」之類等等），哪怕是糟粕，也有其珍貴性和稀缺性；糟粕的結論只是在某個特別歷史時期與語境下給界定的，不帶——絕不帶——永恆性。而閣下的文篇恰恰相反，你是希望能寫出具有永恆值的作品來。在明白了這一道理後的作家的作品，便會呈現一種消解了一切歧視與偏見的包容性，而愈具有時代包容性的作品，其耐久性亦愈大。

再有一點。任何藝術作品（尤其是文學的）對人之氣質土壤的改造與改良功用是巨大的，這也正是文學創作重要的社會功能之一。所謂針砭時事，所謂歷史長卷，所謂為藝術為人生，所謂草根和貴族，所謂古典與現代，所謂修辭，所謂語法，所謂結構，所謂意象，所謂隱喻，所謂遣詞造句，等等，等等。或者都可能是一部優秀文學作品不可或缺的元素，但什麼也不能與作品思想的深刻度相提並論——深刻，人性的深刻，哲理的深刻——深刻直接蘊含了作品能得以流傳的基因。幾分深刻度決定了幾許春秋的貫通。

文學生命與生命文學

秋雨淅淅的深沉夜，夕暉覆蓋大地的黃昏時分，天際一線的傍海漫步，明月當空時的一次把盞臨風，突然映現在你腦螢幕上的是幾行千古名句，或李後主的凄詞，或王維的禪詩，或李商隱的親情，或泰戈爾的童性，或濟慈的高貴，或普希金的純粹。你感慨無限，你激動不已，你潸然淚下，你反復誦吟，不停咀嚼，卻遲遲不肯下嚥，你會於突然的一刻領悟到所謂「生命文學」是什麼了。

五

還有一條準則，或者說，一項秘密。人之所以為人，古今中外，從原始到超現代，若干特徵是共同共通共存共有的。比如說，愛與性；比如說，寬容與復仇；比如說，妒忌；比如說，良知，等等。只要人，這種高度理性，同時也高度感性的動物，存在一天，它們也一定會伴存一天。在這些帶永恆性的主題面前，如何深刻了再深刻些，立體了再立體些，幽微了再幽微些；但最重要的還是：如何用最富有時代感和個性化的語言表達出來，構成了作品生命力持久與否的一項關鍵性指標。

惟這些說說大家都懂，非但懂，而且還能進一步闡述出個甲乙丙丁、子丑寅卯下文來的道理，實踐起來卻困難異常。這與高僧面壁的道理相若：面壁、盤腿、打坐，三個再簡單不過的動作的連貫與堅持，幾分鐘或者可以，但假如十年呢？一世呢？凡人做不到，或者說，做到也就不是凡人了。面對我們這個貌似五光十色、繽紛絢爛、瞬息萬變的色相世界，其實，一條最簡單的 1+1=2，或，1-1=0 的公式就能將其一一解讀，悉數剖析。這裡包含的除了那些廟堂式的宗教理念外，也隱匿了究竟什麼樣的作品才能得以傳世的那條神秘的染色基因。

終是牽掛着兩句話。第一句是：只有永恆的心態才能創造永恆的作品。第二句是：作家給了作品以生命，而讀者賦予作品以生命力。至少在文學創作的領域裡，這是條顛簸不破的真理。

2012 年 8 月 31 日

於滬寓心齋

Literature To Be And Literature Being

1

Only a change of the order of words makes a huge difference. Though the words are the same, no more or no less, yet different placement of the same group of words makes a linguistic effect, magic but interesting:similar in appearance, yet different in meaning. You could therefore understand how to use the Language is actually a great art. There are two short poems I once wrote here to carry my point:It belongs to fire/ Just like a keen desire/ To which I aspire. *Coal.* Or:Between a treasure-container and a trap/The difference lies in that / If the hand before the foot in-got/ Or the reverse? *Fortune.* Nowadays in China, you can often hear people talking about money in a similar vein:With money you are definitely somebody;without money you are surely nobody. It is evident that people's wits sometimes can do a marvelous job, that is, they always get directly to the point.

Back to the topic in point. As I think all the literary(as well as all artistic) works are living, so there comes the difference between The literature to be and The literature being. The former means "Birth", while the latter means "consistency". Birth is actually a momentary existence, a transient period. Whenever a literary work comes into being, it theoretically owns the possibility to live on for ever, if it is good enough to be so, even though such cases are very, very rare. We writers create literary products, from a short poem to volumes of works. In our eyes, they are nothing but all our children. We love them equally and treat them with no prejudice. One day we make ourselves spiritually pregnant again, something begins to grow in our soul until then, when the time gets mature for us to give birth to it which all at once becomes a new legal life of literature.

Of course, in the world as ours, it does not mean exactly the same thing to a real mother. Even when her painful birth-giving process has been completed, she could not stop herself from doing something for her children her strong nurturing instinct will make her pay keen attention to their growth, education, lover-mating, and then wedding, and then descendant continuation, there is just too much for her to care about!This is of course something related to the Chinese tradition which has been exercising influence over this nation for thousands of years.

But such kind of tradition has nothing to do with what happens in the spiritual domains. Giving birth to literary works, in other words, to make literature to be, is totally the duties of us writers, rights and obligations. After having finished that, we certainly open a new world for our children themselves to go into. Nobody but readers can decide their destiny:valuable or worthless, long-lasting or short-lived. The writer, their mother, in spite of her too eager expectations for her children and all the endeavors she will go out for, will possibly meet the unexpected result that everything will pitifully result in vain. One religious theory tells us the secret:Death moment is to be decided before the Birth happens.

2

Not to mention those different writers who live on different spiritual levels, even the same writer, due to different moods, environment, background, concentration, as well as the insights into the materials of the story, may write different works, some of whom could even survive many, many dynasties while others are destined to be short-lived, so short that they might fall in oblivion long before the writer himself passes away.

As a literary work, it of course has its double natures simultaneously:material and spiritual. Its materialization is caused from the fact:somebody would like to publish, to visualize, at last to promote it in the market in order to make profits. Yet, they are a spiritual existence after all. A writer who has forgotten this point, that is to say, for nothing but money to write, has degraded himself to be a fake artist, he upsets everything and deceives everybody:his own reputation as a writer, his readers past admirations towards him, and most of all, the future of his beloved child—the works themselves.

But no way out. In this society with everything distorted in moral and value, one could hardly repel the gravity of materialism, it is just too strong for anybody, no writers barred, to escape from it. They(the writers), therefore, have to get themselves to be used to it, adapted to it, without doing so, they probably find no way to survive this era. Maybe they are right, who knows? Nevertheless, just when they think they have done everything very well, the disasters come:they have turned out to be no longer artists, for money's sake, for so-called goal of"survival". They have gradually given up all their dreams and aspirations they once embraced so dearly, when they were young, with so many lofty ambitions and ideals then surging up in their hearts. Now, they have forgotten all of these. Obviously they have become persons of other kind with different dispositions despite the fact that they think they are what they were. They do not perceive the changes happening in them at all, and this is a real tragedy. Now, they might feel it too hard for them to keep implementing a daily life with those most precious qualities and elements that a gifted artist should sustain. They think it is okay:with plenty of money , whatever could you still expect? No talent, no potential, no ideal, nothing. Nothing could ever turn a vulgarized writer into a noble-qualified, thoughtful one again.Only up to then, the nightmare really weighs:you will never ever be an excellent writer until the end of your life. There is almost no suspense:an ever-lasting,a permanently readable literary volume could never come from them.

Solitude. Only solitude does work. Solitude is the only spiritual world a successful writer has to face. It drives you to achieve what you eagerly want to accomplish. Wrapping yourself round in loneliness is a blessing instead of punishment from God. A writer should envisage things in this way:

elaborating on your work will never be done without solitude. Fame, honor, wealth, social position—all the hustle and bustle of this materialized world could bring you nothing but vanity and empty-mindedness, one day when you wake up, you will find the castles in the air vanished and everything ending up in zero.

Still, you could find some writers enjoying high reputation while others tactful and sociable;and there are also quite a few ones powerful and influential in the literary fields, as they are actually in charge of some important media channels and departments. But the pitiful thing is that all these advantages could not bring them excellent literary splendor. Why so? I would like to take the great Indian poet Tango as an example. Why has his poetry won so many hearts of the people all over the world, generation after generation, men and women, old and young, rich and poor, somebody and nobody, noble and humble? The secret lies in the Childish Simplicity that his poetic works embody. Please always bear in your mind that truth:nothing but childish simplicity is eternal, because it is the very quality closest to the original intention for which God has created us human beings. Simplest is always the best, while the human sophistications eliminate winning beauty of simplicity in thought, conduct and speech.

Comparatively speaking, Buddhism interprets the theory of the"Eternity of the Soul"more reasonably and clearly,since any of writers'works, even a piece of short articles they have written, is a consequence of the operation of their souls----who dares to deny it? Any writer who hopes to create a work of eternal vitality has to do nothing but to keep his or her soul in an eternal state of existence, that state is called "Purified Mind".

Too much adherences, too much discretions, too much desires, too much sophistications, too much pragmatism, too much of too much, in the Buddhist theories, all these are called"karmas"(evil elements), they are some kinds of negative power, which can easily deteriorate your inner peace, destroy all your accomplishments once achieved. Therefore, born with much karmas, how can a literary work go very far without frustrations? How can it stay ever-lasting, acceptable to so many wise readers, and becoming a real classic? Whereas a literary work embodying the most beautiful childish simplicity may move readers profoundly, they will admire it sincerely, telling one another that it is a wonderful work, and is a book really worth reading. But that quality of childish simplicity is surely not so easy to be obtained, only a writer with purified mind could attain it.

In history, all those greatest works like *Bible*, *The Hua Yan Holy Bible of Buddhism* ,*Len Yu*—The Commentary Extractions by Confucianism, were originally speeches or teachings given by some ancient sages. At the time they were only for talking or preaching instead of writing. Yet some late comers got them fully recorded and they soon became the Sacred Works which have powerfully and mentally influenced the societies for so many years. How could it be carried out this way? What messages have these phenomena delivered? To broaden our views and reinforce our mindset, I hereby would like to add something to emphasize:Did Li bai, one of the greatest poets in Chinese History, chant verses for money in Tang Dynasty? Was Cao Xui Qing writing *The Red Chamber Dreams* for rewards in the Qing Dynasty? Of course not! In some sense, spiritual achievements are attained at the cost of giving up the material benefits. They are actually two things both contradictory and compensatory at once.

Now, back to our theme again, as I think I have gone too far by talking about some irrelevant things. Being a writer is of course a wonderful job and a brilliant career as well, and working as a writer is undoubtedly a great fun. But, besides talent, it is not whoever wants to be a writer could be a writer. Only those who embrace absolutely unselfish devotions could become good writers—devotions to their works, entirely despite themselves. This is in fact a kind of the great maternal loving nature which should be admired and respected by all the people who have felt it and been touched by it. Imagine a selfish mother who spends all her time just concerning herself with making-up, dressing-up, going out for dinners and balls, not sparing even a little time and attention to care about her children, how could she expect her children to care for the society and the people sincerely and affectionately, when they grow up? A writer and his created works are metaphorically like such a kind couple of mother and her off-spring. As a matter of fact, this is just the example their mother has set for them to learn from during their childhood. When they grow up to be a writer, what would they then like to do? They only want to sit by their desks thinking about how to work out a plot-interwoven story and induce their readers to enter it and then get them amazed, fascinated and drunk in order to earn money as well as publicity from them. In this way, we readers would be very likely to lose our own individuality and sense of judgment. That plan of writing is actually full of hypocrisy, deceptions and some kind of the unfaithful subtlety, which are far from being reliable. It makes us readers go astray and be ignorant, blind-following and filled with morbid desires, always keen for all those temptations existing in this materialized world:wealth, sex, power and social position. These falsely persuasive literary works influence you poisonously rather than bringing you any positive benefits, make you empty-hearted instead of full-minded. You, as a reader, should see through it. As time goes by, all these glamorously disguised stuff will sooner or later be exposed and go waning. They are therefore ephemeral, this is of no doubt.

3

"Every individual soul has its own unique language."From this prediction you might gather some very significant information. It is a bit obscure, but it is authentic:in some sense, all wonderful creations of literature and arts are somehow probably a series of dream-talking:vague, subtle, inconsistent, but full of imageries. For this reason, a too sober, too rational, too pragmatic soul has no chance to create a work of inspiration. It is because you have always kept yourself away from a mental state, a state half awake but half asleep, in which you could likely let your sub-consciousness wake up, then some kind of special language hidden in the depth of your soul would flow out naturally and fluently. That is the really living language only in which you are able to create a valuable work. There is a Buddhist theory in which we are told that our human consciousness consisted of three kinds of it:(superficial) consciousness,sub-consciousness and the basic consciousness. During the entire span of our lives,the last kind of consciousness is awakened only twice:at birth and the moment of death—only the Creator can turn it on while the former two still remain within the scope our human capacity could reach.

Knowing this,how to awake the sensitivity to colors,when painting;to sounds,when composing or playing music;and to linguistic structures and wording,when writing,soon become the things of first importance to artists as well as writers. But there are only a few who could get it done,as the most of them find it just too hard to persist in doing so throughout the whole of their lives. They lack not only patience,but also courage and endurance. One day you give it up, which means you have actually given up all the opportunities of creating the worthy works.

Yet,somebody would say,what's wrong with writing just for a utilitarian purpose? It is all right for me to write to meet someone's needs. Doing so is not only beneficial to those in need but also good to me .What they pay,money or any substitute of money,is just something I do want to obtain. It is a fair transaction, isn't it? But pitifully, it is ART. Art is nothing but the spiritual labor, for it is not a mere business case. Therefore that concept of "transaction"is not exactly suitable and precise.

In addition,that matter of need-meeting is also divided into two kinds:firstly to meet the authoritie's needs, tastes and goals;secondly to meet the readers,i.e,the needs of the market. For the first one,I think I have no more to say:it is obviously absurd that the books liked by those who have been driven out of power will continuously be the favorites to the new ones who now replace them. As for second question,there may be something to be worth arguing over. For what and whom we writers write books anyway? For readers of course! For their enjoyment,for their amusement. Therefore it will never be wrong that we intend to satisfy our reader's appetite. It is a paradoxical thesis. Why? The wrongly used word is "intend". It is the readers who are to come into our spiritual world,and not the reverse. There are two different paths for the readers to follow when reading our works:the more reading the more loving and being attracted and also the more immersed in the atmosphere you have worked out for the story you are telling about;or on the contrary: the more reading the more bored and less liking it,you might gradually think if it is worth reading any longer? It is actually nothing but a story-telling, moreover, it seems an invaluable story with a lot of rough plots,yet less enlightenment. A literary work deeply thoughtful and insightful always has such sorts of characteristics:scarcely acceptable to the readers immediately, because they need time and meditation to digest it. It is not an easy job,but it is one of the happiest things in the world. Just like mountain-climbing,the higher level you reach the more efforts you put forth,and then the more magnificent scenery you can view. This is the real enjoyment you are now experiencing and you will find your mind are filled with so much fantastic colors, heavenly melodies, and picturesque imageries. And you are also simultaneously instilled with so much knowledge, intellectual insights as well as wisdoms. Will such a literary work come to be a long-lived one? The answer is of course positive.

Or,things might be understood in another way: this is related to some principles of religion which the disciples practice on. I would like herewith to borrow them for reference. Maybe, it could carry the message across more effectively. Your heart is like a pool of water,when you are agitated, filled with greed for something to be obtained, the water is disturbed,it can no longer reflex images at all,so you could see nothing else. But if you let all the dusts in your mind settled down, the water soon become clear, so clear that you can certainly see all the truths of life straightly as if to the bottom. You become the Buddha Himself. This is why we always say that Buddha "doesnt"exist in the

Western Heaven,He is in your heart.

In fact, this is a specifically mental and emotional state,in which you create your works. Imagine if you can always keep on creating works in such a spiritual state,all your creations will no doubt be sealed with the brand of eternity. Just like our physical body,which is actually developed from an impregnated woman's egg,we 'writers' creations are also developed from a single spiritual cell,once it is impregnated,we call it inspired, it is really a magic that just from an absolutely abstract inspiration grows up the entire fictional world and we writers are the mothers who give birth to it. For this very reason, when an utilitarian egg is combined with an utilitarian sperm, whatever will turn out except an utilitarian new life? And the fact is like that: from the very beginning that utilitarian life is born imbecile and imperfect, from an inborn heart disease to the later-growing cancer, nobody, even their mother, the writer, is incapable of saving them.

It is actually not a problem too hard to understand. It is as obvious as it is obscure, as deep-meaningful as it is shallow to be understood. During the long span of a writer's creation career, he or she could catch some sparkling ideas flashing up in their minds many a time. If you can hold it firmly and timely, then do whatever you think is right and reasonable, decent and ideal, despite all those worldly temptations going up and down all around you, you will definitely succeed. Of course, it is a very difficult task to complete, because we are artists in disposition, yet we are ordinary people in human nature

There is a poem saying like that:(human)inspiration is a thinnest slice spontaneously cut from the God's continuously thoughtful meditations. It is a very significant saying, abstract yet accurately expressed. Mentioning so-called inspiration, it was a concept definitely to be criticized in China several decades ago. Nevertheless, it is a true existence. It is also the best moment and opportunity for an artist or writer or poet to get spiritually impregnated. Yet, God is still the highest who possesses the absolute right to decide if HE is willing to accept it, if He is willing, everything will be all right with you, if not, your creation will turn out to be worthless in the end. Without a divine touch, any of your literary creations has no soul. It is just like a Bible story telling us:if God has never puffed into the nostril of Adam, the body made of earth would still remain dead.

What I am saying about maybe a bit religious. If putting it plainly, it could be expressed like this:any literary creations complete with a pragmatic purpose instead of a real spiritual need of emotional eruption is pre-destined not to go very far, for no reason but it has no chance to survive so many tests and quiz from readers, mindset digestion, generation after generation, dynasty after dynasty.It is because that the literature of permanent vitality is neither appointed by the authorities, nor influenced by the glamour of your social background or position, nor bought by the omnipotent money, nor accomplished with all those contemporary boosts from the media or critique circles. Nothing and nobody can help it. Only time, time gives the ultimate answer.

As a writer, every one of us is of course eager to create such a work, it is not only a dream, it is moreover a keen desire. We live a life, we are living a worthy life, if without writing a volume historically valuable,worthiness immediately becomes worthless. In fact, there is no secret of it, all of us could do it, only always keeping in mind one point: a great spiritual product is to be produced by a great spiritual principle-keeper.

4

There is also one situation I have to mention. From the acute contradiction, emotional reactions with which a writer is starting or finishing his works, you may gather the vast informations if his or her works will exist for ever or just for the time being. Someone are extremely excited, full of anticipations;while the others feel blank-minded, wavering in hesitation.

Only the writer himself is the first as well as the last one who knows what his works will turn out to be in the end. How successful the works are depends on how deeply indulging and how emotionally devoted the creator has been to his works. The atmosphere, the characters, the backgrounds, the plots, every detail must be accurately adapted to one ultimate goal:the full reflection of your real soul. This is actually the work of your own heart, Never try to hide, to disguise, to modify, to re-condition, to intervene something, something that is not your true feelings. According to this principle, any motif- going-first literary works are of no value, which has actually been eliminated just at the moment when the writer starts creating his work.

There are, of course, some other things accumulated in the storage of your memories, which are related to a wide range of knowledge, the more miscellaneous the better:(whether the oriental or the western)linguistics, the religious, the philosophical, the psychological, the historical, the geographical, the technical, the financial, the social and so on. In case of need, you are able to pick up any of them, unexpected yet fit enough to be inserted into your works, when it surprises the writer himself; it amazes your readers too. And now you are at the peak of the state of expressing yourself perfectly.

One of the most important functions for an artistic or literary work is to fertilize the soil of human disposition. Whatever so-called reality criticism, historical volumes, for the sake of life and arts, beautiful grammars, rhetorical structure and ingenious wordings are all the necessary factors to an excellent work, but there is still nothing to be compared with the penetrative searching of a writer's thoughts, in some sense, how long a literary work can last depends on how deep the writer's thoughts are.

At a rainy fall night, or in the evening when the world lies tranquil in the splendor of the golden sunset shines, or being thoughtful, as you take a walk along the coastlines with the misty skyline above the sea-surface in distance, or, all alone with your own self and with nobody else in company, when you raise a cup filled with wines to say a toast towards the full bright moon in the dark-blue sky, you could all of a sudden remember some perpetual lines of poetry inherited from our ancestors long, long ago. They make your eyes filled with tears, but you hold them back firmly, thinking now I have at last understood what immortality means.

5

There is another principle, or rather, another secret: human beings as we are, from the ancient times up to-day, many humanized qualities are certainly unchangeable, such as love and sex, tolerance and revenge, jealousy and conscience. One day we mankind exists on this planet, one day they will be there in company with us, like figure and its shadow. Nobody can change this rule. So there comes the question: facing these permanently lasting themes, how could we deal with them ingeniously and properly, tactfully and variably? We numerous writers belong to different eras, different eras have different characteristics of languages and styles and manners of expression. We writers are also different individuals;different individuals have different individualities. Never imitating the others;your own language, own perspectives, own artistic ideas are unique, which could never be substituted for, therefore they are the most precious to your readers, to societies, to all those dynasties coming and to yourself too. How to erect the sign-post of your individuality soon becomes the most important index of your literary achievements.

All these theories are simple to explain, but complicated to understand;easy to put forward yet difficult to practice on. It is somehow similar to a monk, when he sits down facing the wall, and then meditating. The simplest case with only a series of acts:sitting down, twisting legs into a coil and facing the wall, it is just too easy for anybody to get finished for just a few minutes. But what would happen, if for ten years? Or even more, for the whole span of life? We ordinary people are unable to do it, or in other words, if you get it done, you are no longer an ordinary person. Furthermore, this world in which we are living consists of a variety of components, colorful, splendid, shining and full of temptations. Nevertheless, it could definitely be decomposed into some basic elements, if we use the simplest formula like 1+1=2, or, 1-1=0, everything will suddenly become extremely easy-to-understand. This case is involved with not only some professional concepts of religion, but also the ultimate, mysterious genes with which we shape out our literary works.

Borne always in my mind are two expressions. The first one is:only in an eternal spiritual state, you can create eternal works. The second one is:the writer gives birth to a literary work to which the living vitality is bestowed only by his readers.

30/9/2012,
Shanghai Residence
Translated By the Writer Himself

KEY WORDS
CULTURAL CHINA, CONTEMPORARIES,LINGUISTICS, EDUCATIONS, REFLECTIONS, WRITERS, THEIR CREATIONS AND THE OTHERS
關鍵字
文化中國● 當代●語言●教育●反思●作家●作品及其他

關鍵字

一

採用這麼一長串文題，於我，是件很罕見的事兒。再說了，還出自於一個幾近於電腦盲，僅與筆紙打了大半世交道的寫作者之手，更帶上了點反諷意味。我從來就固執地認定：電腦，這個企圖在某一日替代人腦的科技怪物，對人類真正心靈語的流出非但幫不了忙，還添亂，堵塞河道，起反作用。就沒想到，有一天早晨，醒來，思考着有好久沒寫東西了，每日所見所聞所思所悟，不記錄點什麼，似乎有點對不住已活過了的生命時光。就這麼一動念，一連串電腦程式的名詞，就像排好了隊似的，挨個挨的在我人腦螢幕上，「嗒嗒嗒」地便列印了出來，令我驚詫。

想深一層，這種現象之所以會發生也不是沒有原因的。我一定是哪一天在他人的電腦光屏上有過這麼樣的一瞥而過，於是，在我自身的腦存庫中便留下了它們永恆的印記。哪一天對上號了，它們便會自黑洞洞的記憶深處不由分說地蹦跳出來，活潑、新鮮，一如魚竿端上的一尾剛出水面的魚兒，讓你感覺興奮，有些意料之外，但仍在情理之中。

文題這般定位的原因有二。一是，帶點兒印象派色彩與作派的文字組合，頗合我的審美意趣及口味。二是，我打算絮叨一番的內容本來就很凌亂，繁雜，說互不關聯也有點關聯，但說關聯了，又顯得十分碎片。如此統一在同樣也是呈發散性思維標題的框架之中，倒顯得有點兒「文如其題」了。

當然，有些應歸屬於心理學範疇的探究，鑽研太深了，會鑽牛角尖。再說，也超出了一個作家知性的覆蓋面。但，心理學也好，心外學也罷，有些事兒，你是想繞也繞不過去的。我們都生活在現世的現一刻，哲學或宗教的表述語是：活在當下。當下，只有當下才對你有意義。回憶以及展望都是虛的無的空的假的，也就是說，沒有了當下，你又如何能走過去或退回來？所謂進程，再漫長，也都得靠一個個獨立的當下串聯而成。儘管如此，回顧以及嚮往（在佛學裡，這叫妄念）對將來的人類能更優質更完美的生活仍是種不可或缺的存活元素。這是因為我們都是凡夫，而凡夫都少不了會有夢想。夢想哪一天會如何如何了，夢想哪一天能如何如何了。夢醒了，才知道，原來這一切都是場夢；夢一刻未醒，誰都會全情投入地生活在夢境中，扮演你我各自的角色。還有第三種境界，雖然短促，但仍是存在的。在佛學上，這叫「中陰身」（或「類中陰身」）——而這，正是作家，藝術家們最嚮往，最渴求能進入的那種創作情景——當夢將醒未醒，或已醒但仍未徹醒時，那一刻的你所扮演的角色，是個跨越在兩重境界兩度時空間的臨時演員。你，會擁有諸多意想不到的特權，特殊感受，甚至「特異功能」。或「語出驚人」，或「胡言亂緺」。這類「邊緣論述」——主題的邊緣，意識的邊緣，方法與方式的邊緣——有時還是蠻有意思的。這叫「蜻蜓點水」，一點水即起飛，一起飛即俯衝，一俯衝又點水，如此迴圈，有趣，有效，而且還留有餘地。至於談題方面，則來個主題清晰，輪廓模糊；什麼都說點，什麼都不說深不說透。倒不是說不深說不透，而是說深說透了會開罪人，儘管你說的都是實話。而此文想到哪走到哪，走到哪寫到哪，寫到哪就在哪歇下腳來，作多一番離題發揮的做法就有點它的「相似相」。「語出驚人」談不上，「胡言亂語」則肯定是有的。

二

先說說語言。

當代中國語言，尤其是書寫語，即文學或類文學產品，歷經蛻變，到底與「四書五經」《論語》時代的語言文字還有多少異同？沒將這個問題弄清楚，發掘完整之前的任何中文學習者，哪怕是研究者，還都只是個中國當代文學的「門外漢」，最多也只能冠以一頂「票友」的桂冠罷了。從被譽為思想啟蒙潮的「五四」新文化運動（以我之見，這種一聲喝，便將中國五千年來的傳統文化統統斥之為糟粕的思想與行為，如真要計算其利弊得失的話，至多也只可以作五五開。如此思潮，恰逢「十月革命一聲炮響」，群雄四起，軍閥、土豪、政客，理想、空想主義者。折騰百年，一覺醒來，道德的沃土都已經沙漠化，傳統文化的森林伐盡，留下一片禿坡。現在號召植樹造林？是的，也惟有如此了。但古樹參天、千年神木的景觀，要等到我們之後的哪一代才能重現？而這，與八零、九零和零零後的子孫們，也要將我們所崇尚的那套文化體系，從內容到形式也來個全盤推倒之間是否存在某種因果關聯呢？值得反思。——題外話）到上世紀三十年代，中國式的「文藝復興」荷尖初露；從抗戰期間，同仇敵愾的街邊劇、牆頭詩，1942年春，那篇著名的《講話》到建國十七年後挖出的一條所謂「又粗又長的文藝黑線」；從1966年夏始的「踏上一隻腳，叫他永世不得翻身！」的文革狂飆到1978年後，國門大開，西方的資金，技術，設備挾帶着各類思潮、文化與生存習性，霧霾彌漫，掩殺而至；當然還有，還有時而零星，時而系列化了的港台、海外華人文化——那些當年被舊政權裝在皮箱裡拎走了的華夏原生態的文化火種——也改換了各種臉譜，登堂入室，廣為傳播，倍受青睞。期間，更有華夏大地上，被徹底顛覆了的價值觀土壤所催生，所培育出來的「土著一族」：京腔的，海派的，尋根的，前衛的，山旮旯的，黃土地的，此起彼伏，你方唱罷我登場，三天一換「大王旗」。一筆粗略的流水賬帶過是很難將中國百年來的文化變異，語態雜交說清楚，講明白的。但你說，今日的華語還是不是《四書五經》時代的了？既然語言變了，文學哪有不變之理？假如讓一位一百二十年前的清末舉人，穿越時光隧道，來到今日的王府井，在八大胡同影影綽綽的依稀記憶裡，左顧右盼，彳亍而行。望着迎面而來，挎着LV提包的摩登女性，聽着她們的言談，不能說都聽不明；街邊書亭隨便買一份報紙雜誌什麼的，唸一段，不能說全讀不懂。但，但咋啦——總感覺語言的輪軸在哪裡給卡住了。一個熟識如自個兒掌紋的語種怎麼就變得影像模糊，一如對於八大胡同的記憶了呢？我們的舉大人實在有點弄不明白。當代中國語文之於一位優秀的近代中國學人的感受都已變得如此，更何況是對於一個只是淺受中國古典文學薰陶，略曉當代中國

關鍵字

文化，文字，文學皮毛之一二的洋人中的所謂「中國通」呢？

可見語言，文字，文化，文學從來都是活的，它們年年在變，天天在成長，長好長歪不知道，但前三十年不同後三十年，前十年不同後十年，今年不同於明年，這點可以肯定。只是由於時間過於漫長，進程也相對緩慢，不易被人察覺罷了。惟中國在這一百年中社會進化突然提速，而這又是中華歷史溯上五千年來從未有過的事。一百二十年前的清末舉人茫然於今日語文環境之程度，絕對無法與四百二十年前明末舉人不適應清末文化相比擬。再有，凡在一代人的生命中有過記憶之車轍的，車過人散曲終之後，誰都無法將其痕跡完全剷除抹平。比如說，許多人憎恨文革，便連帶着地憎恨一切出現在了那個時期的文化現象，力圖否定它們曾經存在過的事實。說，那個時期沒文化，只有瘋狂，只有理智喪盡人性扭曲，那時期是個文化的真空期，等等。事實果真如此嗎？你走去公園的大草坪，頭髮斑白了一圈的大叔大嬸們圍成圈，激情地高唱文革歌曲。有時，柳蔭回廊，鳥雀「唧唧」的歡叫聲中，有人悠悠地嘎起了二胡，馬上，就有人開始「打虎上山崗」了。這種生活場景在今日的中國隨處可見。而凡真實的生活，又是不可能不在當代文學作品中留下它們印記的；哪天，作品走進了文學史，記憶不也一塊兒跟了進去？而你所希冀的「真空」便不再是真的「空」了。

記得曾經何時，有一本在中國的知識人群中很暢銷的書，名曰：告別革命。並由此，東效西顰的引領出了一長串相似的書名：告別高尚，告別理想，告別平庸，告別烏托邦，告別……不一而足。沒什麼，只是反映出了人們在經歷了那段荒唐歷史時期後的反思，痛心疾首以及後悔莫及。要追溯它的原始起點，還是1919年的那場極端運動，因為文化是有強大的傳承精神的，只有修正沒有打倒。再說說「革命」兩字。這個原本在中國五千年的「辭海」中找不到出處的外來語。它是與「德先生」（Democracy）與「賽先生」（Science）同時代殖民來到中國的，並成為了在其後的大半個世紀中，上至精英下到平頭百姓，人人將它掛在嘴邊，曝光率和音訊振動率都居首位的那個詞彙。但革命不會引領進化，革命只能導致迴圈——這點，當時的人們可能沒意識到。問題出，就出在「R」這個英文字母上。「Revolution」——在「evolution」（進化）前加多一個「R」，「迴圈」的首碼韻。這個英文單詞在其造字之初就將某種晦義暗藏了進去。革命在經歷了血腥、暴力和殺戮後又回到了原點，重新起步。我們不都在上世紀五十年代已昂首闊步地邁上了共產主義的康莊大道了嗎？怎麼現在又說是回到社會主義初級階段了呢？其實，這話還只能算是一句折衷語（中國人的政治詞彙斟酌技巧遠高於文學的），觀其現狀，最多也只能算是資本主義初（中）級階段。當然，今日的我們都已開始明白了，但是不是遲了點？所付出的代價是不是高了點？唯如能將其轉化成深刻的教訓，落實成為行動的果斷，相對於漫長的人類歷史而言，在什麼樣的時刻開始清醒都不能算遲。而什麼樣的代價之付出都談不上高。

為什麼要重提這樁事呢？因為今日的我們似乎又都不自覺的陷入到了另一場不叫「革命」的革命運動中去了。不是「文化革命」，當然不是，而是「物質革命」「經濟革命」「科技革命」。在這場運動中，人人忘我個個狂熱，一如文革當年，政治熱情的無比高漲一個樣。而由此導致了的道德淪喪，價值觀崩潰，人格與物格的高度劣質化會不會又讓我們，或我們的子孫們，在某一天發現又退回到了某某主義的「初級階段」，重拾啟程呢？我看懸。在此冒昧措辭一句潑涼水語，還望不至於掃了那些正朝着財富巔峰攀登人們的蓬勃興致才好。

三

扯完了這些，不知怎地，我又聯想到了某項國人高山仰止的國際文學大獎的頒發——不早說了，將醒未醒時分的「遊魂」是「為變」的？華語作家有幸在 2000 與 2012 年兩度獲此殊榮，本來是件美事，好事。可惜美中有不足，好中有瑕疵。而問題之一大部分就是出在語言——當代中國的文學語言——上。文學是什麼？文學其實不是什麼，就如繪畫是色彩的藝術，音樂是音聲的藝術，文學首先是語言（文字）的藝術。這也就是「美文」這個辭彙之所以會產生並流傳開來的緣故。至於社會教化，歷史反省，心理剖析，哲義探究，宗教隱喻等等，都只是在這匹語言織錦緞上的朵朵繡花罷了——皮之不存，毛將焉附？記得有位作家寫過如下一段論述，大意是：用越是精美，含金純度越高的語言原料所打造出來的故事，人物，情節，意象之器皿的終極價值越高的理由是：即是到了有一天，時過境遷，當這些故事，這些人物，這段歷史對於後來的閱讀者們再無興趣可言時，它們語言的金質底仍具回爐重鑄的價值。但假如是用銅的，鐵的，合金鋼的？甚至是木的石的泥的土的沙的呢？在這件事上，語言的終極文學價值便毫無遮掩地凸顯了出來。筆者微弱的優勢在於還認得半打英文單詞，粗通文法。哪天找來獲獎華語作品的外文譯本來「比較文學」一番。想不到剛唸上幾頁，便暗自驚詫了起來：譯者訓練有素，精美韻緻的文字功底與華語原版三「R」（Rough，Raw and Rustic）式的語感大相徑庭，實有雲泥之別。還有，故事的敘述內容也已走樣，有增有略。譯者加大了西方式的想像能量，力求迎合西方市場與人文的價值觀，以及對於東方式人物與生活情狀的獵奇心態。一部驢唇不對馬嘴的譯篇，與其說作者獲創作獎，還不如說譯者獲會意篡編獎來得更合適些。說得更戲劇化一點，哪天將譯文拿來再倒譯成中文，一炮而紅國內翻譯作品市場的可能性不能說不存在。到時，再將它呈現於原作者眼前，他的台詞或可這樣來表述：人家外國作家就他娘的厲害，從未來中國生活過，想像力的觸鬚竟然能伸展到咱北方的農村、山坳和偏區，還寫得如此精緻而傳神，這不能不叫中國當代作家們汗顏哪！他哪知道，假如將小孩抱去醫院，也來個親子鑒定的話，它原來還是你王二麻子的親骨肉呢！

筆者敢冒天下之大不韙的揣測是：此項國際獎項評委之中，究竟有多少位能直接品閱原文，並能真正提取其語韻及文采之精髓的？而單以譯文為基準的評定又會是一種什麼樣的評定？而文學，在完全（或很大一部分地）排除了語言（即文字）這項基礎因素在外的作品，其實已不再是什麼文學作品了，至多也如

關鍵字

作家莫言所言：是個講故事的人所講的故事。獎項的評定和授予，本不應是件值得作家藝術家們太去關注的事兒，他們注意力的重心始終應該放在對其作品精深度的打磨上。反倒對於獎項的評判者，當在處理東方這一意蘊深奧、形態神秘的古老語種時，必須小心別在其叢林深處迷路，一疏漏墨，便可能把整幅書法作品污點成了永久的歷史話柄。

走筆至此，聯想到一位流亡海外的中國文化學者，不久前曾發表過的如下一通言論，說，越是書寫粗俗的生活場景、愚昧的人物形象，越是需要三大五粗的語言表述體系。這才表裡合一，默契而呼應，云云。當然，這裡的所謂「三大五粗」之中還包含了文法不通，遣字造句成誤等等中國語文的基礎訓練元素。如此悖論，絕不可能是該學者學養水準不夠或理解能力有欠缺所致。這類形似質繆的詭辯術，一度國人都有過「曾似相識」感。比如說在「文革」中，造反派保皇派各執一詞，雙方都揮動小紅書，高呼「萬壽無疆！」，並都能從中唸出一段咒語來，各適其用，以其之矛攻其之盾，遂令激辯雙方面面相覷，各打五十大板，以不了而了之。竊以為，如此問題的理解恰恰應該是逆向的：越是書寫愚昧混濁的題材與人物，越是需要作家具備過硬的文字質素訓練和語言修養水準。因為粗俗愚昧的生活場景和人物心理之呼之欲出，神似而相非，正是依賴作家精美、傳神的文字流動所營造出來的那種強大的語境所導入的，生動、真實、準確、栩栩如生。生活之粗俗人物之愚昧屬題材之本身，而語言之精妙與表述之準確體現的，則是作家的文學功底和對文字的駕馭能力。怎能混為一談？

四

再將談題扯回來。剛說哪了？噢，對了。說到一個一百二十年前的清末舉人返生還世，重臨王府井作「一日遊」。在他生活的那個時代，「五四」運動還未爆發，但中國的政治、民生與文化的積弱已到了「阿芙蘿巡洋艦朝着冬宮一聲炮響」的前夜。就是那個時代的中國社會之情狀，在西方精英們的大腦中根植下了深刻無比的印象。印象是如此深刻，而且固執，乃至於到了他們的孫輩、重孫輩、重重孫輩，還不肯輕言放棄這種對於中國的文化想像。他們的理性或者已經跟上，知道如今的中國早已如何，如何以及如何了，但在他們的潛意識中，他們堅守，堅守祖上傳下來的那方記憶陣地。他們所以要堅守，也有可能是因為他們暗中希望中國仍然，應該，一定，還是，如此。他們還停留在了「賽珍珠」時代，停留在了八國聯軍攻佔北京時，拖辮拉車人，眼中閃着惶恐的神色，倉促躲閃到一旁去的場景之中。19 世紀粗劣的攝影術留下了他們愚昧而又貧困的身影，與太陽傘高禮帽們的形象與禮儀形成了強烈的比差效果。他們蔑視華裔人種的那顆種子就是在那時播下的。且代複一代，固態化，常態化，基石化，甚至於都快化石化了。凡符合他們這種文化想像的所有文藝作品統統都是好的，真實的，深刻的，具有顛覆意義的，因此，也是能獲得某類國際獎項來以資鼓勵的；反之，則是虛假的，粉飾的，僵硬的，程式化的，或經某種意識形態「洗過了腦的」，總之，是沒任何價值可言，最終都會被扔進歷史的垃圾桶裡去的。這種非黑即白，非正即反，非柔即剛，缺乏灰色中間地帶的價值判斷顯然是非客觀的。尤其是在對待以語言為創作原材料的文學作品時，對於當代中國語言的進化過程，結果以及成就所知甚微的人們又如何能把握好這竿尺度？

然而，歪打正着的結局反倒變成了：西方人的這種心態被國產人種當場活捉，從而在中國催生出了為數不少的一批專事「黃土地」文化生態的文藝工作者：美術的，影視的，文學的，音樂的，雕刻泥塑的，幾乎遍及各個文藝領域。取悅洋人，迎合洋人的結果是令他們在西方的獲獎率，人氣度、曝光率都迅速竄升。當然，對於當代國人而言，這種獲獎的宣傳代價是：讓他們後19世紀的所謂「愚昧之態」更加深入西方人心。這原是經一番苦旨琢磨，精心策劃的。他們在讀懂了西方人的那種只可意會不可言傳的心態的同時，更明斷國人的根性：排洋，貶洋，否洋的精神實質是崇洋，媚洋，尊洋，唯洋是瞻。這種自卑感（Inferior Complex）與自尊感（Superior Complex）的情結交織，正是現代心理學領域裡最難對治的病症之一種，而我們偏偏又都患上了。這些人本就是這個族群中土生土長的一分子，他們又如何能不明白你們的這點兒心思？於是，他們便出手了。就好比那些個「雷人」抗日劇中所繪聲繪色的那般：頭戴一頂「皇軍帽」，開襟寬袖筒衫，腰間橫挎一「盒子炮」，這裡嘀咕幾句，那邊吆喝一片：「各位父老鄉親們，都給我聽好了啊……啊……啊，皇軍已說了……」這真是有點兒像那批「文化漢奸」（請允許在下的不敬語）的漫畫像。唬住了當官的同時，也唬住了大眾。其實，當官的當年不也來自於大眾？且上行下效，習慣了憑官員眼色行事的大眾，能在當官的說行時說不行嗎？於是，獎項一旦到手，啥都搞掂：房子，位子，車子，票子，還有小娘子。

西方獲獎成功的中國效應不全如此，但也基本如是。這是一出絕妙的以洋制華的當代版。見到滿街穿戴華美的富家狗了吧？幹活幹怨了的年青人會說，下輩子當狗去，當寵物狗。每天要幹的就是猜透主人的心思，討他（她）歡心，便能整天被抱擁在美人的懷中，盡享溫軟細語，衣食無憂。「我願做一隻小羊，偎在她身旁，我願她將那鞭子，不斷地，輕輕地打在我的身上……」——哦，多麼令人陶醉的意境哪！

其實，每個民族的文化都有它的特點，並無優劣之分。西人文化，就如他們的競選那般，是自我張揚，自我宣傳，自我吆喝，自我招徠的文化。這與中國儒式教育的謙遜，禮讓，含蓄，而後才能得人以尊重，認同，讚嘆和推崇的文化模式剛好相反。兩種文化各有其亮點與陰面，好處以及弊端。率真的可愛並不應遭到謹言慎行者們的批判與否定，它們之間並不存在矛盾與衝突，看只看適不適合誰的脾性罷了。假如一定要說有關係，那是魚與熊掌的關係，千萬別指望能兼得。試想，假如中國式的運心術再配上美國式的吆喝勁，這條道一路走下去，究竟會踏出一種什麼樣的步姿來？擱下釣魚島問題不談（小平同志不也說了，留待後人來解決，後人的智慧比我們高嗎？），至少在這一點上，我們真還得向倭寇一族學着點：他們是決不肯將自己的文化遺產與民族尊嚴獻上，供他人作踏腳石的。

關鍵字

五

月前聽聞一則報道，說，今年高考外語比分的佔有率從一百五十降到一百。而中文則相反：從一百五十升至一百八十。這，又釋放出了何種訊號？值得叫人玩味一番。權以此展開去，再扯多一個話題。

首先，文化一事不是搞經濟，更不是安排官位：定個指標，叫什麼（誰）下來，讓什麼（誰）上去。文化是一種代複一代，滲透式的潛移默化，往往於無聲中便釀成一劈驚雷了。再說了，所謂要與國際接軌，融入國際社會，在國際族群中發揮更大，更深，更有效的影響力，云云，外語（尤其是英語），這項基礎技能必不可少。決不可能是外語水準下去了，中文水準就一定上來。或者：為了叫中文水準能上來，就必須把外語水準（要求）適當壓低一點。就語言技能的訓練層面而言，這兩門學科的培訓進程非但不矛盾，反倒還有很強的互促互補性。這樣說吧，玩得轉母語的，對外語的領悟力和語感度肯定高人一籌；而外語學精了的，其母語水準也差不了哪裡去。在我們的前輩知識人群中，隨便找出兩個來，林語堂，傅雷，便是。現在還有個錯覺，說是從小就出大代價，將孩子往西地一扔，讓他整天與高鼻子藍眼睛們混在一起，還怕學不好外語？外語，外語，不就是外國人說的言語嗎？再說了，咱中國不自古以來也有「楚人學齊語，置於齊」之一說嗎？但不同。這裡指的是方言。京人，滬人，粵人，我們說的，寫的，用的，都是漢語，有着相同文字與語法體系的漢語。由此錯誤觀念引發的所謂「瘋狂英語」，「二十天說一口流利英語」，

「會說中文就會說英文」等等之類的荒唐廣告語，電視，網路，街頭，隨處可見。其實，只需發一個小小的提問就不難將此謊言揭它個 inside-out（底朝天）：滿大街都能說一口流利中文的路人，難道隨抓一個就能到大學的中文系、漢語系當教授？在美國，這個理兒不也一樣？這種將孩子「往西國一扔」說只能嚇唬一下從未出國受過訓，老是從裡往外瞧的你我罷了。與高鼻子藍眼睛廝混一通，從未肯真正下苦功的學習者，到頭來，仍一事無成。而所謂一口流利英語的很大一部分組成成分，乃 Street Talks & Patters（街頭流行語）。一旦動筆，其 Spelling and Grammartieal Errors（拼寫以及文法錯誤）之紕漏百出令人瞠目——還遠無法與純粹自國內院校培訓出來的學生相比拼。可見語言是一項由多部件組裝而成的複雜而又巨型的知識工程。而 Street Talks（街頭語）與 Academic Lectures（學術語）絕對是風馬牛不相及的兩碼子事。只有無知者才會拿着 Swarovski（奧地利產的一種高純度的玻璃產品）的玻璃球當作十克拉鑽戒來炫耀。當然，也只有同樣的無知者才會去相信，去上當。盲目崇洋的結果不是什麼，而是讓洋無賴也有了能在中國大街上手挽窈窕，一享尊貴的機會。

關鍵字

六

教育，說到底還是教育。教育機制，教育觀念，教育宗旨；教學目標，教學手法，教師資質。而資質的涵義中，除了水準外，更是指其為人師表的品行與人格。家長是學童的監護者，教師是家長的導航人，而教育衙門又是教師隊伍的組建和管理核心。於是，脈絡便開始清晰起來了：所謂德智體全面發展，德始終帶在頭裡。不是今日如此，古代也如此；不是中國如此，外國也一樣。乏德而育的結果，無論是於育人者還是被育者都是含有毒性的。而社會在缺乏了道德黏合劑的整合中，終將會風化為一盤散沙。毛主席他老人家始終高瞻遠矚，他不早說了：綱舉目張——當然，很可能也是從古人那兒借鑒來的——但無論如何，這是一句智慧語。就那麼一條主線，抽高拎起，其他枝節，諸如中文外語孰重孰輕，舉棋不定一類的困惑，自然也都順風揚沙般地飄走了。

八零、九零和零零後的年青一代，因崇洋連帶到物質崇拜，科技崇拜，甚至於洋文崇拜，洋文化崇拜其遠因，當然還要追溯到中國這近百年來一浪高過一浪，一潮洶湧過一潮的，扛倡「文化」之名，行毀「文化」之實的，連串的「革命」「革新」「改革」運動。近因還得落巢在他們的上一代，即我們這一代人的身上。在「文革」的煉丹爐中，我們究竟練就出了一些什麼樣「火眼金睛」的法術？鑄造出了一種什麼樣的人生觀、價值觀、道德觀和理想觀？說「垮掉了的一代」，不太好。更有甚者，說是「喝狼奶長大的一代」，當然更不中聽了。但當年的造反有理，打砸搶鬥，虐親辱師的案例還嫌少？更有把人活活逼死，打死的。當時的我們正值青少年的生理與心理萌動期，那個年齡段種下去的種子能不影響你一生？近半個世紀過去了，現已六七十近古稀之年的我們開始了反思，開始痛哭流涕，開始上網懺悔（無論如何，懺悔總比不懺悔的好），但，但生命的蠟燭已燃近根部，我們都已回不到過去，而血脈裡留存、纍積了五十年的「p.m2.5」毒素會不會毒性發作？你吃不準，哪天遇上一位出家人，叫聲師傅，以求其解。他會向你一合十，說：「阿彌陀佛，那是要下地獄的，苦海無邊，回頭是岸……」。是啊，隨着那一天的步步逼近，我們都將何為？畏懼感日增，困惑的陰霾在變濃，無神論的信念愈發脆弱。這是因為從人心的內部始終有一個聲音在呼喚在質問在儆醒，說，你這一生都幹了些什麼呀？踏過了生死那一條界線，誰還會是誰？什麼還會是什麼？如何還會變得更如何，或是更不如何？——這個聲音是什麼？這個聲音就是人與生俱來的，永不會泯滅的良知的呼喚，自性的呼喚。再說了，我們也有過三十四歲、四五十歲的年記啊，別忘了，那正是我們的下一代心智成長、成熟的關鍵期，那時的他們又能從我們的言行和意識裡接收到些什麼資訊，授受到些什麼教育呢？從「和尚打傘」——那些無法無天的日子裡走過來的我們這代人，要培養出心性溫良品學兼優的下一代來？「性相近，習相遠，苟不教，性乃遷」——責怪後代，還不如先責怪我們自己來得更合理些。

當然，西方沒有「文革」，但西方有「科革」「技革」「經革」。就破壞的嚴重性而言，後者遠遜於前者。但兩者表異質同，同樣會對人類精神的綠原起到沙漠化的作用。如今全球一體化了，東方人向西方學，

關鍵字

西方人往東方流。兩頭怪獸交媾後生產出來後代會是個啥模樣？不敢想像，也難於想像。作為生活在今時今日的我們，就像曾生活在前朝前代，感慨世風日下的無數前輩們一樣，或者終將證明一切都是杞人憂天。相信人類的自我修復機制，世界總會找到一條走下去的出路的。假如連這點信心都喪失的話，那就甭活了。但無論如何，沒有了信仰，沒有了宗教，沒有了倫理，沒有了道德操守的基本約束，我不知道，我們不知道，誰也不知道，何人將把世界引向何方？是的，科技很重要，就像人的肉體很重要一樣，但沒有了精神擎柱的肉體只是一具行屍走肉；同理，沒有了信仰的世界是徹底消解了內聚力的世界，終將會走到土崩瓦解這一步。

但文化不同。文化是人，作為一個精神存在體的唯一，也是基本標杆。因而，也是對治這種物質虛無症的最佳處方。由文化之內涵所輻射出來的那種精神氣場是另一種宇宙，與我們現在用天文望遠鏡所觀察到的物質宇宙完全等同，它們平衡在人之所以為人，人之所以是人的那架天平的兩端，穩妥而安全。從這點出發，所有權威獎項的評定是否都應朝此靶心瞄準？放下一切偏見，固見和執見，思考一下，當今人類的價值譜系中，除了西方人族所大力提倡的民主、自由、人權外，是否還應包括業已變得十分稀薄了的，本質上的，而非形式化了的宗教、道德、倫理、因果教育等等，虛弱的人類精神機體急需進補的營養成分呢？相信對這些標準的遵循將向全人類釋放出一種積極的信號，從而讓國際權威評獎真正責擔起一艘世界航船瞭望員的重任。

七

猶言未盡，還想說多點有關語言（文字）方面的事。世界上有上百個民族，上千種語種（包括方言）。其中，唯英中兩語才是鶴立雞群、一覽眾山小的巨仞。先說英語。作為世界語，英語當之無愧。經歷了幾百年（尤其在近代）的進化、擴充，兼收並蓄了法文的優雅，德文的果斷，俄文的規範，意文和西班牙語的浪漫以及妙趣，加上英語世界本身的悠遠流長，今日的英語，已成為了地球上最先進生產力與生產關係的標誌和像徵物。當然，還得加添上英美兩代世界霸主的壟斷與推廣，以其母語為代表的強勢文化，不由分說地介入到了世間的一切事務之中，滲透進人類生存的每一個角落。如此事實，勿容置疑。

再說中文。中文，這一蟄伏了五千年，曾被譽為東方「智慧符號」的語種，就如一鑞深埋於塔基下的舍利子，哪天被發掘，得以見天日，決定佛光普照大地，柔和而溫暖。光之所至，無所不顯，無所不明，無所不在，無與倫比，且無往而不勝。在人類社會還沒能完全領悟並獲得其實際好處之前，有人會說，哦，這大概只是一種誇張一種形容一種比喻罷了。其實不然，這是一句再貼切不過的描述了，儘管眼下的情勢還遠未臻如是。這百多年來，它的使用者們信心沉淪，人尊我賤，人傑我粕，自貶自卑的情緒已滲入了民族的骨髓，連他們自己都無法認識這塊祖宗留存給子孫們的無價瑰寶，那就甭怪他民異族會如何來待之了。

然而，近年來，隨着中國國力的迅速崛起，對中文的價值評估先從經貿、外交、國際事務交流等諸多實用領域起步，大有漸入其臟腑，即語韻、語法、語構、語感等語言本身的深層次組成元素之趨勢。換而言之，將用中文構建、書寫出來的文化、文學作品作為一種藝術來品嘗來鑒賞的日子的到來，現在看來，只是個時間問題。在此關鍵時刻，吾國人之有效配合決定，是支撐其最終能得以成就的另一個重要受力面。自穢形慚，唯西為尊一類的逆動力理應減低，乃至徹底消散去。西方的優秀要學要借鑒，但自身的優勢，祖先的遺澤更應珍惜，愛戴，發揚光大，開河寬渠，讓它們能通暢地流向世界。尤其是當代中國語文，歷經劫難，重塑、拋光、打磨、上釉，等等一系列「工藝流程」，使之與相傳，堅守了幾千年的古老的文言文相比，更煥發出一種獨特的奇光異彩，匠工天成，猶如自古樹根部上迸發出來的一尖苗長的新芽兒，擁有了無比強大的生命力，出乎意料地變異成了一種嶄新的衍生語種。總有一天，它會得到世界的認同，欣賞和讚嘆。並由此成就為能與現代英語相比肩的兩座語言高峰，聳入雲端，仙霧縈繞，遂演變成一大片各類藝術品種得以成林、成材的沃土。

但話還要說回來。去除盲目逐西崇洋之陋習，絕不是單靠削足適履式的減外語分填中文坑的辦法便能奏效的。正確的理解應該是這樣的：中文一百分了，外語也能爭取一百分；而外語一百分了，中文更應超越一百分。能擁有這樣的志向，能樹立這樣的學習目標才對，才好。世間事總是這樣的：人們尊重你的文化了，人們也會尊重你的人格；人們尊重你的人格了，人們自然都會信任你的一切——從言語到行為。摘取國際文藝（學）獎項，因而，不再需要靠揣摩、迎合、抄近路、找捷徑一類的運心術了。而這一天的到來，才是中華民族能真正揚眉吐氣時代的降臨。絕對不是靠世界第一高樓，全球最快鐵路幹線之類的硬體攀比，可以叫人心悅誠服的。

八

雜亂無章地扯了一大通後，再繞回我那文題上去。首尾呼應，中學堂裡上寫作課時，老師向我們傳授的基本技法中，好像就有此一項。

「關鍵字」一說，雖帶點兒印象派色彩和發散形思維模式的現代元素，儘管新鮮，有趣，貼近時尚，但在我的心中，仍有一種憂慮在隱隱作梗。為了繞過網檢的哨卡，為了「多快好省」地壘建語言大廈，為了讓個人意志的表達欲儘快地社會化，一套別出心裁的網路語的（算不上是體系的）體系，正悄悄成形——成形為青年一代的時髦和「灰色幽默」。要知道，絕不是每每都會「印象派」的——這純粹是我個人的解讀行為——白字，錯字，別字；音同字不同，音同意不同；或反過來，字同音不同，字同意不同，等等，等等。一切都是故意的，一切都是為了引來網友們讚賞的歡呼。如此氾濫開去，又會把我們美麗嚴謹的中文語種

關鍵字

帶往何處？或者是我多慮了。多慮，少慮，和從未作慮的結果其實都是一樣的。然而，我仍要說多兩句：起底好中國語言，就要起底好中國文化；起底好中國文化，就要起底好中國歷史。歷史的長河就如此這般地奔流而下，該沉澱的沉澱，該滌蕩的滌蕩，該携帶而去的携帶而去，該掀起浪花的也一定會掀起浪花。沒人能左右它，也不存在任何商榷的餘地。只有你去瞭解它，走近它，契入它　適應它；絕無它會來答理你點什麼的。而今日的網路語與新一代人群的價值取向也將符合這同一規律。唯一點可以肯定：已流逝了五千年的中華文化，中華語種仍會以它特立獨行的姿態繼續她那浩浩湯湯、摧枯拉朽的進化流程。

2013年12月31日

完成於上海 Howard Johnson 酒店公寓套房內

WHERE MY SOUL LIES
靈魂的安放處

靈魂的棲息處

There where My Soul Lies

中國有句諺語，道：狡兔三窟。我靈魂棲處也有三個——雖然我不是只兔子——家鄉，故鄉出版以及文學。唯前二個的棲槐歸宿也是那樣的一個。因為出版與文學的關係，我才能找到那值得信仰的依靠，和那根和我一切創造力的源泉。

三.

⑩ 再说文学，文学又是什么呢？文学当然是文字的书写，印刷。但这不是文学，这只是一种形式：文学的形式，文化的形式，文字的形式，文明的形式。文学的实质是哲学，是美学，是人学，也是某种意义上的宗教学。文学是一切美好品德与情操的总和。文学这个东西很伟大，一旦你投入其中，不求任何回报地投入其中，带上了某种宗教情怀和献身精神地投入其中时，它能包含一切：人类的过往以及未来；生命的原初以及实相；世界的解析及净化，等等。请看以下。

比如说文学作品中的时空转换关系。这已不单单是个纯技巧的问题了，它有其深刻的宗教内涵。作家的想像力和叙事前景的。时空是假的，是虚幻的，这既是宗教，是科学，也是文学。

时空的虚幻性决定了，它终究是被一种被"戏弄"出来的东西。换句话说，当你不再看，不再听，也不再去感受它之存在时，你便"入定"了，而它，也就静止了。同理，当你远离或忘了它时（即从它们的角度来看时），它是可以流回到过去某处的。

有一个文学术语，叫"心理时间"，它的出现是为了将时与"物理时间"互相区别开来。这两种时间概念并存于文学创作中的时间和空间，就成了时空的隐喻：“物理时间”和“心理时间”，互为表里。有时很深，而且说不清。但作家是不需要去研究它们的真理的，你只管凭你的直觉来行事，就可以了。

一旦进入到那种境界里边了，创造出的作品，一切都是以当下的感觉为主了，什么样的奇特都是可以出来的，但它都可以是真的：这不是什么伪装出来的虚假的事实吗？这说明了经验，说明读者的，它可以多少一点，多少一点？

这是宗教吗？是宗教。是文学吗？也是文学。

（插话：）

所谓多维的“时空”的相关话。

刚才说了，“时空”仅是人的一种感觉。这么说吧，再加多一个定语。这个定语是：基于一个特定躯体的生命，一种特定境界中的，特定感受。如此来看，或许会明确些。

所谓“山中一日，世上千年”。说的当然是仙道神话的事。人道与天道在空间维度上的差异决定了其感受与计算方式上的不同。但不说科学理据的有限与否，总之，你不能否认说这是一种不同的“感受”。哪用“度日如年”来形容它们之间的感觉呢？用“一日三秋”来形容男女间的相思之苦吧？

这是一种水中的浮游生物，那就甚至是哪一种。生命的全部旅程也仅是，以我们人的尺度来衡之，若干小时。但它们也一样有漫长得几乎无边的"浮生"的一生。经历了出生、游戏、觅食、交配、繁殖等各种人类所要经历的生老病死的全部过程。假如你能与那种蜉蝣作生活和心灵交流的话，它们也许会告诉你说，其生命既丰富，又充实，与你们所有的八十多年的人类生命相比，并无二致——这是真的，我们为何不探索一下其中的所以然呢？

当然，还有"黄粱一梦""南柯一梦"什么的。这些事绝不是比喻说，寓言说，可能说。在人的生命过程中，梦中的"心理时间"从来就是与梦醒后的"生命时间"是迥然不同的两回事。这是每个人都曾有过的生命体验。为何如此？

另有一种解释：时空不是什么，时空只是一种"感受"。如此的话，时空与观念——它们在文学作品中去了之后，就将它主体维度的时间被大幅度地予以压缩之。思维以及视野都会因此而扩展了开去。因而你打开了那本书中的潘多拉魔匣，因而你走进了宇宙。这是一块与你文学创作的航海图上从来都未曾标识过的新大陆。……

许高经理看到了那条新的宣言：它掌握新的地平线，使
头奇幻般，但惊讶之，你们你自己，世界……宣佈说：
实际……我找到了！

说了以上，我想，我们仍有重回宗教的某种必须。

任何宗教，只要你能抓住那三个关键的字眼：真善美，
于我什么都是可以的了。再说得简练点，就一个字：真
（Sincerety）：真诚的真，真实的真，真切的真，真情真
性的真。善心、慈悲心、爱情心都自自然然由此中生发
出来的。而这，难道不是这宇宙间的"大美"的体现吗？

世界四十九年的……都是围绕着这三个字而展开的。
它们不是什么，它们是像我们……的……性。作为
了让众生们从其……中分隔出来了，让……生命这种现象和
本质……，可谓费尽心了！而文学的终极归旨，也一样。
只有……这种境界中的文学才是真正有分量的文学，才
了不起的文学。……一个有思想的作家，不是一个信仰
任何宗教信仰和情怀的作家，这是件不可想像的事。

并不是单向的，文学能说宗教；其实，宗教里头也
有文学，有艺术，有美学。我们只要去到欧洲旅行，看
一处处绚丽壮美的 Chathedral（大教堂——英文，用作"主
主教堂"之称谓）及其华丽……、崇高无暇的穹顶穹……的

没有什么道理，因为……是我们……的……很重。

……事……英国作家……人……说……教……

那种震撼力之大，是空前的。同时，也为我带来了：走进古希腊雕塑，各种完整协调的形体，一股美的力量将传遍了全身，令我精神焕发起来，整个身心也舒展起来。这些都是由雕塑所引发的完整和谐。而雕塑所体现的正是根植于生活中的美学理念。

唯美，这种气质，是必须要与"真"与"善"的内涵相结合之时，才会有力量。我们常说"心灵美"，就是这个意思。

其实，也是可以逆向求证的。当你真正拥有了"心灵美"时，你的外貌也是会自然美了起来——那种朴素的、出神入化的、安静的、庄重的美，让人见了眼睛会为之一亮、心为之动、意向之、神往之。而那种经"美容院"被生产出来的"庸俗艳丽"假美，我们称之为"妖艳"，那个"妖"字，就已点题了。

文学作品的"境界说"，与此是原理互通的，殊途同归。凡属人间的艺术作品都可分为几个层面：文字相、色彩相、线条相、音符相。唯神韵，才是这些外相的内核。你看不见它，也摸不到它，但它确实存在着。相等的实物实体外形，内核的变化使其有了更多的可能性。我以为这个道理同样适用于艺术品的境界，是决定其高下的根本所在。

气场，是的，气场。气场并不要学术不可怕，只要你这种气场是一种"流通"的气场秩序。写完了，画完了，演完了，作家画家音乐家们不留印痕，完全忘了自己的才都干净利落地干了又燃烧了。那注意意之间，将要音画和意念，变的神韵，真理的气场直接穿透了读者，观赏者们的心中去，灵魂中去了。这，才叫高明，叫高妙。

要知道，"气"相皆自隐在我们那个真作真的真化，才能感受到读书意思的相中所受到的是什么，我是什么。黄州风韵的笑，东坡的狠，杜诗的淡，八大的清静雅洁，才是气质，才是气场，是艺术与学术的精髓处。

文学创作总是作家心灵语的流出。作家人灵的那汪泉是纯净呢还是污秽，同它的水质必是那同一种。你全可以用"红花绿叶"的语言精细加以描饰，但掩盖不住的真思绪，真意图，你是描饰不住的。它们会通过文字的气场流露出来：我高贵，我焦躁，我正经，我谄媚；我贪恋，我狠毒攻心，我负面恶劣，等等。读人读了，心绪被搅得混乱，身体倍增。

这是一种力的量，由作家的心情直接穿过去到读者的心中。谈何容易，这是要有因果责任的。说得温柔点：它会让人们的心灵水土的僵化，草木不生。

那种清代文学的功利性可能源于宗教——任凭灵魂的情感高扬于半空而不予以抑制，其后果何者不堪设想。而作家作为人类心灵工程的设计者，其智慧难得。我前述的所谓灵魂的三个阶段：对宗教的敬畏感，对文学的献身精神，以及对乡土的眷恋之情，这是一体之三说，是三位一体。宇宙间一切美好的事物；我曰，即一切能引起美好和高尚之感想与共鸣的人事物都隐约一定距离。我之选择是那三处，任别人也可以选这选那来安顿其心。唯心必须找到"安"，才行。否则，只"放"于未顿也。

以先驱先锋的作家所写出来的作品也只是"学到"着的。急功近利的结果：The faster speed, the ~~less~~ later arrival（欲速则不达）。陶冶了作品的精神内核，也毁掉了自然的道德体系，可谓两败俱伤矣！

我们生活的世界，是个沦落了价值观陷井的世界。去去，谁不在什么时候都掉入到陷井里去了。这种需要作家们？读的自我警觉力和定力。一有逆于道德、逆于伦常——只说"逆"，单说"不合"就够了——的念头升起，随即将其掐灭。所谓"不怕念起，只怕觉迟"。只有敢于认真的灵魂常自住于和谐、优美的境界里。不错，这是一种宗教的修行，但也是一种艺术境界的精进。艺术家的修行实为要不断地追求技巧的优秀，而更为依赖自我到达那境界的心灵修养。

何谓"境界"？心之住处是也。

内静住于虚空里，灵魂即不堕于污泥浊水中，那么情操的作品自然会不离俗？相反，人处陋室时，心亦安住于净土，美丽善良的艺术女神才会常在你面前露其真容。这是你的心灵实践得来的。

这也很好地给我们解释了为什么作家、艺术家们一生的最佳作往往出现在其逆境困境中的原因。当然，逆境困境并不是你要去找，而是他找你来的。这是上帝的特意安排。古代有一类修行者叫"苦行僧"，这种苦行主要是指物质生活上的精神贫乏、艰难的磨砺方法；而这种逆境的目的在于只有苦修才能达到本源。但是试炼你，目的是最终成就你。中文的"忍"字是说你需要在"心"字上放一把刀，而且是一把锋利的刀刃，切割着痛苦的心灵。当你能忍的这种心之灵魂会承受多很多了。

但我觉得你会是一种绝佳的修炼和境：你要把自己的心安住于其中，不嗔不恚不急不恼，心情保持愉悦

强林纸品16K书写文稿纸500格

你找着一种常乐。你要设法让自己适应它，享受它，放不下，只对它说便了，你要弃可能了。如能接受，这般舍弃，再眼前的尘缘也都成为[illegible]得了。而这稍得悟了的你，[illegible]出[illegible]之作来？[illegible]心非不是名为心，诸相非相，是名为相，凡所有相，皆是虚妄，一切有为法如梦幻泡影——这不，说着又回到字数这个问题上来了。

3/9/2016 於

[illegible]

靈魂的安放處

中國有句諺語：狡兔三窟。雖然我不是隻兔子，但我靈魂的安放處也有三個：宗教、故鄉上海，以及文學。唯前兩個的終極歸處也是那最後一個。因為，只有在文學創作中，我才能找到我信仰的依靠，我的根和我一切創造力的源頭。

一

這三樁事其實也可以說是一樁事。人之所以為人，所以是人，就因為了他的感情與理智間的衝突、拉鋸；而後言和、融合、注流為一體，奔向終極的人性的大海。其實，動物也有感情，但動物沒有理智（即理性與智慧的相加值），它們的感情是一種本能，永遠停留在那個層面上，無法得以昇華。佛學說的八識：眼、耳、鼻、舌、身、意、末那（識）、阿賴耶（識），人之為人的精華，文之為文的奧妙，藝之為藝的境界，其實，全都寓於此八識田中的意識以及末那識（潛意識），這兩個特殊的精神領域裡。對於它們的發掘，使之無限逼近於你的自性——雖然你永遠也無法能真正到達它——就是將你的藝術才華發揮至最大值的那個過程。

阿賴耶識即自性，自性即阿賴耶；阿賴耶是迷了的自性，而自性是覺悟後的阿賴耶。不僅是人，一切眾生皆如此，因為一切眾生皆有佛（自）性。無法能緣到它，這是因為眾生們還都沒能明心見性故。一旦見性，即成佛道。而你所有的精神追求也於此同一刻化為了烏有。何以故？因為你放下了執着。而為文也好，為藝也好，鄉愁也罷，懷古也一樣，其實都是一種嚴重的情執。我們作家寫作品，假如沒了深濃粘稠的情執的話，作品又如何能感動人？故，所謂追求，永遠只是一個過程，霧色茫茫之中的一步一推進，完全不知曉其終極目的地究竟何在？終極目的地在峰頂，那是一片佛光普照的金色世界，清晰明瞭，一望無際。到那時，你再往下俯瞰時，宇宙與生命的真相都呈現在了你的眼前，你自自然然就明白了什麼是什麼了。唯於當下，我們大家都還在那茫茫的霧色之中摸索追求。沒進入到那個境界裡去，我們無法想像它。

二

扯遠了去，再回到我的「狡兔三窟」的主題上來：宗教信仰，故鄉上海，以及文學創作。

比方說，回憶童年（時代的上海），算不算是老讓自已沉浸在回憶中而無法自拔呢？是不是總在想像着要回到再也回不到的過去呢？於作家，是，也不是。佛學中有「三心不可得」之說，其中，「過去心不可得」表示：徒勞地回想，惋惜，哀嘆，悔疚，老在作能不能將已逝去的時光再抓它回來，讓我再活多一次就好啦的夢，這才是一種虛妄，這就叫「過去心不可得」。但如果是從憶田裡汲取教訓，汲取養份，汲取藝術的感知能力的話，這種回憶非但是積極的，而且是必須的。它會讓你富於創造力。

哪個作家不在寫回憶？無論是寫美好的，還是寫痛苦的，那都是些已成為了過去後的事。但它動人——尤其在回憶中。而動人的本身即是一種能量。還有一點必須明白：你寫，寫在當下。只有，也只能，在當下寫過去。僅此一點，便已足夠。因為「當下」又是無法來寫的，剛一落筆，當下又成為了過去，成為了你記憶流程中的一部份。事實真相不就是這樣嗎？故，寫記憶是對的，是有意義和有價值的。反而說寫將來，如何寫？基本都是在打妄想——說好聽一點，叫「想像力豐富，想像力蓬勃」——但當你胡謅一通，再回到當下時，連你自已也都會問自已：將來，將來倒底會是個啥模樣呢？不知道。但有一點可以肯定：將來一定不會是你想像、描繪出來的那個樣。這是我所寫過的一首詩中的某一句，那年我才十八歲：上帝永遠在更改着他的／那已被猜度到了的／意志。就這個意思。科幻小說，作為一類文學品種而存在，當然是可以接受的，惜其深層次的文學意義與價值似乎有限。

三

再說回上海。這是一個可以用兩個同音的中文字同時來描述旳城市：迷以及謎。迷人的城市，謎一般的城市。她之迷魅，迷魅在她的城市發展史、文明史和進化史。在一個偶然的歷史接點上，她被選中，成為了中國人眼中的西方，西方人眼中的中國。在1949年前的一百多年時間裡，中西文化的生態在這裡得到了最充份、最圓滿的融合、嫁接以及整合，像一個美倫絕寰的混血女孩，其中西合璧的迷人氣質與生俱來，無可替代。當代的中國作家和電影導演們老喜歡用「黃土地」題材來取悅世界，取悅西方，來迎合滿足他們的獵奇心態，這不能不說是一種曲解、成見，以偏蓋全。中國，除了黃土高原，橡皮筏子和西安的古城牆外，還有像上海，這樣的行走於人類文明與文化史最前沿的都市，以及在這都市中生活着的形形式式的人們與職業群落。對上海這種生態的描述，上世紀三四十年代有過一段繁榮期，後因戰亂封閉等諸多原因，遂沉寂了下來。但她還在那裡，她的那些珍貴的文明與文化的種子仍在凍土層下堅強地存活着。它們渴望藍天，渴望白雲，渴望春臨大地那一天的到來。好讓其再度發芽、抽枝，茂樹成林。重新融入世界，融入文明史——而這，就是我們今日所見到的第一個意義層面上的上海。上海的今生仍根植於她一百多年前的前世。

但畢竟，近代的上海仍有過她幾十年的辛酸史，夢魘一般的歲月在她豐腴的肌體上傷痕纍纍地划過。這種精神層面上的創傷所造成的心理扭曲，在這個城市的硬件（指其市容、產業結構與社會資源配置等諸方面）和軟件（指在這個城市中生活和成長起來的一代和幾代人的思維模式與情感結構）上，都留下了永不可能被磨損去的印記。而這，也是另類文化。這種文化以及城市記憶，混合着於此更前以及更後的歷史現實一起，形成了一種特殊的地域文化情結。這便是我們所感受到的第二個意義層面上的上海：價值觀與生命取態不可理論的背後，總也隱藏着終能被理論的條條脈絡。而我所說的第二個中文同音字「謎」的涵義也就寓於此。

基於所有這一切的一切，對於一位富有時代抱負感的作家的創作取材而言，上海不是座儲存量巨大無比的金礦，又是什麼？

四

英文裡所說的 Homesickness（戀鄉情結），其實是一種美好的情操——即使是帶上了點兒輕度的病態也不打緊。sickness 這個英文單詞本身不就是指「病態」麼?戀鄉與孝親尊師重道一脈相承。中國歷史上的那個「樂不思蜀」的劉阿斗，除了亡國之外，不可能再有第二種結局。道理很簡單：他不思蜀，蜀也不會思他；蜀地最後改換姓氏，那是件必然的事。

現代心理學的發展愈來愈深刻地揭示出了 Homesickness 這種情懷的潛意識的本質。在佛學上，潛意識的專業名稱叫作「末那識」，這是一種執着識。只有它，才能夠與藝術直接而有效地對話。再說多一行短詩，以厚其質：異鄉有驕陽/故鄉有明月。我們熱烈的異地奮鬥史，終究還是為了老去時，能有回歸故里望見明月的那個晚上。這樣的人生才是圓滿的人生，始於該點的，終於該點。

上海，上海虹口區，虹口區溧陽路，溧陽路 687 號。這是我的故鄉、故地、故址和故居。我深愛着它們，愛得無法割捨：在夜夢裡也在白日夢裡。入夜夢時，我作不了自己的主，那些記憶精靈們說跑出來，就跑了出來，做祟一番。它們來自於末那識的深處。而所謂做「白日夢」，那是當我在搞文學創作時，就像是一種「自我催眠術」，我努力使用瞑想的功能，讓自己的神識回到潛意識叢林的深處去。這是一項高危的精神遊戲，卻又趣味無窮得讓人着迷。趣味無窮，是因為你自個兒的理性就能把控全場遊戲的規則、進程與氣氛。我將那些埋藏於記憶底層的陳事舊人和軼聞挨個兒地啟動它，這是一種境界，一種即使在大白天的陽光底下，也能讓你經歷一場「夢遊症」的境界。團團幻影向你圍攏過來，那種感受是帶上了點兒刺激之驚悚感的。它令你流連忘返，忘了你是誰？誰是你？你在哪裡？哪裡才有你？你究竟是生活在今天呢還是昨天？就是這麼樣的一種氛圍，當它們變得濃稠而又濃稠起來時，某種能量便產生了。如同發射一支三級火箭，它們將你送回去了昔日的歲月裡。而我的意識則是清醒的，它告知我說，現在，該是你落筆創作的時候啦！在如此境況之下創作出來的文學作品，其藝術含金量必然會高，代價則是爐煉鍛錘記憶時的痛苦指數也會相應增大。

五

於作家，這類感受、感觸與感情的澎湃，之所以能轉化成為創作衝動的原因是：他除了希望能在作品的產出上有所收獲外（這是他職業的需要），更渴望能為自己找到一帖精神的療傷膏。就此意義而言，文學即是作家們的準宗教。而鄉愁，這起龐大而又籠統的概念所含藏的心理因素，也是多樣性和多元化的。在普魯斯特的作品中，你就能見到它們是如何被精緻地剖析開來的：事隔多少年後了的一個陰冷的傍晚，當母親為他端上來一杯熱茶，幾塊童年、少年時代他常在姨媽家嘗到的，普通了不能再普通的「瑪德萊娜」cookies（小點心），當被含入口中的那一刻，其豐富的感受層次是通過小餅接觸到上齶，嗅入鼻腔，咀嚼時感覺其柔韌度，那種種指標值的細緻描繪而表達出來的——一塊小糕點將他在姨媽家的一連串的少年記憶全部啟動，甚至包括了整座貢佈雷市的周邊場景。色聲香味觸法，一個高度敏感於生活細節的作家的生命體念是何等地傳神、真實而又感人哪！

這是什麼？這就是鄉愁。鄉愁是文學作品組合中的一個非常重要的精神部件。

鄉愁還是個多極電源，其中有一端是直接插在了你孩提、童年和少年時代記憶的插座上的。這是條情感的高壓線，少年的歲月再艱難、再困苦、再不堪回首，於中老年的回望中，依然美好，依然溫馨，依然充滿了色彩。探深一層，這應該是與你那個年歲上蓬勃向上的生理指數有密切關聯的。生理即心理，生理的熱烈煮沸了心理的水壺，自你那美妙絕侖的生理目光之中透視出去的種種世相，烏有不斑爛絢麗之理？

還有，當你那趟生命的列車陸續抵達中老年各個月台時，你孩提時代的那些親人們都已先後作古而去。即使有健在的，也不復當年那個鮮活的模樣了。這讓你沮喪。那些生活場景與人物，消失的消失，改變的改變，老舊的老舊，這又令你感覺悵然。你無論如何不願意，也不可能迴避的那個事實是：他們都曾是你此回來到這世間走一遭的全部記憶活體中，最富有生命力的那個部份。時光是一樣很奇異的東西，經其篩選後留剩下來的記憶竟然都是親切、美好和可愛的。憶相得以柔化，遂幻化成了一幅幅誘人的畫面，重閱時，讓你着迷。

沉浸在鄉愁的夢境裡，是中老年人們當生命遭受挫折後的最安全的心理避風港。另一則表述語就是：(它們是你）靈魂的安放處。

六

再說回宗教去，我靈魂的另一棲息處。

這世間所有宗教的原點，其實，都不是現代詞語學意義上的「宗教」。它們的源頭無一不是高智慧的聖賢之說。其智慧的超然與芸芸眾生們現存的感受能力間的嚴重落差，有當一日，人們將之與日常生活中的某種實踐稍加結合與調配，所可能產生的神奇功效和道德能量，遂讓這種本屬有據可憑的真實智慧被迅速神化，而發酵成為了一種「宗教」——即：不再會有人去關注它那智慧源頭的，一種現行的盲目信仰。且代複一代，開始了其漫長的膜拜過程。這種現象我們亦可稱作為「迷信」，即是：不解卻信。而「迷信」又有兩層含意：信是好的，是對的，是有益於社會和眾生的。但「迷」又是錯的，愚蠢的，是希望能於某一日獲得覺悟，從而達至「正信」位的。聖賢們孜孜不倦教誨的全部目的，不就在那個「迷」與「覺」的轉變上？就一念之差，八識成四智，煩惱即菩提。

其實說來，我倒是一個篤信了四十年基督教的信徒，皆因我母親是個虔誠的老基督徒故。她的善良與寬容，自我孩提時代起，就深刻地影響着我的人生軌跡，以及我之價值觀、道德觀和世界觀的成形。1966年，中國社會正處於一個瘋狂的紅色漩渦中。父親雖已去了香港，但我與母親仍留在了上海，承擔這一切。由於家庭的那段不被當局認可的歷史，遭受衝擊勢所難免。抄家、遊鬥一波接一波。那天晚上，抄家隊伍剛走，母親就拉着我，一同跪在了地上作祈禱。而之所祈求，竟然都被神奇地兌現了：造反派們再沒「光臨」過。就從那次膝蓋跪地之後，我就再沒中斷過。四十二個年頭，每晚那個時段，無論身處何地，我都會跪禱我們在天的父，「願他免了我們的債，如同我們免了人的債」，「願他的意志行走在地上，如同行走在天上」，「不

靈魂的安放處

叫我們遇見試探，讓我們脫離兇惡」（保羅語，馬太福音6章9—13），從而讓生活在這麼個災難頻發時代的我們，能事事順遂。然而，就在這漫長的四十二年間，我個人的家庭，在亞洲金融風暴中遭受了解體之災，我自已也罹患了重度的焦慮型抑鬱症，掙扎求存在死亡的邊緣線上。2008年深秋的一個晚上，我偶然獲得了一部《金剛經》，我一口氣連讀了幾十遍，那種deja-vu（曾似相識感），令我那顆始終都處於煎熬之中的痛苦的靈魂一下子便平靜了下來，仿佛像是被敷上了一層薄荷清涼劑一般地緩解了。我感受到了佛法偉大和不可思議的能量。我依稀觸及到了我之前世與今生間的某個神秘的按紐。從那個黃昏起，我重獲新生。大把大把抗抑鬱的藥丸我都基本停吃。每天，我沉浸在誦經、持咒的曰常修行中，我變了，變成了一個名字仍叫「吳正」的不是吳正。然而，每晚的那個時段，我仍保持着我已保持了近半個世紀的基督徒的禱告習慣，我感恩萬能的主將我的靈魂送回去了它原來的那個家中，它的永久、真正的安放處。我深切地感受到，人類的的宗教，包括準宗教——儒教在內，都是一體的，它們都是你自性成道的示現。唯自稱為「無所畏懼」的徹底的唯物無神論者才是這世間真正的可憐憫者。因為他們不理解，也拒絕理解人生的活法與意義，自生至死，他們白來這人世間走了一遭。人是必須要有敬畏感的，這是人之所以為人的基礎和基準。

還有，老將對宗教的認識，停留在算命看相測風水等低級層面上，只求現世利益那丁點兒不勞而獲，我必須得說，也是件「求末捨本」之事。這絕不是智慧的人生，並終將落了個「一無所獲」的結局。對這世間所有宗教的真正契入，都會讓你殊途同歸。你終究會明白，大凡宗教都具有同一特徵：既深奧又淺顯。深奧是因為宗教道出的是宇宙與生命的真相，而相無定相，隨境隨緣隨機隨時隨處，千變萬化，故深奧。但萬變又不離其宗，故又淺顯。中國古老的《易經》採用的那個「易」字，一曰：變；二曰：簡。就是這個道理。

七

那文學，文學又是什麼呢？文學當然是文字的序列。但那不是文學，那只是一種形式：文學的形式，文字的形式，文化的形式和文明的形式。文學的實質是哲學，是美學，是史學，是心學，也是某類變異了的宗教學。文學是人類的一切美好品質與悟性的代名詞。文學這樣東西很偉大，一旦你投入其中，不求任何回報與利益地投入其中，帶上了某種宗教情懷和獻身精神地投入其中時，它能包含一切：人類的過去與未來，生命的真實與虛幻，世界的解析與淨化，諸如此類。

靈魂的安放處

比方說文學作品中的時空轉切關係。這不單單是個創作技巧的問題，更有其深刻的宗教內涵作為作家的想像依據和敘事之背景的。時空是假的，虛幻的，這既是宗教，是科學，也是文學。

時空的虛幻性決定於，它終究是一樣被「感受」出來的東西。換而言之，當你不再會，不再能，也不再去感受它之存在時，你便「入定」了，而它，也靜止了。同理，當你逆向感受它時（即，憶入往昔歲月裡去時），它也能倒流回到過去的。

有一個文學術語，叫「心理時間」，它的出現是為了能與「生活時間」互相區別開來。這兩種時間概念並立於文學作品中的本身就說明了時空的虛妄：生活時間就是心理時間，反之亦然。道理很深，不說也罷。作家創作時是不需要去終究這些奧理的，他僅憑他的直覺來行事，就可以了。一旦進入到那種境界裡去了後的作家，一切都變成為「法爾如是」了。生命的真相就擺在你眼前，所有的介釋都是多餘的。

這是宗教嗎？是宗教。是文學嗎？也是文學。

猶意未盡，再想說多幾句「時空」的相關語。

剛才說了，「時空」只是人的一種感受。在這裡，再加多一行定語：基於一個特定物件而言，在一種特定境界之中的特定感受。如此定義，或許會更確切些。

所謂「山中一日，世上千年」。說的當然是仙道裡的事。人道與天道在空間維次上的差異，決定了其感受方式與計算方式上的不同。且不說科學理據的存廢與否，至少，你不能否認說這是一種心的「感受」。哪用「度日如年」來形容時勢之艱困呢？用「一日三秋」來形容男女間的相思之苦呢？

還有一種水中的浮游生物，朝生暮死的那一種。生命的全部週期，以我們人的演算法來計量之，也僅若干小時而已，但它們也一樣有滋有味地過完了那「漫長的一生」。經歷了出生、遊歷、覓食、求偶、交配、繁殖等各種人類所同樣要經歷的悲歡離合，生老病死的全過程。假如你能與這種浮游生物作出某種精神溝通的話，它們或許會告訴你說，其生命感受，時空感受，與你們能存活八十多年的人類也別無二致。這是事情之其然，哪又何妨不去思索一下其中之所以然呢？

當然，還有「黃粱一夢」，「南柯一夢」什麼的。這些事絕對不是比喻說，寓言說，方便說。在人的

靈魂的安放處

生命歷程中，夢中的「心理時間」與夢醒後的「生活時間」從來就是迥然不同的兩碼事。這幾乎是我們每個人都曾有過的生命體念。此，又作何解？

只有一種解釋：時空不是什麼，時空只是一種「感受」。如此理念、體念與觀念一旦潤土細無聲的融入了文學作品中去之後，作品敘述的主體維度即可被大幅度地予以修正，思野與視野都將無限止地拓展開去。因為你打開了那隻未那識的潘朵拉魔匣，因為你走進了宗教。這是一片在你文學創作的航海圖表上從未有過任何標識的新大陸。在那個灰濛濛的早晨，你獨自一個人站在了甲板上。你舉着雙筒望遠鏡，瞭望。突然，你發現了那條被氤氳之霧汽籠罩着的地平線，橫斷於天邊。你驚訝無比，也興奮莫明！你向你自已，也向全世界宣佈說：美洲大陸終於被我找到啦！

八

說至此，我想，我們仍有重新回到宗教裡去的那個必要。

任何宗教，只要你能抓住了那三個關鍵字：真善美，就什麼都迎刃而解了。再說簡練點，就一個字，真（sincerity）：真誠的真，真實的真，真切的真，真情真性的真。沒什麼原因，因為它就是我們的真如本性，與生俱來。善心，慈悲心，悟心都是從中自然而然長出來的。而這，就是這天地宇宙間的大美之況。

世尊四十九年的講經說法，說的就是那樁事，那個字。為了眾生能從惡習中解脫出來，恢復自性，認清生命這種現象的本質與實相，他可謂煞費苦心了！而文學的終極歸旨，不也一樣？只有安住在了這種境界中的文學才是擁有了正能量的文學，「思無邪」的文學，從而也是帶上了永恆印記的文學。作為一個有思想的作家，但又是個沒有任何宗教信仰與情懷的作家，這是件不可想像的事，也是件很危險的事——以其作品對於人們的價值觀和是非觀的影響而言。

並不是單向的。文學裡頭有宗教；其實宗教裡也一樣有文學，有藝術，有美學。我們亞洲人去到歐洲旅行，第一次見識到異族人類的 cathedral（大教堂），及其華麗無比、崇高莊嚴的穹頂畫時的那種發自於靈魂深處的震攝力，無言以達。同理，西方人來到東方，走進寺廟堂奧，各種宗教場所時，被一股無形而有力的能量團團圍困，令其頓生敬畏之心。這些都是由眼識所引發的宗教崇敬感，而眼識所對應的正是六根塵識中的美學認知。

唯美，這種外質，是必須要與「真」和「善」的內性相結合時，才會有了能量。我們老說的「心靈美」，就這個意思。

其實，也可以逆向來求證的。當你真正擁有了「心靈美」時，外貌也決定會自自然然美了起來——那種樸素的安詳美，安靜美，安定美，安穩美，以及莊重美，讓人見了眼慕之，心馳之，意向之，神往之。而那種經「美容院」裡粉妝出來的「唇紅眉綠」之假美，我們稱作為「妖豔」，其中那個「妖」字不已點題了？

九

文學作品的「境界說」，與上述原理亦異曲同工，殊途歸一。凡屬人間的藝術作品都不可能不着相：文字相，色彩相，線條相，音聲相。唯神韻，才是這些外相的精神內核。你摸不着她也見不到她，但她確實存在。而相着得愈輕愈淡愈妙，內核的外化與顯化便有了更多的機會與可能性。不明白這個道理的藝術家作品的境界，是永遠也不可能得以提升的。

着相，是的，着相。着相並不要緊也不可怕，只要這種着相是一類「照見」式的「着」就行。寫完了，畫完了，曲譜完了，作家畫家音樂家們完全不留印象，完全忘了自己剛才都投入地幹了些啥了。卻於無意之間，將善的意念，美的神韻，真理的實相直接導入了讀者和觀賞者們的心目中去，靈魂裡去了。這，才叫高明，叫高妙。

要知道，「相」背後隱藏着的那個真你真我真他，這才是最重要的。讀者透過外相能感受到什麼的，就是什麼。蒙娜麗莎的笑，蕭邦的悲，杜（牧）詩的淡，八大的孤傲，才是本質，才是實相，是藝術與宗教的界面處。

文學作品是作家心靈語的流出。作家心靈的那潭源泉是純淨呢還是污穢，流出的水質必是那同一種。你盡可以用「紅唇綠眉」的語言扮相來加以掩飾，但幕布背後藏着的那個真思緒，真意圖，真感情，你是掩飾不住的。它們會通過文字的表相，隱隱約約地浮現出來：或驕逸，或浮躁，或巴結，或獻媚；或套近乎，或借火點光，或慾火攻心，或急功近利，等等，不一而足。讓人讀了，心智被攪渾，愚癡倍增。

這是一種負能量，由作家的心橋直接架通去了閱讀者的心中。說玄乎點，這是要揹因果責任的。說現實點，它會讓人們的心靈水土沙漠化，草木不生。

十

那種淨化心靈的功能只可能源之於宗教——任憑貪與慾的沙塵暴盤旋於半空而不予以抑制，其後果自然不堪設想。而作家，作為人類心靈工程的重要設計者，其咎也難辭。我前述的所謂靈魂的三個安居所：對宗教的敬畏感，對文學的獻身精神，以及對鄉土的眷戀之情，這是三位一體說，也是方便說。這世間一切美好的事物，或曰，凡一切能引起美好與高尚之聯想之意念之共鳴的人事物都屬這同一範疇。我之選擇是那三處，但別人也可以選這選那來安放其心。唯心必須要感到「安」，才行。否則，置「放」於未放也。

心老飄着的作家所寫出來的作品也一定是「飄」着的。急功近利的結果是：More haste, less speed.（欲速則不達），既腐蝕了作品的精神內核，也渙散了處世的道德聚焦，可謂兩頭不着岸矣！

我們生活的世界，是個佈滿了價值觀陷阱的世界。走走，說不定什麼時候就掉入到那陷阱裡去了。這就需要作家們高度的自我警覺能力和定功。一有逆於道德，逆於倫常——先不說「逆」，單說「不合」就夠了——的念頭升起，隨即將其掐滅。所謂「不怕念起，只怕覺遲」，盡可能讓自己的靈魂常住於和諧、優美的境界裡。不錯，這是一種宗教修行，但也是一種藝境的精進。藝術品的價值更多時並不取決於技巧的優劣，而更依託於創作者境界間的落差。

何謂「境界」？心之住所也。

肉體住在豪宅裡，靈魂卻撲騰在污泥濁水中，感人情操的作品焉能與之有緣？相反，人居陋室時，心卻安住於淨土，美麗善良的藝術女神才會常在你面前露其真容——這是你的心靈美感召來的。

這也很好很合理地解釋了為什麼作家藝術家們一生的最佳作，往往出現於其逆緣困境裡的原因。當然，

靈魂的安放處

逆緣困境並不是你要去找，就能找得來的。這是上帝的巧妙安排。有一類修行者叫「苦行僧」，這主要是指其物質生活上的高度縮減。精神遭受折磨時的痛苦將更甚：而這種逆境的賦予者只有造物主本身。他要試煉你，為的是最終能成就你。中文所造之字被稱作是「智慧的符號」。那，你就看一看那個「忍」字吧：心之上架着一把刀，而且，還是以刀之刃面切割着柔弱的心靈的。你就明白這種心的忍受有多艱難多痛苦了。

但這，正是一種絕佳的煉就環境：你要讓自己的心安住於其中，不嗔不恚不煩不惱，心情自始至終保持着一種常態。你要設法讓自己看透它，識破它，放下它，笑對它——這一切不都是場夢嗎？它便拿你無計可施了。如此授受，這般捨得，所有境遇的利弊不都被你給利用盡了？再艱困的的孽緣也都變為了一種增上緣。而能這般自悟的作家還怕寫不出傳世之作來？皆心非心是名為心，諸相非相是名為相。凡所有相，皆是虛妄，一切有為法，如夢幻泡影——這不，說說，又繞回到宗教這個層面上來了？

2016年9月10

於上海寓所

胎記

作者　吳正

策劃　拇指工作室
主編　Michelle Lee
責編　Chuk Yu
設計　Arthur Denniz
排版　吳江濤
出版　人文出版社（香港）公司
地址　香港新界白石角香港科學園西區 19W 大廈 981 室
網址　http://www.hphp.hk
電郵　info@hphp.hk
印刷　中華商務彩色印刷有限公司
版次　2023 年 8 月初版
分類　文學小說
ISBN　978-988-74703-7-3
定價　HK$148　RMB￥128　NT$558

發行　香港聯合書刊物流有限公司
　　　台灣貿騰發賣股份有限公司

Facebook

Wechat

人文出版社
HUMANITIES PRESS